全力でのし上がりたいと思います。
JN216406

小さい子が、『生まれてくる前の話』を語ることがあるという話を聞いたことがあるだろうか。

例えば、暗くて狭かった、だとか。

プールの中でぐるぐる回っていただとか。

中には、母親が妊娠中によく聴いていた音楽などに対し反応し、お腹の中にいた時に聞こえてきたよ！　と答える子供もいるそうだ。

そして確かにそれは『産まれる』前の話ではあるのだが、それよりさらに前。母の胎内にすらまだ存在していない時期、それこそ『生まれる』前の話を語る子もいるという。

曰く、数人の女の人を見て、その中からママがいいと思ったから選んだだとか。

お空の上からママのお腹に飛び込んだだとか。

いっぱいお友達がいる所で、遊びながら自分の順番を待っていただとか。

それが事実であるかどうかを確かめる術はないのかもしれないが、私はどうやらそれを、唐突に思い出してしまったようだ。

「アイラ。あなたは生まれる前のことを覚えているかしら？」

ベルティーニ家自慢の庭で、おっとりとした母がお茶を飲みながら楽しそうに私にそう言った。

「うまれるまえ？」

唐突にされた質問。私がその言葉を理解した瞬間ぴたっと動きを止めたことに気付かず、母は「私が小さな頃は、お母様に暗いところで壁を蹴って遊んでいたと答えて大層びっくりさせたそうよ」と隣にいた母の友人でありこの家の調理人でもある、今は小さな赤ちゃんを抱いたリミおばさんに笑って教えていたが、私はそれどころじゃなかった。

生まれる前。

そう考えた時、一気に私の脳内に記憶が蘇る。いや、蘇りすぎた。

たくさんの子供と一緒に雲の上にいた私は、気になる女性を見つめつつも躊躇っていた。

なかなか降りない私に声をかけたのは、背が高い男性だったと思う。年齢も顔も覚えてはいないのだが。

「どうしたんだい」

そう尋ねられて、私はむっと口を尖らせた。

「どうせ生きても苦労するだけだもの。散々だった。病気で弱い身体のせいで友人もできないし両親も不仲だった。ひとりぼっちで、あんな思いをする為にもう一度生きるなんてまっぴら」

見た目は幼子である私の口から出る言葉は随分不釣り合いなものだったと思う。今そんなことはどうでもいいが。

「そうかな？　大丈夫。次はきっと楽しい人生さ、見てごらん」

男の言葉に、先ほどは自分も気にしていた、雲の下に見える女性へともう一度目を向ける。そして、息を呑んだ。

「ほら。君が好きそうな世界だろう？」

女性は、目の前の花と話していた。いや、正確に言えば、花びらの上に座っている、羽の生えた……妖精、のようなものと話していた。

「見えるのだろう？　花の上にいる、彼らが。素敵な世界だと思うよ」

「妖精……！」

確認してしまったその姿。思わず前のめりになってしまい飛び込みそうになって慌てて留まる。

「ず、ずるいじゃない！」

「あれ、おかしいな。君好みのファンタジーな世界だと思うのだけど」

「うっ……うるさいな、それは私が中二病だとでも言いたいの！」

わめく私に、その男はにこにこ笑みを浮かべるだけだ。

苛立つがしかし男の言う言葉は事実だった。つい、また下を見てしまう。可愛い妖精。ファンタジーな世界！　ああ、魔法もあるのかな、どんな世界なんだろう。大好きだった壮大な物語やＲＰＧゲームのようなかっこいい魔法もあったりするのかな。ああ、よく見たらあの女性が着ている服はまるで西洋の中世のドレスのように見える。ますます気になる！

だ、だけど……どれだけ憧れがあったとしても、まったく知らない世界はやはり怖いと思う。いや、生まれてしまえばそんなことはないのかもしれない。本音はやっぱり、またひとりぼっちが怖いのだ。

躊躇っていると、男が焦れたように言葉を続ける。

「大丈夫。きっと次こそ君は、生きていると実感できる筈。努力すらできなかった前世とは違う。この世界は、あの世界に似ていてそしてまったく違う」

「でも……」

「ああ、もう。特典もつけてあげるから。さっさと行く！　君が行かないと困るんだ」

「へ、はぁ⁉」

一度私の頭に触れた男は、その後思いっきり私の背を押した。それはもう無慈悲に、どかんと。しかもしっしと言わんばかりに手の甲を向けて両手をひらひらしている。この男、……って、落ちる！

「きゃあああああああああ!?」

「アイラ！」

「おじょうさま!?」

名前を呼ばれて叫んでいることに気付き、私は息を吐き出すのをやめて目を開けた。私の視界に、淡い茶色の瞳が飛び込んでくる。

「アイラおじょうさま、どうしたの!?」

右手をくいくいと引かれて視線を動かせば、そこにも淡い茶色の瞳。心配そうに顰められた眉も、正面にいる男の子とそっくりだと気がついて、そうだ、と気付く。

「なんでもないよ、サフィルにいさま、レイシス」

「お、おどろかせるなよな！」

今度は左手をぎゅうっと握られ目を向ければ、またそっくりな……いや、二人より少し勝気な顔をした男の子が、その表情を焦りを含んだものからほっとした様子に変えた。

「ごめんね、ガイアス。だいじょうぶだよ」

ここはもう、あの雲の上で見た、下の世界だ。

私はアイラ・ベルティーニ。この世界で、メシュケットと呼ばれる国の大商人の娘として生まれた。

そう、今の今まで何の疑いもなく生きて、そして……たった今から……

「前世の記憶が残ってる……！」

「なぁに、どうしたの、アイラ」

小さく呟いた声に、少し心配そうな顔をしたお母様が私の顔を覗き込む。

「ううん。ちょっと、虫さんが目の前通って、びっくりしたの」

へらりと笑う。私は今、幼子である。突然変なことを言ってはいけないと混乱した頭で考えたのかもしれないし、ただ今まで通りに、アイラ・ベルティーニとして反射的に口が動いたのかもしれない。

「おーい何かあったのかい」

遠くから、お父様の声がする。私の叫び声にびっくりして心配してくれたのだろう。

なんでもないですわ、と母が返事をして、場が和やかな空気に戻る。

ああ、温かい。

私を囲んでいる三人の子供たちは、私の兄弟ではない。母の隣で赤子を抱いている、母の友人のリミおばさんの子供たちだ。けれど実の兄弟のように仲良くしているし、さらに今私の母は愛おしそうに自らの膨らんだお腹を撫でている。もう少しで私にも兄弟ができる。ここで私は一人ではなかった。

降りて良かった。……乱暴なのはどうかと思うけど。

私はこの人生を大切に、今度こそたくさんのことにチャレンジして生きよう。きっと悲しかったことなんて、すぐ忘れるんだろう。

そう思っていた、のに。


「カーネリアン、おねーちゃんですよー！」

ちっちゃい手をにぎにぎして見つめていた弟をベッドの柵の隙間から覗き込んで声をかける。まだ名前を呼んでも振り向いてくれたりはしないが、可愛くて日に何度も呼びかけてしまうのは仕方ないことだと思う！

くりくりの瞳は私と同じ緑色で、共通点を見つけるとつい嬉しくなってしまう。

ついこの前生まれたばかりのような気がするのに、たった数ヶ月で毎日できることが増えていっている弟を見ていると飽きなくて、最近は外で遊ぶよりもっぱら子供部屋にいる。もちろん私とカーネリアンだけではなくて、母とリミおばさんもいるのだけど……今日は特別人数が多い。

「あうあ！」

私の真似をして、掴まり立ちをしてご機嫌な様子で一緒に弟を見ようとしているのはサシャ・デラクエル。若干身長が足りていないのでたぶんカーネリアンのことは見えていない。リミおばさんの娘で、私に懐いてくれたのか最近はべったりといつも一緒だ。まだ短くて細い金の髪をちょこんと飾り紐で結わえた彼女も犯罪級に可愛い。こちらも頬が緩むのは仕方がないとにやにやしていると、サシャの後ろから二人分の手が伸びてくる。

「ひっくり返るなよサシャ」

「危ないからね」

私と同い年のこの二人は、サシャのお兄ちゃんで双子の男の子だ。

やんちゃで強気な発言が多いガイアスに、優しくて大人しいレイシス。性格は正反対だが、よく似ている双子だ。どちらも琥珀色の髪に薄い茶色の瞳、同じ体格で、見分けをつけるポイントは表情と若干ガイアスの髪の毛がいつも少し跳ねている辺りだろうか。あ、あと口調も全然違うかな。まぁあくまで幼児の今の時点の話であって、これから成長するとまた違う特徴も出てくるのかもしれないが。

「ふえっ、ふえええ」

「ああ、泣いちゃったね。カーネリアン、ほら、おもちゃだよ」

からんからんと綺麗(きれい)な音がするおもちゃを振ってやってきたのは、サシャたちの一番上のお兄ちゃんであるサフィルにいさまだ。私の兄ではないが、弟と同い年の私の面倒もいっぺんに見てくれている彼を私もにいさまと呼ばせてもらっている。

サシャと同じきらきらした金の髪に、ガイアスたちと同じ薄茶の瞳のサフィルにいさまは全体的に柔らかい雰囲気で、そしてとても優しい頼れる兄だ。歳(とし)は五つも離れているが、嫌がらずいつも活発に動き回る下の兄弟を見ているのだからすごいと思う。

とまあ、一部屋に子供六人大人二人もいるのだから、この部屋は今やたらと賑(にぎ)やかだ。いつもはサフィルにいさまやガイアス、レイシスはここにはいない。三人は剣術の指導やら体力作りに普段励んでいるのだ。ガイアスやレイシスなんてまだ三歳なのにである。なぜなら彼らは……

「待たせたね、サフィル、ガイアス、レイシス。稽古(けいこ)が遅れてしまったな、行こうか」

「はい、父上！」

「今日(きょう)こそ負けないからな、レイシス！　絶対俺(おれ)のほうが早く走ってやる！」

「俺だって負けないぞ、立派なアイラの護衛になってみせるから！」

そう、彼らは、大商人の家に生まれた私の護衛になると意気込んでいるのである。

「護衛なんて、いいのに」

思わずぽそりと呟く。一応、全員ではなくて将来三人の中から選ぶらしいのだが……貴族の生まれでもないのだから護衛なんて物々しいような……っていうか、護衛ですよ⁉　美少年（この場合幼児が含まれているが）が護衛とか何フラグですか！　と最初はお茶を噴きそうになった。

舟を編む

三浦しをん

2012年 第9回本屋大賞第1位受賞

2012年 文芸書年間ベストセラー第1位

2013年 映画化（日本アカデミー賞受賞他）

辞書編集部で織りなされる
個性的な面々の人間模様。

光文社文庫

「あらぁ、だめよ、アイラ。一緒に成長した、心から信頼できる護衛は将来きっと必要になるわ。あなたは女の子なのだから、一人は必ずよ」

にっこりと微笑む母に、少しだけむっと口を尖らせてみせる。

「私だって強くなるもの！」

だって美少年護衛フラグは私にはちょっとこう、刺激、刺激が強いんですお母様！　それに私だって魔法を使いこなしたい。

拗ねた私に、ならお勉強頑張りましょうね、と言って母は穏やかに笑う。

「さあアイラ。一緒にお勉強に行きましょう」

お茶を終え優雅に立ち上がった母が、リミおばさんにカーネリアンを任せサシャに手を振って部屋を出ていくので慌ててついていく。

辿り着いたのは、ベルティーニ家自慢の庭。

数ヶ月前ここで私は前世の記憶を思い出してしまった。ついでに、生まれる前の世界というのも。

すぐに忘れるだろうと思っていたのに、私はしっかりと以前の生活を思い出してしまっていた。といってもまるで読んだことがある物語のような、経験かと言われれば曖昧な記憶。もしかしてこれが、あの雲の上の男が言っていた『特典』というものだろうかと最近は考えている。

なんだか幼児の脳内で前世十代後半の大人だった記憶が溢れていることに、たまにどう振る舞うべきか戸惑うこともあるにはあるのだが、結局のところ私は私だった。記憶が蘇ったからといって、大人のように様々な事柄がものすごく捗ったりということはなかった。チートはありませんでした。

だがしかし、それでも勉強ができるというのは嬉しい。何しろこの世界は楽しいことだらけなのだ。

今からやる勉強だって、机に向かって字の練習ではない。

「さあアイラ。ここにいる精霊の数を教えてちょうだい」

母が、庭のテーブルの上を指差した。そう、私が雲の上で見た景色は偽りではなかったのだ。

白い、八人くらいは座れそうな大きなガーデンテーブルの上にふわふわと光が見える。近づいていくと、薄く透けた羽が見え始めた。

幼い私は力が足りないのか、集中しないと姿は見えない。その可愛いお友達を必死で視界に捉えて。

「はい、お母様！」

私は元気に返事をしたのだった。


「アイラ！　危ないよ！」

「ひゃあああ!?」

バサバサバサ、と音が耳元で鳴り、身体全体に痛みが走る。が、思っていたより耐えられる痛みに不思議に思って目を開けると、唇に触れる柔らかい感触に気付いて。至近距離に見えた薄茶の、琥珀のような瞳にびっくりする。

「うわわわわ！　ご、ごめんなさいサフィルにいさま！」

「……っ、だ、だめじゃないか、アイ……お嬢様、怪我はありませんか」

「……アイラでいいのに」

つい抗議で頬を膨らませたものの、慌てて彼の身体から降りる。どうやら、木の上から落ちた私を彼がキャッチしてくれたようだ。その際、彼のほっぺたにキ、キスしてしまったような気がするが今のはキノセイってことで！

「お嬢様にキスしてもらっちゃったな、あとでガイアスとレイシスに自慢しようかな？」

「さ、さふぃ、サフィルにいさま!!」

真っ赤になっただろう私の顔を見てくすくすと笑うサフィルにいさまは、最近大人がいなくてもなかなか「アイラ」と名前で呼んではくれなくなった。

十二歳になったサフィルにいさまは剣術の稽古も順調で、優秀なんて言葉では収まらないと私の父が褒めまくっていた。父の秘書も務めるサフィルにいさまたちのお父さんが剣術の指導をしているのだが、そろそろ本格的に師をつけるべきか悩んでいるらしい。

背も高くなり、しかしがっちりした体格ではないものの、サフィルにいさまはまるで少し前に読んだ童話に出てくる王子様のようだ、と思う。うん、まさかほんとにこんな美少年になるとは。私の美少年護衛フラグはしっかり生きていた。

「それにしても、なぜ木の上になんか登っていたの？」

うっ。少し怒った雰囲気を纏ったサフィルにいさまが、逃げようとした私の背に手を回して自分の足の間に私の身体を閉じ込めた。ちょ、近い！　なんで向かい合ってこの距離なんだサフィルにいさま！　慌てて彼の胸に手をあてて押してみるも、離れない。鼻血かかっても知りませんよ!?

「……せ、精霊さんが、上で困っていたの。ほら」

指を上に向けると、サフィルにいさまは小さく「ああ」と頷いた。

「リスのせいかな？　僕には精霊は見えないけれど、精霊はリスを怖がっているの？」

「違うわ。リスさんは心配して来ているだけ。あのリスさんの丁度前にある葉っぱが、病気にかかっているみたいなの」

視線を動かしたにいさまは、少しだけ目を大きく開いた。

「それはわからなかった。それで木の精霊は困っているんだね。すごいな、そんなこともわかるんだね、『エルフィ』は」

驚いている彼に、へへ、と笑って見せる。

この一、二年の間に私の力もめきめきと成長していた。エルフィとはこの世界の、ある能力を持つ者の総称だ。精霊を認識し、話すことや力を借りることができる能力。それがエルフィと呼ばれる人たちで、能力者の多くは遺伝による為、種族に分類されたりもする。

他にも、吸血鬼のような種族とか獣人のような種族もいるらしいが、我が国に一番多い種族、能力といわれるのはエルフィだ。その為特に迫害されるようなこともなく、むしろ貴重な力として国が大切にしてくれているらしい。

私の母が『緑のエルフィ』と呼ばれる一族の出で、植物の精霊と話すことを得意としている。

今の私が学ぶべきことととして最優先とされるのがエルフィとしての知識だ。もちろん一般的な学問も勉強しているが、計算方法等は前世の世界と大差なく、そこは前世の記憶が役に立つ場面も多く順調すぎる程で（強くてニューゲームみたいとか言わない）、もっぱらエルフィの能力を上げる為の勉強に時間を費やしていたおかげか、今では普通に人間と話すように精霊と会話することも可能になった。

「何も怖い病気じゃないみたい。あそこの葉っぱだけ切り取っちゃえば後は自分たちでなんとかするって言ってるから、取ってあげようと思ったのだけど」

「だから登ったの？　危ないよ、そういう時は人に頼むようにして？」

首を傾げたサフィルにいさまに覗き込まれて、私は赤くなった顔を隠すように俯く。光が透けるような美しい髪が、さらさらと目の前で流れた。綺麗、とついまじまじと見てしまい、苦笑されてはっと意識を戻す。

「そ、その綺麗だなって！」

「そう？　僕は……アイラは、桜って知ってる？」

唐突に言われた言葉に、へ？　と間抜けな声を出す。さくらって、桜だよね？　私この世界に来てまだ見ていないのだけど。

「この前父と王都に仕入れに行った時にね、桜っていう木を見たんだ。この国では王都の公園にしかないそうだけど、とても美しかった。……アイラの髪は、とても綺麗な桜色だと思うよ」

「さくら、いろ……」

ごめん、見たことないからわからないよね、と言ってにいさまは笑うけれど。

私の顔はたぶん今さくらんぼ色だろう。

桜は、大好きだ。前世で唯一、病室の窓から春に見えた花。今年もこの花が見れたと毎年安堵していたせいか、少し大きくなってから病室以外で見ることができるようになっても、あの柔らかい色の花弁にほっとしていたものだ。

今の私の髪は薄いピンク。母譲りなのだろうが、母よりほんの少し薄い。確かに、桜色なのだろう。

微笑んで私を見ていたサフィルにいさまだったが、目が合うとその表情を困ったようなものに変える。

「それで、僕が注意したことはわかってくれるかな？」

「はい……ごめんなさい」

「わかったら、ほら。お願いして？」

「え、ええ!?」

もう私の願いはわかっているだろうに、言わせようとするサフィルにいさまの顔を思わず見つめれば、彼は穏やかに笑んで私を見つめて待っていて。

「……サフィルにいさま。あそこの葉っぱ、切り落としてほし、い」

目を斜め下に向けつつお願いすると、苦笑したサフィルにいさまはすっと体勢を変えた。抱きかかえられた状態は恥ずかしかったのに、離れたことにわずかな寂しさを感じていると……にいさまは目の前で片方の膝(ひざ)だけを地面につき、私の手を握るとその甲に小さく口付けを落とす。

「畏(かしこ)まりました、アイラお嬢様」

「ひゃっ！」

ぱっと飛びのいた私に笑みを一つ向けると、サフィルにいさまは腰の剣に手を伸ばす。

流れるような動きで少しだけ姿勢を低くした、瞬間のことだった。

ひゅっと頬が風の流れを感じたかと思うと、目の前をゆっくり、ひらひらと、色素の抜けた病に蝕(むしば)まれていた葉が数枚落ちていく。

「うわぁ……」

ぱっとサフィルにいさまを見ると、カチンと音を立てて剣を鞘(さや)に収めたサフィルにいさまがこちらに優しげな笑みを向けていた。

「さあアイラお嬢様。部屋に僕が王都で見つけてきた美味しいお菓子とお茶を用意してもらったんだ。一緒に戻ろう？」

文句なしの、王子様だとこの時私は思ったのだった。


それは、突然やってきた。

「おい！　アイラ、おまえにーちゃんにキスしたんだって!?」

「はぁ!?」

自室で怒られないようにこっそり用意したお菓子を口にしつつ、植物事典を開いて気になる薬草を調べていた私は、大声で叫びながら部屋の扉をばたんと大きく開けて入ってきたガイアスに危うく事典を投げそうになった。

せっかく食べていたビスケットが味わう前に胃に落ちていってしまった。なんてことなの、この世界では貴重な甘味が！　……本見ながらお菓子食べていた私が悪いです、はい。ってそれどころじゃなくてだな！

「な、何言って！」

「お兄ちゃんが、この前アイラちゃんにキスしてもらっちゃったって言うんだ。本当？」

飛び込むように走ってきたガイアスの後ろから、眉を寄せたレイシスも現れる。「きーす！」と高い声が聞こえたと思ったら、サシャも一緒だ。

っていうよりキスってなんだ。私そんなこと……あああ！　数日前のあれか、木から落ちてほっぺに当たっちゃったあれか！

「ち、ちが！」

「お前顔真っ赤だぞ！　キスだなんて、アイラやらしいんだ！」

おいこら待てこのやんちゃ坊主め、どこでやらしいとか覚えてきたんだ！　ぎっとガイアスを睨み今度こそ分厚い事典を投げつけると、おっと、と小さく声をあげたガイアスは両手を前に突き出し、それを弾いてみせた。

「ま、魔法なんて卑怯だばかー！」

「事典投げるほうが卑怯だろ！」

「そっちがその気なら私だって！」

「ガイアスもアイラちゃんもやめなよ、サシャびっくりしてるよ？」

おっといけない。ついヒートアップしてしまったとサシャを見ると、涙を溜めて私を見ていた目と目が合って慌てて手を振った。

「だ、大丈夫怖くないよサシャ。ほら！」

ぱっと私が手を上げると、サシャの周りにひらひらと花びらが現れる。

これも魔法だ。ガイアスは生意気にも防御魔法ととても相性がいいらしく、かなりの上達を見せているらしい。対する私は、植物と会話できる『緑のエルフィ』なだけあって、植物を操ったりと自然に馴染んだものが得意だ。

「わぁ！　おはなだ！」

「これはどうかな」

喜んだサシャを見て、こんどはレイシスがふわりと周囲に柔らかな風を起こしてその花びらを舞わせた。色とりどりの花びらがサシャの周りを舞い、サシャが手を叩(たた)いて大喜びする。

「おにーちゃんたちすごい！」

レイシスは風の魔法が得意だ。皆めきめきと魔法の力を伸ばしてきていて、お母様なんか魔法学校へ入れるべきかしら、と嬉しそうにしている。

魔法が根付いている世界ではあるが、この国は基本的に魔法学校と呼ばれるものに入学するのは貴族ばかりだ。才能がある者は国から魔法学校へ入るように通達が来るが、魔法の授業はお金がかかる。つまり平民はほとんど入学することはないらしい。

ふと、視線を下げたサシャが、下を指差して「おはな！」と叫んだ。

私がガイアスに投げつけた事典がそこには転がっていて、綺麗な薔薇(ばら)のページを開いていた。

「アイラちゃん、何か調べものしてたの？」

「ああ」

そこでやりかけていたことを思い出してその事典を拾い上げる。

「庭の木の精霊がね、街の方で珍しい病が流行(はや)ってるって教えてくれたの。とても痛いみたいだから、痛み止めの薬草とかあるのかなって」

「さすが『緑のエルフィ』だな、将来は薬師か？」

ガイアスが感心したように頷く。緑のエルフィは、その特徴から薬師になる人が多い。といっても、普通の人に比べればエルフィの数は圧倒的に少ないのでそうでない薬師も大勢いるわけだが。

「流行り病なんて怖いね。でも、クレイ伯父様がいるでしょう？」

「クレイ伯父様ね、なんか王都に呼ばれてて今いないみたいなの。この街には他に緑のエルフィの薬師はいないから、いつもの痛み止めの薬草が切れそうなら他に何かないかなって調べておこうと思って」

「精霊に聞いたらどうだ？」

「うう、お話はしてもらえるけど、新しいお薬の知識とかはまだ教えてもらえないんだもの」

ぱらぱらと手にした事典のページを捲る。精霊は、いくら緑のエルフィといえどそう簡単に仲間の居場所を教えない。それができるのはたくさん勉強をして、強い信頼関係を得て精霊と心を通わせることができる人だけだ。また、知識を貰う場合対価として魔力を少し差し出さねばならない。まだ小さい私は、精霊たちが逆に心配して貰おうとはしない。世間話程度に、病が流行っているとかは教えてくれるけれど。

前世で病気に苦しんだせいか、私はこの緑のエルフィの力は将来医療に使うのだと、それが当然だと考えていた。きっと、役に立てる筈だ。一人でも多くの人を笑顔にしてあげて、あんな病気で苦しむ辛さから解放してあげたい。そう考えるのは自然なことだった。

いつか立派な薬師、もしくは医師になろうと決意し、ぐっと事典を持つ手に力を入れる。

ごくりと渇いた喉を潤す為にお茶を飲んだその時だった。

「ああ！　お前たちここにいたのか！」

焦った様子で、カーネリアンを抱き上げた父と母が部屋に飛び込んでくる。

「いいかい、お前たち絶対この部屋を出るんじゃない。いいね」

父はそう叫ぶように言うと、母にカーネリアンを預けて部屋をまた飛び出していく。

混乱した私たちをよそに母はカーネリアンをソファに座らせると、両手を挙げて呪文を唱え始めた。

「……お母様？　どうしたの？」

険しい表情だった父に、辛そうな母を見て、嫌な予感しかせずに私がそう声を出したが、母が呪文を唱え終えた瞬間、部屋中の壁という壁に緑の蔦がしゅるしゅると伸びていくのに驚いて息を呑む。

「奥様、いったい何が……」

不安そうにレイシスが尋ねると、母は何かを耐えるような表情をしたあと、小さく声を出した。

「メイドのフローラと……サフィルの二人が、流行り病で先ほど倒れたの。ここの空気は浄化するから、あなたたちはここにいなさい」

「……にーちゃん!?」

さっと顔を青ざめたガイアスが外に飛び出そうとするが、母がぐっとその手を掴んだ。

「ダメよガイアス！　小さな子はひとたまりもないわ、お願いだから、信じて待ってあげて。今あなたの父上が街にお医者様を呼びに言っているわ」

「そんな、お母様！」

固まったガイアスの代わりに叫んだ私に、しかし母は小さく首を振った。

「ここにいるのよ、みんな」


あっという間だった。

まだ若いメイドと、そしてサフィルにいさまは、その日の夜を待たずにその目を二度と開けることなく静かに深い、深い眠りについたらしい。

医者は、間に合った。間に合っていたのだ。それなのに、治療はしてもらえなかったと、使用人が涙ながらに話していたのを聞いた。

「貴族の専属医だから診れないと、そう言ったそうですわ……！　旦那様がいくらでもお金を出すから診てくれと懇願しても聞いてくださらなかったそうです」

「奥様の兄君のクレイ様はどうされたのです！」

「何でも、王都の医師会から専属医の打診がきていたとかで、お断りするために不在だったそうで！」

「なんてことなの！　今回の流行り病はすぐに治療を受ければ助かるとの話でしたのに！」

サフィルにいさまは、あの空の向こうへいってしまったのだ。

「どうして……」

医者がいるのに診てもらえなかったというのか。目の前にいたのに、ダメだというのか。にいさまは病気と闘うことすらさせてもらえなかったというのか。

屋敷では弔いの準備がされている。今日ばかりは、そっと抜け出しても誰にも見つからなかった。

降り出した雨が肌を濡らし、冷やす。ついこの間、にいさまと助けたばかりの木の葉の下を選んで隠れた。

「ふっ……くっ、サフィルにいさま……！」

雨は一層激しく、葉を打ち鳴らした。

「アイラ、アイラどこにいるの！」

庭の木の下で魔法書を読んでいると母の声が聞こえ、ゆっくりと立ち上がる。風は少しばかり熱気を含んでいるが、もう夏も終わりのこの時期は、夜になると少し冷えてくるのだろう。

サフィルにいさまがいなくなって、二ヶ月が過ぎた。

「お母様、アイラはここです」

木陰から出て、ガーデンテーブルに近づくと、ほっとした表情を見せた母が私を手招きする。

「アイラ。あまり無理して勉強してはいけないわ」

母が心配そうに私を覗き込んで言うが、私は視線を外しこくりと頭だけ下げた。小さなため息が聞こえるが、特に無理をしているつもりはないのだけれど。

何度もそう言っているのに聞いてくれなくて、最近はただ頷くだけだ。

母に連れられて家に戻る途中で、剣を振るい一心不乱に稽古しているガイアスとレイシスが見えた。

彼らは最近一層訓練に打ち込むようになったらしいが、サシャやカーネリアンの相手をして外を駆けているのもよく見かける。

サシャは一時ひどく不安定になり、よく泣き喚（わめ）くようになっていたが、最近では少しばかり双子の兄にべったりとくっついて離れないものの落ち着きを取り戻したようだ。急にお姉ちゃんになったようで、カーネリアンを護（まも）るようにいつも引き連れている。

今も、ガイアスとレイシスが見える位置でカーネリアンと共に絵本を広げて読んでいるのが見えた。

カーネリアンはサシャが常にそばにいるせいか、最近はとてもおしゃべりが上手くなったようで、今も絵本を声に出して読みながらサシャに笑いかけている。

私だけだ。ずっと、あの日から時が止まっているのは。サシャとカーネリアンが、ガイアスとレイシスですら前を向き始めたというのに、私は……私だけが誰もそばに寄せ付けずに、あの時のまま。

「アイラ。お父様が少しあなたにお話があるそうなの」

「……わかりました」

怒られるのだろうか。そう考えて、俯く。わかっている。実の兄弟であるあの三人が、必死に落ち込んでしまっている私を気にかけて声をかけてくれているというのに、私は上手く言葉を返すことができないでいた。

私一人だけ、動けないでいる。どうしても、動けない。

ベルティーニの屋敷は、一見貴族の屋敷と見間違う程に立派なものだ。それは、国内外にベルティーニ商会が商売を成功させている証でもある。

屋敷内に置かれているものは質のいいものでありながら、しかし雰囲気は質素に見える。屋敷に余分なものは置かず、無駄なものは購入しない。それがベルティーニ家の主でありベルティーニ商会の社長である父の方針だ。

使用人も、やる気がありながら職に恵まれず困っていた者を優先的に雇っている為、この地、マグヴェル子爵が領主となり治める領地では、我が家の評判は高い。そのせいか近いうちに王から領地を賜るのでは、と噂されている程だ。……精霊情報によると、だが。

確かに国に利益をもたらした大きな商人の家が王家から爵位を賜るのは稀にあることだが、実際は父によるとうちにそういった話はきていないらしい。

父の書斎の扉を軽く叩いた母が声をかけると、室内から父の声で入るように促される。

ぐっと口を一度噛み、室内に入ると、目が合った父はふっと一瞬困ったように笑った。

「アイラ、掛けなさい」

素直に向かい合ったソファの端に腰掛けると、正面に父、私の横に母が並んで座る。

少しばかりの沈黙を破ったのは、父だ。

「最近随分と勉強に打ち込んでいるそうじゃないか。以前から熱心なほうだとは思っていたが、何かなりたいものでもあるのかい」

尋ねながら、ほぼ確信を持っているだろう声音に私は視線をさ迷わせた。

黙っている私から無理やり聞き出そうとはせず、数分の沈黙が訪れる。

「……、漠然としすぎていて目標を掴みきれないかい？　植物の知識だけではなく、魔法も学んでいるんだ。医師になりたいんじゃないのかい？」

しばらくたって言われた言葉に、私の肩が意図せずぴくりと揺れた。

ふう、と大きく息を吐いた音が聞こえて、かっと頭が熱くなる。

「お、お父様は悔しくないのですか！　あの時医師は、医師はいたのです！　目の前で見殺しにされたなど……貴族しか診ないなど、医師が！　この国はおかしいです！」

立ち上がって叫ぶように声を荒げた私に、父はただ目を合わせただけだった。怒っていない。笑ってもいない。真剣な表情で向けられた視線が絡み、ぐっと言葉に詰まる。

「悔しいに決まっているだろう……！」

何かを押し殺したような声に私の視界はじわじわと滲んだ。隣にいた母に抱き寄せられて、とうとう頬に涙が伝う。

「お父様、お母様！　私、悔しい！　何が『緑のエルフィ』よ、私は助けられなかった！　サフィルにいさまはあの木を助けてくれたのに、私は何もできなかった。貴族でないから、何なの！　どうして目の前で苦しんでいる人の為に何もできないっていうの！」

母の胸に顔を埋めて泣く私の頭を、父の大きな手が撫でる。

前世の私が得られなかったもの。今は簡単に手に入っていたせいで、平和だと信じきっていた。でも彼はもう二度とこの幸せを味わえないのだ。……違う、私はもう二度と、彼に抱きしめてもらうことはできないのだ。それが辛い。

結局私は自分のことばかり考えていたから、だからこの二ヶ月ガイアスやレイシスたちとも話せていない。それでも動けないのだ。今ならわかる。初めての感情。私の身体は確かに幼い、が、前世の記憶はそのまま物語のようにこの脳内に残っている。それを通しても初めて味わう甘く幸せなあの感情は、理解する前に散ってしまった。

「アイラ。ありきたりな言葉で悪いのだが、サフィルは君がそうしていることを望んではいないと思うよ」

「……、はい」

「アイラは、クレイ伯父さんをどう思う？」

突然変わった話題に、私はぐっと涙を一度拭いて、父を見る。

「……？　素晴らしい、方だと。常に患者を治す為に最善を選んでいると、思います。……王都で、専属医の話を断ってきたと聞きました」

「ああ、そうだ。その代わり彼は、知識を捨てたんだ」

「え？　どういうこと、ですか？」

父が何を言いたいのかわからず、首を傾げる。

クレイ伯父様は母の兄で、とても優秀な医者だ。それこそ優秀な医者ばかり選ばれる貴族専属医への打診がきていた程ではないか。知識を捨てたとは？

「アイラ。一般の人間には、貴重な植物や特殊な病についての情報が開示されない」

「え……？」

「つまり、貴族専属医になった医者や、もとから学園で深い知識を学んだものにしか伝えられない情報が多いのだよ。クレイは専属医を断った時点で、医者としては二流止まりになってしまったんだ」

言われた言葉に、頭が真っ白になる。

「そ、そんな。伯父様は立派な方です！　二流だなんて、そんな」

父はクレイ伯父様と親友だと公言するほど仲がいい筈だ。そんな父が彼を悪く言うのに、衝撃で口が戦慄（わなな）く。

「わかっている。あいつはとても立派なやつだ。専属医にはないものを持っているだろう。だけれど彼は国が情報を開示していない薬草については、エルフィの力で学ぶことはできても手に入れることはできなくなった。未知の病気の治癒の研究が結果を残しても知ることもできない」

母が抱き寄せる腕にぐっと力を入れたのがわかった。どうやら私は震えていたらしい。

クレイ伯父様が、あの知識が豊富で立派な医師であるクレイ伯父様ですらそうなら、私が目指すものというのは一体なんなのだろう。いつか、今度は私が、患者が貴族ではないからと誰かを助けられない日がくるかもしれない。動けないでいる私に、父はふっと息を吐いて笑みを見せた。

「やるなら、徹底的にやりなさい、アイラ。中途半端でなくてね」

「お父様……？」

「魔法学園を目指しなさい。それも、狙うなら王都がいいね。王都の魔法学園なら、成績優秀者であればほとんどの情報の開示が約束されている。あそこもまた、貴族の入学が優先されてはいるが、才能がある者はその限りではないと聞く」

「王都の、魔法学園」

呟いて、とても遠いところにあるその学園に思いを馳せる。

「あなたは一人ではないもの。きっと大丈夫だわ、アイラ。あなたには私たちや、精霊もいるのだから。精霊はエルフィを裏切らない」

「本当は無理をするなと叱りたいところなのだがね、私もできうる限り応援しよう。ただし、一人でやろうとしないこと、今後は無理しすぎないことだ。頑張ることと無理をすることを履き違えてはいけない。いいね、アイラ」

ふと、サフィルにいさまが「人に頼むことを覚えろ」と言っていたのを思い出す。……ゆっくり考えて、私はしっかりと頷いた。

「はい、お父様」

ほっと息をついた母に、安堵した笑みを浮かべる父。

父はふと立ち上がると、机から小さな箱を持って来た。

「アイラ、君のだ」

渡された箱を首を傾げつつ受け取り、開けて……息を呑む。

「桜……！」

箱に収められていたのは、ふかふかの布に包まれた台座に置かれた石であった。直径三センチほどの真ん丸の透明の石の中に、小さな桜の花が一輪閉じ込めてある。

「魔力で小さくした本物の花を閉じ込めた宝石だ。王都で流行っているそうだが」

「お父様、これって」

どくどくと心臓が大きく音を立てている気がする。まるで耳のすぐ横に心臓があるみたいに煩（うるさ）くて、父の言葉を聞き逃しそうでじっとその目を見つめた。

「サフィルが君に渡そうとしていたものだそうだよ。ガイアスとレイシスの二人が、サフィルがそう言っていたと覚えていた。桜を知っていたのか、アイラ。大事にしなさい」

ぎゅっとそれを握り締めて、私は言葉にならずこくこくとただ、頷いた。


「集合よ集合！　ガイアス遅いってば！」

二階の窓から叫ぶと、外で剣を振るっていたガイアスが「やべ！」と声を漏らす。約束していたことを忘れていたらしい。

「もうそんな時間か？」

「そうよ、早くしないとお菓子あげないから！」

「お菓子⁉」

私の言葉を聞いたガイアスが、大慌てで屋敷に入ってくるのが見える。

その間に私は子供部屋のテーブルに用意したお菓子を並べ、自分の席に本を積み上げ羽ペンにインク、紙も用意した。

メイドがお茶を淹れて部屋を出て行くのと入れ違いにガイアスが部屋に飛び込んできた。全員揃ったな、と見回す。

子供用の小さなベッドで寝ているカーネリアンに布団をかけてやり、サシャを椅子に座らせる。レイシスとガイアスが席についたのを見てから、私も椅子に座った。

「で、一体どうしたの？　会議するーなんて言い出して」

「なぁ、このお菓子もう食べていいのか？」

「お兄ちゃん、めっ！　さくせんかいぎが先なのー！」

テーブルのお菓子に手を伸ばしたガイアスを、今テーブルについている中では最年少のサシャが叱り付けて、部屋には拗ねたガイアスの声と笑い声が溢れる。

「では、これより作戦会議を始めたいと思います！」

私はぐっと手を握り締めて、高らかにそう宣言したのだった。だが……。

「ぶは！　王都の魔法学園に入りたい⁉」

私の発言に、お茶を噴き出しそうな勢いでガイアスが突っ込んだ。いや、むしろ噴き出した。向かいに座っているレイシスが若干寒い空気を撒き散らしながらハンカチで顔を拭いている。ああ、ガイアス後で大変だろうな……下手にここは突っ込むまい。

「そうよ、お父様とも話したんだけどそれがいいかなと思って。私は医者になりたいの。困っている人を助けるのよ！」

「それは……わかるけど、アイラちゃん。王都の魔法学園っていったら、貴族ばっかりの学園だよ？」

レイシスが眉を寄せて言う。今回の件もそうだが、私たちの中で貴族の株は大暴落だ。どん底だ。

「だからこそよ。私はより知識の深い専属医を独り占めしている貴族は許せない。だから……私がすごい医者になって見返してやる。普通の治療を受けられない皆を助けるの！　……聞いたよ。専属医がどうしても診てくれなかった原因」

「なんで、それを！」

意味を理解したガイアスが、ばん、とテーブルを叩いて立ち上がる。お茶はなんとか零れずにすんだが、サシャが驚いて涙目になったので慌ててレイシスが宥める。サシャがいる手前それ以上言うことができなくなったのか、ガイアスはぐっと堪えるように手を握って椅子に座り直した。

ガイアスとレイシスの二人が、父親になぜ医者を連れてきてくれなかったのかと詰め寄っていたのは知っていた。悔しそうに口を閉ざした父親に聞けずに、その医者の家に押しかけたことも、知っている。

なぜなら私も、あの日メイドが「どうしても医者が診ようとしなかった」という言葉が引っかかっていて、二人の後をこっそりと追ったのだから。そして知った事実に、私は子爵への激しい怒りを抑え、ここしばらく情報を探っていたのだ。どうやら子爵は気に入らないことをすると許さない暴君であるらしい。もともとあまりいい評判ではなかったようだが、視察と称してうちに来る時はいつも好意的に見えていたので、というか興味もなくて、気付かなかった。当たり前だ、うちは、お金持ちの部類に入るのだ。愛想もいい筈である。蓋を開けてみれば、子爵は領民から巻き上げた金を王都でギャンブルに使い果たしているだとか、気に入らない使用人をすぐ解雇にするだとかいい噂などまったくなかった。

うちに雇われている使用人は、元は子爵家使用人だった者も多いらしい。どうりで、優秀でありながら職にあぶれている者が多かったわけである。

「ちょっと待ってくれ。わかってると思うけど魔法学園に入るには、それ相応の能力を持っていると判断されたやつだけ、そこの領主に推薦されて行くことになっている筈だ」

「そうね」

頷く。領主の推薦があって初めて、国が支援するのだ。

「……無理だよ、アイラちゃん。あの領主は、お兄ちゃんの話を蹴ったんだ」

「……お父様から聞いたわ」

そう……父と話した時、教えてくれたのだ。実はサフィルにいさまに学園側のアプローチがあったと。それを、マグヴェル子爵が適当な理由をつけて断った、と。

父は何も言わなかったが、恐らく……うちにこれ以上力がつくことを危惧したんじゃないかと思う。ただでさえうちは事業を成功させ、評判がいい。うちがもし爵位を賜ることがあれば、子爵家の領地から外れるだろう。そうなれば、私たちは子爵に税金を払うこともなくなるのだ。

「入れっこないじゃんか、王都の学園なんて……」

「もう一つ方法があるじゃない」

ガイアスの言葉を遮った私に、え、と全員の視線が向く。一呼吸おいて、私は口を開いた。

「うちを貴族にする」

まったく同じ顔、同じ体勢で、唖然とした表情を浮かべて固まる二人と、きょとんと首を傾げたサシャをまるまる一分間たっぷりと見つめる。

そして意味を理解した二人は、さすが双子というべきか、同時に叫んだ。

「えええええ!?」

「お父様が男爵位を賜ればすべて解決だわ。ガイアスやレイシスだってうちで推薦できるし」

「でも、でも爵位を賜るって相当儲かってないとだめだって聞いたぞ!?」

「でも、うちはそうなるんじゃないかって噂がある位だもの。きっと大丈夫よ、お父様だって『爵位を賜ることができればお前たちは難なく良い環境で学ぶことができるのに』って言っていたし」

悔しさが滲んだ苦笑を漏らしながら父が言っていたのを思い出す。たぶんだが、父はサフィルにいさまの道を子爵に潰されてしまったことに怒りを覚えているようだった。

幸いうちは優秀な使用人、優秀な職人と、人材の宝庫だと思う。父が爵位を賜ったとしても、やっていけるからこその発言だろう。……いや、あの父の顔を見るに、恐らく爵位をうちに、という話を子爵家が潰しているのかもしれない。あくまで推測の域だけれど、父は商売に貪欲だが貴族になりたがるタイプではない。きっと爵位を欲しがる何かがあるのだ。

「でも、どうやって……」

「それでね、これなんだけど」

私はテーブルに載せられた二種類のお菓子を指差した。

テーブルには、私たちが普段よく食べる『テケット』と呼ばれる丸く平べったい菓子……ビスケットのような菓子と、サイズはそれと変わらないが、明らかに見た目が違う、もう一種類。

「ああ、これ、気になってたんだけど、なんだ？　ん……パンか？」

ガイアスが首を傾げつつ手に取って、その感触に思いついたのかパンだと言ったそれ。

「立派なお菓子よ。ホットケーキ」

「ほっとけーき？」

私の言葉をサシャが繰り返す。そう、テーブルにあるのは、テケットと同じサイズで焼いたホットケーキだ。試作で作った為生地の量が少なく、小さくなっただけなのであるが。

私はそこで本の後ろに隠していた蜂蜜（はちみつ）の小瓶を取り出す。これは、父が以前お土産（みやげ）でくれたものだ。外国でしか生産されていないらしく、この国ではあまり普及していないらしい。こんなに美味しいのに、もったいないことだ。少し考えが閉鎖的なのだろうか。

「蜂蜜よ。これかけて、食べてみて？」

つんつんと指でつついたり持ち上げてみたりしていた三人が、恐る恐るその小瓶を傾けちょっとだけホットケーキに垂らすと、ゆっくりと口に運んだ。少しして、三人の表情がぱっと輝く。

「……なんだこれ！　うま！」

まず最初に歓喜の声をあげたのはガイアスだ。サシャもそんな兄を見て後に続き、美味しい！　と嬉しそうに声を上げた。

「はちみつ、ってのも美味しいけど、ほっとけーきっていうのもすごいね。パンよりやわらかくて甘くて、すぐに口からなくなっちゃうけどとても美味しいや」

「うん。次によく食べるこれだけど」

テケット、と呼ばれるお菓子を私は口に入れた。確かにほんのり甘い。だが、口の中の水分を持っていかれるようなそれは……うん、それしかないとわかれば食べるのだが、あまり美味しいというものではないのだ。

「僕、今までこれが一番美味しいお菓子だと思ってたよ」

感心したようにレイシスが言う。この国のテケット以外のお菓子といえば、甘い花の蜜を直接吸ったり（小さな頃サルビア等の花の蜜を吸ったことのある人は前の世界にもいた筈だ。虫もいるしオススメはしない）、果物だったり、よくて果物を焼いたり、だ。これを考えると声を大にして言いたい。

なぜ、なぜこの国の人間はお菓子を極めようとしないのか！

甘いお菓子は子供や乙女(おとめ)のみではなく、人類に必要なモノである！　とろりとまるで宝石が雫(しずく)になったような蜂蜜をたっぷりかけた甘いホットケーキだけじゃない。ふわふわの白くてやわらかな生クリームと、それこそ真っ赤な宝石と見間違うようなイチゴでデコレーションしたケーキ、ほのかな苦味で大人もおいしい、お菓子といえば忘れちゃいけない、チョコレート。ちょっと甘いものが辛いときには塩気が効いたおせんべいでもいいし、時には屋台で見かけるようなふわっふわなわたあめでもいい。あ、屋台はりんご飴(あめ)よりいちご飴派！　とにかく、お菓子は人を幸せにするのである！

……この世界に生まれて、お菓子が少ないことに不満を抱いていたのが今爆発しました。失礼しました。

「なぜお菓子ってこれだけだと思う？」

「王都の貴族は、テケットに切った果物を載せて、二つ隣の国から仕入れている変わったミルクに砂糖を混ぜたものをかけてナイフとフォークで食べると聞いたことがあるよ」

「変わったミルク？」

レイシスからもたらされた情報を、用意していた紙にメモを取りながら思案する。私が欲しいのは、生クリームだ。さすがに作り方は知らないし、とても自力で作ろうと思ってもできそうにないんだけど。

これでも、前世ではお菓子作りが好きだったりしたのだ。なぜって、身体が弱かったからスポーツなんかは不向きだったからね……まぁ最大の趣味といえばゲームや漫画だったのだけど。あ、そういえばネットで手に入れた好きなキャラの同人誌ってどうなったんだ？　私が死んだ後一体誰があの部屋の片付けを⁉　私の大佐どうなった！

さーっと顔から血の気が引いた気がしたが、そもそも確認のしようがないので考えないようにするしかない。くっ……よりによってあの本が……。

「ごめん、僕も詳しくなくて。父上なら詳しいと思うんだけど」

「あ、ああ、そうなんだ、ごめんありがとう」

私がどうしようもない後悔をしていると話が進んでいて、慌てて頷いて、紙に「要確認」と追記。

ふむ。生クリームであることを祈る。他に欲しいものといえばチョコレートだったりするんだけど……この世界は食べ物が前世と結構似通っていると思うんだけど、カカオ豆ってあるんだろうか。正直見てもわからん、板チョコレートの形で私の目の前にひょいっと現れてくれないものか。

「で、これが？」

ガイアスが自分のホットケーキを食べ終わり、じっと手をつけていない私の皿に視線を向けているのでそっと押しやりながら返事をする。

「もちろん、売る」

かくて、秘密の？　作戦会議を終えた私たちはそれぞれ動き出す。

ガイアスは親が出かけるのに合わせて街に行き、父にホットケーキを一枚渡した代わりに受け取った軍資金で材料を買い集め。サシャは調理人である母親に台所を使えるように打診しに行き、レイシスは私が提案するお菓子案を簡単にメモして、二人で意見交換をする。

狙うのは、一般市民……民衆だ。いくら美味しくて珍しいお菓子だったとしても貴族が簡単に買うわけがないのだから。

最初は屋敷で販売する。まるでケーキ屋さんのように、店員となり私とサシャが手伝ってリミおばさんと作り上げたお菓子を店頭に出すのだ。それで成功するならば、父に本格的に商品として扱ってもらえるように打診する。

ただし、うちの商会が取引しているのは民衆が扱うもの全般ではあるが、調理された食品はない。一番多いのは服飾品なのだ。その為各地に店舗は多いのだが、一緒に販売はできないだろうから別に店を構えてもらう必要があるだろう。そうなればお菓子を作る職人さんも必要だ。そもそも大きくするならば私たちだけではどうにもならない。

そんな問題点を紙にメモしていく。最初から簡単にいくとは思っていないが、私の前世の知識はこの世界にはないもので斬新である筈だ。そしてそれは、ホットケーキを食べた周りの反応を見る限り悪くない。あとは、父の力を借りることを惜しむ真似はしない。私に起業の知識はない、というよりまだ子供すぎるのだ。立っている者は親でも使えである。彼は、根っからの商人である。使えると判断してもらえばいいのだ。そこから諦めているようでは、復讐などできる筈がないのだから。

　ホットケーキを食べたリミおばさんはその味にいたく感動したらしく、協力をお願いすると嬉しそうに承諾してくれた。

　父にはそれらしく紙に案を纏め、企画書よろしく提出してある。詳しい企画書など知る筈もなく、子供っぽくただ商品名と特徴を書き綴っただけの、本来であれば企画書とも言えないものではあるが、一応覚えて間もないこちらの世界の文字を駆使してなんとか書き綴った。

　一ヶ月後に父に試食会を提案した私たちは日々奔走したのである。ただ、主にその間試食に精を出したガイアスにとっては幸せな期間であったと思われるが。

「いらっしゃいませー！」

　カランコロンと音を立てて開いた扉の向こうから現れたのは、最近常連になりつつある街で雑貨屋を営んでいるおばさんだ。

「こんにちは、アイラちゃん！　また買いに来てしまったよ。いつものあるかい？」

　にこにこと籠からお財布を出したおばさんにもちろんと返事をして、冷蔵庫から（と言っても中に魔法で作り出した氷を入れた石と金属でできた箱だ）可愛らしい瓶に入ったそれを出す。

「プリン二個ですね！」

「あ、今日はねぇ、お客さんが来るからもう二つ追加でお願いできるかい？」

「ありがとうございます！」

さらに二つ用意すると、横から厚紙の箱と、小さな袋を持ってサシャが現れる。プリンを箱に詰めながら、私はサシャが持ってきた小袋をおばさんに見せた。

「おばさん、これサービスしますね！」

「おや？　それはなぁに？」

「新作のクッキーっていう名前のお菓子です。お客様のお土産に！　おばさんの分も入れておきますね」

「いいのかい」

嬉しそうに微笑むおばさんに頷いて見せて、詰め終えたプリンの箱を綺麗な柄の布で包装し、今朝花屋さんから仕入れたばかりの小さなお花と一緒にリボンで結ぶ。

「まぁまぁまぁ、綺麗にしてもらって！」

可愛らしくラッピングされた箱に、おばさんが目を丸くする。普段はここまでしていないからだ。

「お客様が来るんでしょう？　お花は魔法で加工してあるから今日一日ならこのまま冷蔵庫にいれておくといいですよー！　いつも通り、あまり日持ちはしないので早めに食べてくださいね」

「まぁ立派だこと。ベルティーニさんところは今後も安泰ねぇ」

「頑張ります！　あ、そうそうおばさん。そちらのお店で、こんな感じの包装を可愛くしてくれるものって何かないかな？　今日はお花屋さんから仕入れた小花を使ってるんだけど、長く保てる飾りも欲しいなーと思って」

「それなら、私が趣味で作っているものだけどこんなのはどうだい」

おばさんがにこにこしながら持ち上げたお財布には、きらきらしたビーズで作られた根付がついていた。ふむ、小さい巾着袋に落ちないように根付を付けて、似たようなきらきらした飴を入れて売れば、子供用や若い女性向けのプレゼントとしていいかもしれない。年頃の女の子なら喜んでくれそうだ。布製品で袋を作るのなら、父に頼んで端切れを使わせてもらえば原価を下げられそうだし。

「ありがとうおばさん！　あとで店に見に行かせてもらってもいい？」

「もちろん、楽しみにしてるよ」

「こんにちはー、あら、雑貨屋の奥さん」

「あ、果物屋さんの奥さんじゃないかい」

また音を立てた扉の向こうから現れたのは朝うちに果物を卸してくれた果物屋さんのおばさんで、できてるよ！　と声をかけて、いちごにべっこう飴を絡ませたものを差し出す。そう、いちご飴です！

時間がたつと湿気で溶けちゃうから、水分が多いところには置かないで等の注意を伝え終えると、果物屋さんは近所の子供の分を受け取り、雑貨屋さんとにこやかに帰っていく。

売り上げた分を紙にメモしていると、今度は恋人にプレゼントしたい、と若い男性が訪ねてきたので、球状のカステラをお勧めして包装する。

そう、見事試食会では父の絶賛を得た私たちが作り上げたお菓子は、順調に屋敷で売り上げを伸ばしていた。

開店して一ヶ月、ベルティーニが何か面白そうなことをやり出したらしいとご近所さんから始まった口コミは早くも広がりを見せ、最近は商品が追いつかず、昼前にはほぼ完売状態の日が続いている。正直ここまで早く売り上げが伸びるとは思っていなかったので、びっくりどころではない。可愛らしいラッピングも好評で、ラッピングのおかげかお土産としての売り上げもさらに増えた。嬉しい誤算ではあるが、品切れ状態をなんとかしたい……と思案しながら毎日新作を考える日々である。

やはり甘いものは癒（いや）しだ、可愛いものは正義だ。うちの父が服飾品を手がけていてよかった、ラッピングには困らない。さすがに包装紙はここにはないからね。

そんなことを考えつつ過ごしていると、お客様にサービスしたクッキーが隣町から来たお客さんの手に渡ったり、またお土産として人気のせいなのか、少し遠いところからもお客さんが来るようになった。日持ちするお菓子を考えなければなるまい、と考えている時だった。

「アイラ」

「お父様」

台所でリミおばさんとサシャとあーでもないこーでもないと日持ちする新作をどうするか話していると、珍しく台所に現れた父に驚く。

にこにことしていた父だが、その後ろに私の知らぬ人を引き連れていた。

「アイラ、話があるのだけれどいいかな。彼は隣町の食堂の次男なのだけれどね」

「はじめまして、バール・ステイと申します！」

父が身体をずらすと、がっちがちに固まった青年が、ばっと帽子をとって頭を下げた。身長は父より少し低く、クセのある赤毛が帽子に潰れてぺしゃんこになっている。

一瞬見えた赤茶色の瞳は下を向き視線が合うことはないが、そばかすのある顔を真っ赤にして彼が挨拶していのは……どう見ても私の前にいるリミおばさんに向けてのようだ。

「……アイラお嬢様、お仕事のお話でしたら、席を外しましょうか」

あえてだろう、リミおばさんが父ではなく私を見ながらそっと頭を下げて申し出ると、小さく青年のほうから「え！」と声があがった。

「んー、いいえ、ここにいてくださいリミおばさん。そろそろ冷やしていたクッキーの生地が出来上がる時間だし。えーっと、アイラ・ベルティーニと申しますわ、バールさん」

一応そこそこお金持ちの家であるうちでは礼儀作法も学ばされる。スカートをつまみあげ礼をとる私の挨拶に、目を白黒させた青年が慌てて頭を下げる。その様子を穏やかな笑顔で見ていた父だったが、急にその表情を真剣なものに変えた。

「アイラ、彼は君のお菓子に感銘を受けたようでね。レシピは門外不出を約束するのでぜひ調理を手伝わせてもらいたいと言うんだよ。どうだろう、ここいらで一つ、前から考えていた店舗を増やす準備をしてみたらどうかな」

その内容に、ぐっと私は拳を握った。父が完全に私が作るお菓子という商品を認めた瞬間である。

「ありがとうございます、お父様」

一つ大事なことを忘れていたようだ。この商売の大成功は、私の知識のおかげではないのだ。やはり父の商売人としての指導は的確であった。父がいなければ安い仕入れも、人材も、経営のノウハウも得られたものではなかった。

そして、リミおばさんがいなければ子供の手では難しい微妙な加減の繊細な菓子はできなかったであろうし、毎日仕入れで重い荷物を運んでくれたガイアスやレイシス、一生懸命店員としてもお手伝いしてくれるサシャ、お母様やカーネリアンもアイディアを出してくれたり試食で味のアドバイスをくれたし、使用人たちもできる限り手伝いをしてくれた。

各地にいるベルティーニ商会の従業員も、それとなくお菓子をお土産として取引先に持ち込み推してくれたようだし、美味しそうな木の実の情報や珍しい異国の甘味を持ってきてくれたりと、感謝してもしきれない程。彼らの情報網のおかげでレイシスも言っていた異国のミルク……つまりは念願の生クリームだって手に入れたのだ。

目の前にある甘い、人を幸せにするお菓子たち。たくさんの協力を得られているそれを笑顔と一緒に売り出している私であるが、その心を占める感情はとても黒く重いものであることが、周りにいる皆と一人だけ違う場所で孤立しているように感じるが、見ないふりをした。それでいいのだと思ったから。すごいと褒められる新作のお菓子だって、大抵は私の前世の知識を利用したのであって私自身何もしていない。

いつも新作を作る時は大量の材料を無駄にするような失敗もするし、前世で覚えていても材料が揃わなくて作れないお菓子をなんとか形にしようとしたせいでガイアスがとても苦くなってしまったお菓子を食べるハメになったこともあった。

新しいお菓子という事業で父も忙しくなって、最近では母も仕事の手伝いをしている。

それでも私は、やめようとは思えなかったのだ。復讐と呼ぶに近いこの感情の行動を。あの、優しい笑顔を思い出すたびに、胸に針が刺さったような痛みを覚えることにも、気付かないふりをして。

こうして順調に店を広げていった私たちのお店は、二年たった頃には貴族にも知られた、全国的に有名なお菓子店として成功したのであった。

「いらっしゃいませー！」

チリンチリン、と、雑貨屋さんで買ったドアベルが鳴り、お客様が入ってくる。

外はとてもいいお天気で、差し込む光は暖かい。午前はお店の手伝いをした後、午後から魔法の練習の予定になっている今日。すでに昼飯時の今、丁度お客様が途切れる時間帯だった為に若干抜いていた気を引き締め笑顔で挨拶する。

ここは屋敷にあった最初の店ではなく、街に作った一号店だ。屋敷での店は改装もせず、必要なものだけを外への出入り口があった空き部屋に持ち込んだ臨時感のある店構えであったが、ここは父が新しく空き家を買い上げ、お菓子屋さんとして使いやすいように改装してある紛れもない独立した店舗である。

小さなケーキ屋さんを思わせるそこには、私の提案によりショーケースが並べられ、今や商品も増えて色とりどりのお菓子たちがまるで宝石のように飾られていて、店内に初めて入った女性のお客様は興奮してしばらく眺めているだけのこともある位なのだ……が。

「えーっと……お客様？」

現れたお客様は、私と同じくらいの背丈でローブを着ており、深くフードを被って俯いていた。正直に言おう、怪しいことこの上ない。それ、うちの自慢のお菓子が見えてませんよね？　視界に床しか映ってないよね？

しばらく見つめ合う……ことはできなかったが、動かないその人物を見つめること、数分。

怪しむことに若干飽きた私の思考がとっくに今日やろうと思っている魔法練習に向いていた頃だった。

「何か、食べるものを頂けないか」

「は？」

突然聞こえたまるで水琴のような透き通った声音に、脳内で前世プレイした某ＲＰＧのような魔法って私も使えるかしらと描いていた魔力の流れを慌てて消したが、つい間抜けな声を出してしまう。

「持ち合わせはこれしかないのだけれど、何か食事を」

「え、ちょ、え？」

差し出された拳に慌てて手を伸ばすと、手のひらに落とされたのはずっしりとした重みのあるブローチで。思わずまじまじとそれを見つめて、ぎょっとする。

こ、これ、相当お高いものではないか!?

真ん中に大きく赤い石、そしてその周辺を透明だが美しく輝く小ぶりの石が規則正しく並んで添えられ、金の縁が蔦のように取り囲んでいる。そして下の方にはしゃらしゃらと細い鎖に繋がれた緑色の美しい玉石が輝いていて……頭に過ぎるのは「ルビー！　ダイヤ！　エメラルド！」とか高価な石の名前で、慌てて突き返す。何より、微かに感じるこれは……。

「こ、このようなもの受け取れません」

「ですが、それしか持ち合わせが」「これには守護の魔法がかかっています！　どのような経緯でお持ちになっているのかわかりませんが、大事な物なのでしょう!?」

私が無理やり手を取って宝石を持たせたところで、驚いて顔を上げた為に相手のフードがぱさりと背中に落ちた。

「っ！」

美しい、銀色の瞳と視線がぶつかる。思わず息を呑むと、さらさらと眉の下まで伸びた前髪も美しい銀色だということに気付く。

呆然とその美しい色を見つめていると、瞳孔は紫苑色なのだ、と後から考えると今そこはどうでもいいだろうと突っ込みたくなるようなことが頭に浮かび、その視線を外せなくなる。

中性的に見えるが、恐らく男の子だ。私と同じくらいの。しかし嫉妬したくなる程美しい白磁の肌に、整った顔立ち、そして先ほどの透き通った声音。全体的に薄い色素が儚げに見せ、そして整いすぎた容姿は少しの冷たさを帯びる。なんて、なんて……

乙女ゲームに出てきそうな、現実ではお目にかかれないタイプなんだ！

この子間違いなく将来超美形になるよなぁ、ポジション的には優しいお兄ちゃんタイプ？　それとも可愛く甘える弟タイプ？　うわーそれにしても睫まで銀色ってすごい綺麗だなぁ、朝露で光ってるサフランの葉っぱみたい！

脳内で自分の物差しで彼を勝手に判断している頃、困ったような表情をした彼が先に視線を外した。そこで漸く現実に戻ってきた私は、ええっと、と繋ぎの言葉を出しつつ思案する。食事。彼は食事と言った筈だ。しかしなぜ現金を持たず、お菓子屋に彼は現れたのか。

ふと、彼のローブから覗いた袖口が、上質な布で作られた衣装であることに気付く。先ほどのブローチといい、身に纏う服といい……うん。

「……わかりました、ちょっと待っててもらえますか？」

私はそう目の前の人物に告げると、奥に引っ込んでこの店舗を任されているバールさんに、屋敷に戻ることを告げる。

白い帽子を被ってすっかり菓子職人の彼は、ケーキのデコレーションをしていた手を止めることができずすまなそうに目礼して答えてくれたので、苦笑しつつエプロンを外して帰宅の準備をする。

店先に戻った私は、直立不動で美しい少年が待っているのを目に留めつつ小さなクッキーとパウンドケーキの小袋を取り、それを売り上げの手続きにして自分のお財布からお金を出しレジ代わりの小箱に入れると、ショーケースの間を縫って歩き少年の横に並んだ。

「ごめんなさい、うちにはお菓子しかないから、とりあえずこれでいいですか？　少し先に私の家があるので、そこで食事にしましょう」

え、と顔を上げた彼の少しひんやりとした手を再度取り、まだ握り締めていたブローチの上に二つの小袋を重ねる。慌てた彼がそれを両手でしっかりと掴んだのを見届けて、その美しい少年に行きましょう、と声をかけた。

外に出ると、暖かな空気が身体を包む。周りを見渡してみるが、ガイアスとレイシスの姿はない。私が屋敷から出る時は必ず二人のうち最低一人がついて動くのだが、もちろんこの店と屋敷の往復の道も同様だ。少し待ったほうがいいかと考えて、最近私の発案で用意されたテラス席の椅子を引く。

人を待っていますので先にこちらでどうぞ、と声をかけると、フードを被り直していた彼は余程空腹だったのか迷うことなく席につき、すぐにフルーツたっぷりのパウンドケーキを手に取った。

かぶりつくものではあったが、どことなく品がある所作に、彼は恐らく貴族の出ではないか、と思考を巡らせる。なんでここにいるのかは知らないが。そもそもここの領主、マグヴェル子爵には子供はいない筈だし……というか容姿がまったくこれっぽっちも似てないし、地元の裕福な商人の家という線は薄い。この領地でうち以外に有名どころはないのだ。

それに商人の子供にしては、少し浮いている。あんな高価なブローチと食事を交換しようとしたこととか、まぁまず商人の子ならやらないだろう。その袖口のボタン一つで恐らくうちの店のお菓子を全部買い上げてもお釣りがくる。ブローチなら屋敷が買える。つまり自分の持ち物の価値をわかっていないのだ、この子は。

なーんでまた、お貴族様の子息が一人で、ねぇ。

本来ならありえないことだ。護衛の一人もおらずこんなところに私と同じ位の年代の恐らく貴族の子が一人きり、なんて。ちょっと裏路地に入れば間違いなくこの子は身包(みぐる)みはがされて売り払われるだろう。

最近知ったことだが、この国はつい最近まで奴隷制度を採用していたようで、今は禁止されているもののどうしても根付いたそれがすぐになくなることはなく、裏路地ではこっそりと奴隷の取引もされているそうだ。平和な世界で育った記憶がある身としては身の毛もよだつ受け入れがたい話だ。

ということで、こんなところに一人でいるのはやはり異様である。ローブで隠しているつもりかもしれないが、悪目立ちだった。

「アイラ！　悪い、待たせたか？」

「お嬢様、申し訳ありません！」

ばたばたと走ってきた二人に、笑ってひらひらと手を振る。ほっとした様子を見せたガイアスとレイシスだが、私のそばにいるローブに包まれた子供を見て、眉を顰める。

さっと駆け寄ったガイアスが私の腕を引き、レイシスが私を庇うように前に出つつ、お嬢様？　と声をかけてきた。

そう、最近レイシスが以前のようにアイラちゃん、と呼んでくれなくなりました……。がっつり敬語だし。まぁ、真面目なこの子らしいといえばそうなんだけれど。レイシス曰く「ガイアスの口調がおかしいのです」だそうだ。幼馴染なのに、若干寂しい。

「お客様よ。お腹がすいているみたいなんだけど、うちで食事を召し上がっていただくことにしたの」

私の言葉に、レイシスが少しばかり目を見開いた後、ローブの人間を見る。

「おいアイラ、誰だよこいつ」

私の口調から空気をまったく読んでくれないガイアスが訝しげにローブの相手を睨むのをぺしりと頭をはたいてやめさせる。

「いって！　なんだよ！」

「ばか。よく見てよ」

大げさに頭をさすりつつ再度視線を動かしたガイアスが、少しぎょっとした顔をしたのを見届けて視線を戻すと……少年は思いっきり警戒していた。

「あ、大丈夫です。この二人は私の家の……あれ？　そういえば自己紹介まだでしたっけ」

はたと気付いて、私は慌ててスカートをつまみ上げ膝を落とし淑女の礼をとった。うん、遅いけど。

「アイラ・ベルティーニと申しますわ。怪しい者ではございません。このお店は、私の実家、ベルティーニ商会で展開しているお菓子ブランド『ベルマカロン』の店舗ですわ。この二人は幼馴染で護衛をしてもらっておりますの」

むず痒くなるが、母に叩き込まれた令嬢らしい振る舞いと若干怪しい言葉遣いを思い出しつつ言い切ると、ローブの彼ははっとしたように顔を上げた。

「あの、……有名なベルティーニ商会のご息女でしたか。僕は」

小さく発せられた透き通った声に聞き惚れそうになりつつ、いえ、と言葉を遮る。

「今ここでは詳しいお話はしないほうがよろしいでしょう。一度私の屋敷で父とお話になってみては」

私の提案に、一瞬動きを止めた彼はゆっくりとフードの陰からその銀色の瞳を私に向けて、頷いた。

美少年お持ち帰りになりました。

「アイラ、奥様には？」

「うん、ちゃんと言ってる」

店から帰る道すがら、ガイアスにされた質問に目を合わせて端的に答える。

ガイアスは、『ちゃんと客を連れて帰ると伝えたのか』と聞いたのだ。それに対し『もちろん、ちゃんと銀髪で銀の瞳の同い年位の子を連れて帰ると連絡した』という意味で返事をした。まぁガイアスにちゃんとそこまで伝わっているかどうかは別として、それ以上聞いてこないのだからそれでいい。

どうしてこんな短い会話なのかと言えば、私の能力のせいである。

『緑のエルフィ』は特殊だ。普通のエルフィは、水の精霊や火の精霊からほんの少し力を借りて、普通の魔法使いより種類が多く魔法が使えたりする、らしいのであるが、緑のエルフィは『植物を操り』『精霊の知恵を借りる』ことができるのが大きな特徴である。緑のエルフィと精霊の距離は近い。

故に、薬師に向いているのであるが……自然を味方につけている緑のエルフィはやはり普通のエルフィから見ても羨望の的となる。風の精霊もエルフィとの交流が盛んと聞くが、緑のエルフィは植物の精霊との助け合いを目的としている為また違う。そして羨望というものは、暗い感情と紙一重だ。故に、緑のエルフィは特にその能力を隠すことが多い。

私も屋敷では普通にしているが、外では自分の能力を見せたりはしていない。私は母への連絡手段に、植物の精霊に連絡を頼むという手をとった。母と約束している連絡法だ。そして、お客様の特徴を詳しく伝えたのは、どう見てもワケアリだから。早めに連絡しておくに越したことはない。

幸い、店から家までは緑に囲まれているので精霊はそこかしこにいる。我が家は街からほんの少し離れた、森を切り開いた土地にあるのだ。もちろん鬱蒼としているわけではなく、馬車が通れる程度に道は開いている。さすがにアスファルトではないけどね。

歩いてもそんな長い距離ではない。すぐに家に着くが、連絡は念の為……だったのだけど。

「……嫌だわ。ガイアス、レイシス、お客様だよ」

「は？」

私の言葉に間抜けな返事をしたのはガイアスの方。レイシスは素早く私の背後に立ち、周囲を警戒する。その様子を見て、不思議そうにしつつも私を見た例の少年と、はっと焦った様子を見せたガイアスがぴりりとした空気を纏う。

「こんな良いお天気なのに、真っ黒な衣装に身を包んだ男が二人。二人とも、ここで火と氷の魔法を使うことは許さないからね」

「仰せのままに、お嬢様」

「任せとけ」

相手の人数、見た目まで特定したせいか、美少年が驚いたように息を呑んだ後、唇を噛み締める。

「皆、逃げて」

聞こえた、透き通った声に、私たち三人はその声の主を見つめる。なんだこの、狙われた王子様が仲間を逃がす為のようなよくあるテンプレな展開は。

「……なぜ？」

その先が予想できそうな気はしたが尋ねてみると、やはりというか。

「やつらの狙いは僕だ。僕が……」

「僕がここに残るから君たちは逃げてくれ、って？」

続くテンプレの台詞(せりふ)を遮るように被せれば、ぎょっとした美少年が私を大きく見開いた目で見つめてきた。うん、テンプレだからね、わかるよ。

「うちのお店はお客様を見捨てるような接客はしていないわ。ガイアス、レイシス。大丈夫よね？」

「もちろんですお嬢様」

「おうよ」

ひゅ、と腰にある剣を鞘から抜いた二人が、その剣を余裕の笑みを見せながら構えるのを焦った様子で見つめ美少年が止めに入る。

「あ、相手は魔法使いだ！　君たちがどうにかできる相手じゃ……」

しかし、二人はそのまま、表情をすっと真剣なものに変える。気配を捉えたのだろう。少し遅れて美少年もさっと顔色を変えた。む、この距離で相手の気配を掴むとは、この子そこそこ強いんじゃ？

「アイラが俺たちに任せるってことは、大丈夫ってことだ！」

ガイアスが左側の森に身体を向けると、地を蹴って走り出した。

すぐに木々の間を縫うように走り込んできた男二人が、ばっと左右に分かれる。

私の後ろから身体をずらしたレイシスが、目を細め小さく口を動かし呪文の詠唱をし出したのを確認しながら周囲を見渡す。剣を持って飛び込んだガイアスに一人の男が対峙（たいじ）したのを見て、私も小さく口を動かした、その時。

「風よここに！　風の刃（ウインドカッター）！」

レイシスが叫んだ直後、私たちの真正面に馬鹿（ばか）正直に突っ込んできた男が大きく横に飛んで逃げた。

いや、逃げようとした。

「ぐはっ」

低い、空気が抜けるような声。レイシスがさらに畳み掛けるように剣を繰り出すが、腹を押さえた男が剣を構え応戦する。……レイシスはガイアスより剣が苦手だ。

ちらりと視線を動かせば、ガイアスはほぼ互角に男とやり合っている。ガイアスは強い。まだ魔法を使っていないのに互角に戦えているのであればあちらは問題ないだろう。念の為私が唱えていた守護魔法をガイアスのそばで発動し、レイシスに視線を戻す。

いくら日々の練習を怠らず、大人顔負けの技術があるとは言えど、私たちは子供だ。油断してはいけない、とは師である彼らの父の言葉だ。

レイシスの動きをよく見つつ、詠唱する。レイシスが恐らく私の意図に気付いたのだろう、大きく後ろに……私たちのそばまで戻る。同時に飛び込んできた男に私は両手を振り上げた。

「雷の花（ライトニングブルーム）！」

男の身体の、先ほどレイシスにつけられた傷を中心に大きく光の玉が現れる。びくりと男が仰（の）け反り間を取ろうとした瞬間、青白い光の玉は蕾（つぼみ）が花開くように広がり、男に絡み付いた時には……

「ぎゃあああああああああ！」

劈（つんざ）くような悲鳴が辺りに響き渡った。

「あっ、おいこら待て！」

ガイアスが相手をしていた男が大きく跳び、私の魔法でひっくり返った男を乱暴に担ぎ距離を取る。

「あら、逃げちゃうみたい」

私の言葉に、小さく舌打ちをした男は仲間を担ぎなおし、来た方角とは別の森の中に飛び込んでいく。

「待てこら！」

「ダメよガイアス！」

後を追おうとしたガイアスを止める。すでに敵は森の中だ、が。

「森に逃げるなんて馬鹿だなぁ、『大人』が間に合ったみたいよ。すぐに捕まる」

私の言葉に、ふう、とため息を吐いたガイアスとレイシスは大人しく剣を収めた。お疲れ様でした、やっぱり二人は強いなあ。子供が大人に対抗できるのだ、相当修行でも苦労しているに違いない。

ほっとした空気が流れた中で、小さな声でまさかと呟いたのは例の美少年だ。

「君たちは……発動呪文のある魔法を使えるのか」

発動呪文のある魔法。ただ軽く風の流れを操ったり、小さな火をおこすような生活に必要なものではない。例えば明確な攻撃の意図を持っているような、大きな威力の魔法のことだ。「風の刃」「雷の花」などがそれに当たるのだが。

「あの威力はそこらの大人より強いなんてものじゃない……！」

驚愕の表情を浮かべている少年に、苦笑する。

「とりあえず、ここにいるのも何ですしうちにいきましょう？」

「お、俺だって使えるんだぞ！　発動呪文！」

一人魔法が披露できなかったガイアスが騒いでいるようですが、いい加減私もお腹すきました。


「なんであいつ助けたんだよ」

目の前でハンバーグをつつきながら不機嫌そうな声を出したガイアスの顔を見ると、それはもう盛大に不服だと言わんばかりの表情をしていた。

「ガイアスだって、わかっているから態度には出さなかったじゃない？」

ぱくり。うーん美味しい！　さすがリミおばさんだね、ハンバーグ最高。デミグラスソースが濃厚なのにしつこくなくて、じゅわっと口の中に広がる肉汁がたまらない。ああ、この後さらにリミおばさん作の新作お菓子が待っているっていうのに食べすぎちゃいそう。

「ふん」

大好物の肉が目の前にあるというのに、ガイアスの機嫌はよろしくない。まぁ、お貴族様らしき子を助けるような行動が、あの時はあれでよかったのだと思っていてもなかなか納得できないのだろう。
あの後、さて屋敷に戻ろうと歩き出したところで、屋敷が見える前に私の父が馬に乗ってすっ飛んできた。それはもう驚く速さで駆けつけた父は、私の横にいた銀髪の美少年を見てぎょっとしたあと、大慌てで彼と私たちにも怪我がないか確認し、彼だけ馬に乗せて先に屋敷に帰った。どうやら父が知っているお客様だったようだ。

今この食事の席に彼はいない。ここは子供部屋だ。いつも食べている食堂ではなく、ここで食事を取っているのは私とガイアス、レイシスの三人。テーブルから少し離れたところでは、もう食事を終えたサシャが、やんちゃ盛りのカーネリアンに勉強を教えてくれている。

私たちが食堂ではなくこちらで食事を取っていることで、まずさっきまで一緒にいた美少年はやはり貴族なのだろうと確信した。私たち平民は貴族と同じ席で食事をすることはまずない。身分社会の為、無礼にあたるのだ。それが例え子供であっても。

ふと顔を上げると、まだ面白くなさそうにハンバーグをつついているガイアスを見ながらレイシスがはぁとため息をついていた。小さな頃からそうだったけれど、この二人はあまり性格が似ていない。

「仕方ないでしょう？　あの時点で貴族と確定してたわけじゃないし、あの子はベルマカロンに来たお客様だったし、私が接客してても傲慢（ごうまん）な気配はなかったしね。それに……自分を狙う敵が来たってわかった時、あの子私たちに逃げろって言ったのよ。いくら貴族だとしても、全員が全員子爵みたいなやつじゃないわ。たぶんきっと、そうであって欲しいって願望だけど」

「でも」

まだ何か言いたげだったが、ガイアスは黙ってハンバーグを口に運んだ。まぁ、気持ちはわからないでもないんだけれどね。

「ガイアス、私たちが目指しているのは貴族ばかりの学園だよ？　いちいち毛嫌いしてられないって。それに……」

「それに？」

どうしたの、と二人が首を傾げた。ごくんと口の中のハンバーグを飲み込んで、二人の顔を見る。

「おかしいでしょ？」

「え？」

「あんなところに、貴族の子息一人でいるの。それにね、彼お腹がすいていてうちの店に来たのよ、ほっとけないじゃない。……あの子ね、最初、ブローチと交換で食事が欲しいって言ったの。馬鹿みたいに高値のね。そのブローチ……守護の魔法がかかってた。かなり愛情がこめられた、ね。たぶんどこかでご両親が心配して……」

そこまで言ったところで、くすくすと聞こえた笑い声に、その声の主であるレイシスを見る。

「どうしたの？　レイシス」

「いいえ、その通りだと思います、お嬢様。ほら、ガイアスもにやけてないで食べなよ、剣の稽古するんだろ？」

「わ、わかってるよ！」

急に食欲が湧いたらしいガイアスががつがつと食べ出したので、つられて私もハンバーグをぱくり。

ああ、やっぱりリミおばさんのハンバーグ、美味しいです。

全力でのし上がりたいと思います。

食べた後は、少し休んでから三人揃って稽古場に出る。庭とは反対の玄関のそばにある稽古場は、少し屋敷よりは古いものの魔法で耐久度を高めていて頑丈だ。それこそ魔法があさっての方向に飛んでいっても、余程強力なものでなければ問題ないくらいには。

弓道場にも似たそこでは、ガイアスとレイシスがいつも剣の稽古に精を出している。そんな私も、剣の稽古こそしないものの、植物以外の……火とか、水とか雷とか、そういった魔法の練習はここだ。

ちなみに、私はこの時間が大好きである。なんたって、魔法ですよ魔法！　発動呪文の必要がない程度の魔法であれば多くの人間が魔力を使える世界だが、威力は非常に弱い。だが、発動呪文が使えれば、それこそもうＲＰＧの冒険を思い起こさせる程なのである。夢は前世で大好きだったゲームの魔法再現！　ではあるのだが、この世界の魔法は万能ではないので研究のしがいがある。

発動呪文がない簡単な魔法は、思うようにそよ風を起こしたり、お風呂に水を溜めてお湯を沸かしたりと想像が上手くいけば発動可能だが、発動呪文は創造がとても難しい。

想像すればなんとかなるのではない。想像と創造は別物である。決められた呪文を唱えて、想像ができていて、創造する能力があって初めて決められた形の魔法が出てくる。もっとも能力者によって大小威力に差はあるが。

ただ、魔法と魔法の組み合わせはできるので、それで思い描く魔法に近づけたりすることはできる……と思い最近は頑張っているのだが、私の性質は若干器用貧乏だ。

ガイアスは地の魔法が得意で、飛び抜けている。それこその辺りの兵士よりは強いんじゃないだろうか。その代わり、水や風といった繊細な魔法は少し苦手で、これに関しては私より苦戦している。相対し、レイシスは風魔法特化である。彼の使う魔法はとても繊細で、サポートにも向いている。

性がいいせいか水魔法も得意としているようだが、大胆な火魔法や地魔法は不得手だ。

そして私は、植物は本来の魔法属性ではないので除外しておくとして、その他だと少しばかり水魔法が他より得意な程度で、特出しているものがない。一般的な属性は全てある程度使えるが、まぁ、本当にある程度と表現するレベルだ。だがもちろん、私もその辺りの兵士に負けるつもりはない。

他にもそこそこ使える属性は多いが、例外は王家が使えるという光魔法、それから世界中でもよくわかっていない闇魔法だ。まったく使えない。この二つは例外である。

二人が剣を一生懸命振るっているのを見て、思う。

どう見ても二人は一卵性双生児だ。だけど剣はガイアスの方が確実に上だし、魔力は若干レイシスの方が上だろう。得意な魔法も違うのだし、不思議なものだ。そこでふと、思う。

「……レイシス、剣よりダガーや弓の方が向いていそうじゃない？」

私がぽつりと漏らした言葉に、練習していた二人は唖然として剣を止めた。驚いた顔のレイシスを見て、慌てる。

「あ、違うの。剣がダメだって言うんじゃなくて、ふと、イメージなんだけど。レイシスは風や水とか、加減が難しい魔法の方が得意じゃない？　なんていうか、素早さや正確さを重視した武器の方が合いそうだなって。いや、剣もそうなのかもしれないけど、素人目線というか……」

すみません、完全にゲーム知識の影響です。イメージ的に、細かい動きが得意なら弓とか上手そうじゃね？　と安易なことを考えてしまったんですうわああ言っちゃまずかったかな、剣が好きだったらどうしよう！

レイシスがいつも打ち合いでガイアスに負けて悔しそうにしているのを見ていたのに私ってばなん

てこった！　とわたわたしていると、当のレイシスは大きく目を見開いたまま固まっていた。

「……その発想はなかったです」

「……なんか俺もそんな気がしてきた」

　本人はまさかの「その発想はなかった」発言をしたが、特に不快そうにしていないのでほっとする。ガイアスの賛同も得られたようだし、えへへ、ととりあえず笑ってみる。

「少し、父と話をしてきます」

　善は急げらしいレイシスは、私にすっと頭を下げると稽古場を出て行った。なんとなくそれをぼんやりと眺めていた私とガイアスは、目を合わせてふっと笑う。

「父上がずっと剣を教えてくれてたから、他のものっていう発想、確かになかったわ。あいつ、炎苦手じゃん？　それでも『炎の矢（フレアアロー）』はめちゃくちゃ的当てるの上手いんだよ。たぶん、アイラの言っていることは当たってるぞ」

「そっか、そうなんだ」

　嬉しそうなガイアスに、私もにっこり笑みを返すのだった。


　そういえば、食後に食べたリミおばさんの新作お菓子は、まさかの日本式のモンブランにそっくりだった。名前の由来である山のような形はしていなかったし、さすがに栗（くり）は載せられていなかったが、試行錯誤した結果あの特徴的な絞りの形になったらしい。

　私は一切モンブランについて語ったことはないのでそれにはとてもびっくりして、ぜひこのまま商品化して売りに出そうと推しておいた。生クリームがこの世界にもあってよかった！

お菓子職人としてリミおばさんが指導していた他の人たちも、バールさんを筆頭にいろいろな新作お菓子を生み出しては切磋琢磨しているらしい。

店を屋敷から街に引っ越した時、ベルティーニのお菓子は『ベルマカロン』という店の名で売り出した。名前を決めたのは私だ。私が前世で一番好きだったお菓子から名前を貰ったのだけど、まだそのお菓子は作れていない。脳内でいくらマカロン、マカロンと呼んでも返事をしてくれるわけでもなく、私の知識は非常に中途半端だ。いつかマカロンの味もこの世界の人たちに知ってもらえたら。そしてさらにまったく新しいお菓子も味わってみたいなぁとぼんやり考えていた私は、はっと、当初の目的を忘れそうになっていたことに気付き、ポケットに手を入れた。

小さなお守り袋。その中の丸い感触に、ぼやりと浮かんだ笑顔を思い出して涙が出そうになった。


「アイラ、いるかい」

レイシスが離れてしばらくたち、私とガイアスがそろそろ休憩しようかと話していた頃。稽古場の入り口に父と、ガイアスたちのお父さんのゼフェルおじさん、そしてレイシスが漸く戻ってきた。

背の高い父が、ガイアスを見つけると目線を合わせて頭を撫でながら、「今日はよくやった」と笑うので、ガイアスが嬉しそうにありがとうございますと笑う。続いてゼフェルおじさんにも褒められたガイアスは、飛び跳ねて喜んだ。ゼフェルおじさんが褒めるのは珍しい。厳しい人だけれど、その分褒められた時の喜びは大きなものだろう。すでに先に褒めてもらっていたのか、レイシスも嬉しそうにしている。そこでぽんと手を叩くと、父は私を見て微笑んだ。

「ああ、アイラ。彼がね、君と話したいと言うんだ。アイラ、お前も頑張ったな、満点だ」

父に褒められて、つい私も嬉しくなって微笑む。中身はいい歳した大人とも言えるのかもしれないが、私は前世で父に褒められた記憶はない。

ところで、私と話したい彼、とはあの美少年のことだろうか。

なんだろう、と首を捻ると、すっと入り口から人影が現れて視線を向けて……驚いた。

「え！　さっきの」

入り口にいたのは、間違いなく私が店でフードの下を見てしまった彼だ。さらさらの銀の髪、瞳孔は紫苑色にも見える銀の瞳に、透けるような白い肌。整いすぎた顔は少しばかり冷たい印象を受けた気がしていたのだが、今はほんの少し頬に赤みがさしているせいか雰囲気が柔らかい。

彼は、ローブを脱いでいた。身に纏う服は黒に銀糸の刺繍が施された美しいもので、やはりボタン一つで食事が何十回もできそうな代物で間違いなかった。あのやぼったいローブを脱いだ彼は、どこか気圧されるような雰囲気を纏っていて、少しだけ、ほんの半歩程後ずさる。

「さっきは、ありがとう。丸一日食べていなくて、君のおかげで助かりました」

「い、いえ」

微笑まれて、心臓が耳に移動したのかと思う程に煩くどくどくと鳴った。

うわぁ、これはやばい、乙女ゲームの一枚絵でも目の前で展開しているかのようだ。ここは現実か一瞬疑った。心なしか花でも背負っているのではと思う程彼のきらきらしたオーラがすごい。

そこで、はっとして私は息を呑む。私の思考は前世の記憶も足せば余裕で二十代。目の前の彼は間違いなく今の私と同じくらいだから、前世基準でいけば小学生だ。おい、小学生にときめくな私！

危ない路線の趣味があったのだろうかと真剣に悩み始めた時、視界で何かが光る。

「アイラ？」

「ひょえ⁉」

変な顔をして俯いてしまったのだろう。目の前に月のように輝く、しかし不思議そうなあの瞳が飛び込んできて、私は奇声をあげて仰け反った。

まさかの呼び捨てキターって脳内に有名な顔文字が出た気がします助けろお父様！「はっはっは、アイラは照れているのかな」じゃないわ！

「おい」

低い声が聞こえたあと、目を白黒させている私のお腹に何かが回ったと思った瞬間、ぐいと後ろに引かれた。すぐに背中が暖かくなって、両耳に風が触れて上りきった熱が冷やされる。

「ガイアス、レイシス」

私を後ろに引っ張ったのはどうやら両者同時のようだ。左にガイアス、右にレイシスがいる。吐息が触れる程そばに二人がいることに驚くが、とりあえずガイアス、私の耳元でおっそろしい声出さないでくれないか、怒らなくても私が勝手にびっくりしただけで彼は何もしていない。

「あの、二人とも大丈夫」

真面目な護衛二人に息を整えた私がそう言うが、両脇（りょうわき）の二人から漂うのは両極端なおかしな空気だ。左は若干熱いがまだいいとして、特に右側がツンドラに迷い込んだようである。レイシス、君氷魔法の特性もありそうだよ。

微妙な沈黙をぶち壊してくれたのは、はっはっはと笑い出す、やはり父だった。頑張れ若人よって、お父様、まだ三十代入ったばかりでしたよね？

「君たちにお礼を言いたかったんです」

ところ変わってここはベルティーニ家自慢の庭。父が「子供はお菓子の時間だ」とか言い出して庭に移動した私たちは、リミおばさんお手製のクッキーを頬張りながらお茶でも飲んで話しましょうということになったのだ。

ちなみに私はさっき試作品のモンブランを食べたのでクッキーは控えめに。お茶はお気に入りのアップルティー。落ち着く柔らかな甘い香りを堪能して、漸くほっと息をつく。

私の正面には美しく微笑む少年。左には少し不機嫌そうなガイアス。そして右には冷気発生源……じゃなかった、レイシスがいて、それぞれお茶を味わっている。本当に味わっているかは謎だ。

レイシスが稽古場から離れた時に先に美少年に会っていたみたいだしそこで何かあったのだろうか。

それで、と正面から声をかけられ、この気まずい空間誰かなんとかしてくれと現実逃避気味に紅茶のカップに注いでいた視線を上げる。

「僕の名前は……フォル、と。アイラ、それと二人も、改めてお礼を言います。食事の件も……それに、君たちはとても強いね。命も救われた」

「……命？」

レイシスがその言葉を反復する。命、ということは、やはりあの黒ずくめは逃げ出してきたどこかのお坊ちゃまを回収しにきたわけでもなく、命を狙う輩だったということか。

この情報は、踏み込んで聞いてはいけない気がする……と全員が思ったのか、私たちは黙る。

彼はフォルと名乗った。家名がないということは、恐らく詳しく話すつもりはないのだろう。

「もう大丈夫なのかよ」

ぶっきらぼうに、だが心配するような言葉をかけたガイアスに、フォルはにこりと笑みを向ける。

「こちらの領地は、友人の家に向かう途中に寄ったのですが……ライアン殿が連絡を取ってくださったので、明後日には友人の領地から迎えが来ると。それまではライアン殿のご厚意でこちらに滞在させて頂けるとのことで、甘えさせてもらいます」

「え、お父様が？」

ライアンとは私の父だ。どう見ても貴族子息なのに、子爵家ではなくうちで預かると進言した父に驚きつつ、言われた言葉に引っかかりを感じて首を傾げた。……友人の領地から迎えが来るの？

「あなたをここまで連れてきた人は……？」

まさかこんな子供一人で旅には出さないだろう。可愛い子には旅をさせよというが、明らかに命を狙われているのならそれはありえない。つい疑問が口をついて出て、しまった、と思う。

あまり深入りしない方がいいと、私の質問にまっすぐ向けられた視線から目を逸らす。

「あ、あの」

「一人は、少し用事があるようでして。そうそう、先ほどアイラに頂いたお菓子もそうですが、ここのお菓子は本当に美味しいね。話には聞いていたけれど、ベルマカロンのお菓子は初めて食べたんだ」

「……うちのお菓子は、主に一般市民向けですから」

言外に、貴族の口には入りにくかろうという意味ではあるのだが、彼はもう一度「とても気に入りました」と笑みを見せる。終始心臓に悪い笑顔だ。誰だ冷たい印象とか思ったの！　私だけど！

「フォルって言ったか、おまえさ」

相手が貴族だろうとわかっていながら、ガイアスが言葉遣いもそのままに睨むようにフォルを見つめる。

「明後日までって言ってたけど、あんまアイラに近づくな」

「ガイアス⁉」

さすがに無礼すぎやしないかと慌てれば、右側でレイシスもガイアスに同意するように頷いた。

「命が狙われているのに、アイラお嬢様のおそばにずっといられては困ります」

「ガイアス、レイシス。この人は父が認めたベルティーニのお客様よ。それにここにまでやつらはこないわ、貴方たちのお父様がいるじゃない」

「それとこれとは別問題だ！　アイラを一度危険な目に遭わせたのには変わりないだろ！　こんなよわっちぃやつまで俺らは守ってられないんだよ」

「ガイアス！」

少しすぎているのではという言葉に、テーブルに手をついて立ち上がる。相手が貴族だとかそうじゃないとかの問題ではない。どう言ってこの場の空気を戻そうかと悩んだ時、ふっと、フォルが笑う。

「さっきはとても迷惑をかけてしまったから、仕方ないことだと思う。謝罪します。けれど、次もし何かあっても僕はアイラに戦わせることなく終わらせることができる」

「はぁ⁉　前提としてお前がいなければ問題ないんだ！」

「ガイアスの意見に賛成ですね、君は先ほどただぼーっとしていただけだ」

「僕こそ君たちには逃げるように言った筈だ。対処はできたよ」

「なんだとー!?」

目の前で始まった喧嘩に、はぁと再度椅子に戻った。これでは子供の喧嘩だ。いや、子供だけど。

「おいフォル！　稽古場来いよ、勝負だ！」

血の気が多いガイアスがこんなこと言い出す頃には、私はため息も尽きて呆然とその様子を見守っていたのだった。男の子って元気だよね……。


「おやおや、これはどういうことかな、ガイアス、レイシス」

一触即発状態の稽古場で、私の開始の合図を待つばかりだった勝負の中突如現れたのは、ゼフェルおじさんだった。

にこやかに私には笑みを浮かべながらも、背後に冷気を背負っている。うん、髪以外は双子はリミおばさん似だと思っていたけど、特にレイシスの性格はばっちり父親に似たのだろう。ちなみに二人は、父親の登場に先ほどまでの空気はどこへやら、顔を青ざめさせて後ずさりを始めている。

「これは、その。ガイアスとレイシスが、フォルと勝……稽古を一緒にやりたいみたいで」

「そうでしたか、お嬢様大変失礼致しました。ガイアス、レイシス。大事なお客様とお嬢様にご迷惑をかけてはいけない。そんなに稽古が好きなら、お前たち今日は森で夜を明かすかい？」

「す、すみませんでした父上！」

声を揃えて謝罪した二人であるが、謝る相手が違うと再度怒られた。これは今日二人は夕飯抜きかもしれないと、こっそり何か差し入れる算段をしていると、おじさんを止めたのはフォルだった。

「デラクエル殿、僕がお二人と剣を交えてみたいと思ったのです。これでも僕も日々鍛錬をしています。同じ年齢だと教えてくださいましたよね？　お二人のように強い『友』に会えることは滅多にないのですから、ぜひ」

「しかし……」

「……いけませんか？」

渋るゼフェルおじさんは、にこやかにだが逸らされない視線にしばし躊躇った後、はぁ、とため息を吐いた。

「危ないと思いましたら、無理にでも止めます。よろしいですね？」

「ええ、ありがとうございます」

にっこりと微笑むフォルは、次の瞬間にはすっと目を細めて、口には笑みを浮かべたまま双子を見つめた。対する双子は、友、と言われた時にぎょっとした様子を見せていたが、視線を受け止めてにやりと笑い、各々武器を構える。

「どっちから相手したいか選べよ」

「なら、二人まとめてかかってきなよ。僕は構わないよ」

「……っ！　言ったな⁉」

開始の合図をしようとしていたのだろうゼフェルおじさんが止める間もなく、ガイアスが構えた剣を振り上げて大きく跳躍した。それが、開始の合図となる。

「くらええええ！」

空から切りかかってきたガイアスの攻撃を、フォルはとん、とまるでステップでも踏むかのように軽々とかわし、着地と同時に大きく横薙ぎされた刃も軽やかに避ける。

フォルが小さく何かを唱えていることに気付く。そもそも、フォルは丸腰だ。ガイアスやレイシスのように魔法剣士ではなく、純粋に魔法を使うタイプなのだろう、と思っていたのだが。

「氷の剣」

呪文が完成した時、フォルの手には透き通る一振りの剣が握られていた。

魔法剣を使うのかと納得した時、それまで動くことがなかったレイシスが大きく手を振り上げる。

「風の刃！」

離れた位置にいた私の髪が揺らぐ程の強い風が、フォルを襲う。その奥で、剣を構え直したガイアスも小さく口を動かしているのが見えた。連携するつもりなのだろう。

ガイアスとレイシスの連携攻撃は強力だ。素早い風を操り相手を翻弄するレイシスが時間を稼いでいる間に、一撃必殺なガイアスの魔法が準備を終える。万が一それを打ち消したとしても、そのタイミングで次の風の攻撃が続いて、繰り返しだ。双子ならではのタイミングの良さで、二人が『大人』と稽古をしている様子を私が見ることはないが、見学した父は褒めちぎっていた。

さすがに二対一は駄目だろうと思った私は、すぐにその考えを訂正するはめになった。

「なっ!?」

珍しくレイシスの慌てたような声が響き渡る。

フォルは、レイシスが放った風の刃すべてを、大きく跳ぶことで避けて見せたのだ。それも、ただ避けたのではない。風の流れを読んで飛び込んできたガイアスの剣を氷の剣で軽くいなしながら空中に氷の足場を作り出し、それを踏み台にして避けたのだ。ジャンプした程度では届かない位置にまで一瞬で逃げられて、風は霧散する。

「逃がすか！　炎の蛇（ファイアスネーク）！」

続いてガイアスが、炎系の魔法を発動した。おそらくフォルが氷を使うからだろう。『蛇の魔法』は、唱えられた属性の蛇が狙った獲物をしつこく追う。ガイアスの炎の蛇は、空中でフォルの手に無造作に構えられていた氷の剣にまっすぐに向かう、が。

「これくらい、なんてことないよ」

フォルが、素早くその剣を構え直したかと思うと、その刃を溶かし尽くそうと飛び掛かった蛇を一刀両断した。真っ二つに割れた蛇だったそれはもはや炎と呼べるものではなく、しっかりと氷漬けにされすぐ大小の欠片（かけら）となって飛び散った。

「な……」

私は唖然として言葉を呑み込む。

ガイアスの魔力の炎を凍らせた？　現れた魔法は術者の魔力だ。そして大抵の場合、氷は炎に弱い。それなのに、その炎を凍てつかして砕くということは。

「ガイアスの魔力を軽く上回ってるってこと……？」

ありえないとまでは言わないが、冗談ではない。ガイアスもレイシスも、大人顔負けの魔力の使い手だ。何度でも言うがその辺りの兵士なんて目じゃないのだ。愕然（がくぜん）としているのは私だけではなかったようで、隣でゼフェルおじさんが絶句して目を見開いていた。

当然だ、ガイアスとレイシスは、この歳で優秀どころではない使い手なのだから。

もはや、一瞬動きを止めたもののすぐに体勢を立て直したガイアスが再び剣を振るおうがレイシスが次々と風で切りつけようが、結果が見えている。

少しだけ、静観してみる。が、おじさんは、驚きで動けないでいた。なら。

ゆっくり前に進み出る。そこで漸くはっとおじさんが身動ぎしたのが視界の端に入ったが、私はそのまま前に進み、ゆっくりと両の手のひらを前に向けた。

「そこまで！」

私の声と同時に、三人に一気に『ただの水』が降り注ぐ。……発動呪文すらない、ただの水だ。しかし量が多かった為に、地上の二人はそのまま地面に突っ伏したし、空中にいた一人も『足場の氷が解けて』落っこちた。

「あら、やりすぎた。まぁいいか、三人とも頭冷やしなさいな」

にっこり、と微笑む。

……はひ、と間の抜けた声は、呆然とした三人の誰かから聞こえた。


にこにこにこにこ。

「……えっと」

おかしい。私はいつから他人の表情が音で聞こえるようになったのだ、いやそんなわけはないなんぞ頭の隅で考えながら、必死に広げたノートに集中しようとしているのだが。

にこにこにこにこ。

「……はぁ」

思わず出るため息。いつちらちらと覗き見ても、私の向かいに座っている彼……フォルは笑顔でこちらを見ている。うん、集中できるわけがない。

「……なんですか？」

「うん、一緒に勉強しようと思って」

「はぁ……」

ため息とも返事ともつかない声を上げて、私は再度がっくりと頭を落としノートを見つめた。

フォルはさっき稽古場で私に水をかけられてから、自ら風と水の魔法を用いて髪や服を乾かしたあと、ずーっと私のそばから離れない。

それこそ、食事の時も、食事を終えた就寝までのわずかな時間の今も。

貴族と共に食事はとらないだろうと思っていたのだが、あろうことか本人がごねた。「僕は彼らの友人のフォルとして食事を共にしたいのです。大勢で食べるのは憧れます」と寂しげに、若干泣き落としに近い状態でうちの父を納得させたフォルは、それはもう嬉しそうに共に食事をしていた。

確かに、こんな賑やかな食事は初めてだと、とても嬉しそうな笑顔を浮かべたフォルを見た時はよかったのだろうと思ったが、如何（いかん）せん貴族様と食事するのは自分のマナーに自信がないとなかなかできない。食べたけど。

彼はものすごく洗練された動作で食事をしていた。それこそついじっと眺めてしまったほどに所作が綺麗だったのだ。私もマナーはいろいろと母に厳しくしつけられているが、同じようにできている感じはしない。……マナーは大事だ、今後の為にもう少し努力したほうがいいかもしれない。

そして、ガイアスとレイシスが、レイシスの今後の武器について彼らの父親と話し合う為に席を外した今も、フォルは私のそばにいてにこにこと私を見続けているのである。なんか小型犬に懐かれた感があるのは気のせいか。

ちなみに彼は一緒に勉強したいなんて言っていたが、私を見るばかりで勉強しようとはしていない。

仕方ない、とにかく集中しようと私は広げたこの国メシュケットの土地について書かれた本を捲る。

この本には、国内至る所にある主要都市や町、農村だけではなく小さな集落まで事細かに書かれていて、それぞれどのような特徴や特産品があるのか、どんな歴史があるのか記してある。要は前世で言う地理の教科書のような感じである。

例えば私の住んでいる町マグヴェル領レイフォレスは織物商売が盛んで、国内だけではなく国外にもその名を知られているとある。言うまでもなく、我が家、ベルティーニ商会が築いたものであり、実際街に出ても針屋（衣服を作る店）や布屋、機織工場などが多いのが特徴だ。

いつかお菓子も有名だと記してもらえるようになればいいなぁ、と思いつつ自分の街について知るのは楽しかった。この世界を強く意識しつつも自分がこれから生きていく世界を学ぶということであり、面白いのだ。気になることを纏めるノートも文字数は増えるばかりである。

他にも、漁業が盛んな港町、たくさんの野菜が採れる農村など特徴は様々。ただ、そうした様々な地名を見つつも気になるのはその土地の名だ。

大体が、どこの領地の何とか町、と書かれている。例えば私の町であればマグヴェル領レイフォレスと記載されているように、その土地の領主の名が書かれることによってその町はどこの領地にありますよとわかるようになっているのだ。つまり、前世で言えば領主の名がそのまま都道府県名になっているのだろう。都道府県名に町名。わかりやすいのであろうが、公爵や侯爵などの高位な貴族が治めている領地には、地続きではなく離れた土地にも領地があったりすることがある。

例えて言うなら北海道と沖縄が、両方北海道もしくは沖縄と呼ばれるような、極端な離れ方をされると訳がわからない。

　ジェントリー公爵領のほとんどは北に位置し、工芸品や漁業が盛んだったりするのに、南にも果物が有名な町があったりするし、ラーク侯爵領は西の隣国に近い位置にあり交易が盛んながら、北に山に囲まれた小さな集落があったりと、離れたところに数ヶ所領地となっている土地がある。

　正直言って、土地を頭に叩き込むのは商人の基本だが、ただでさえ覚えにくい領地名があちこちに存在していれば、混乱もするというものだ。

　これも書き込んでおこうと、果物で有名なジェントリー領の隣にあるヒードス領ヒードス（領地がその町しかない為領地名と町の名前が一緒らしい）をメモしたとき、私の横でにこにこと黙って見ていたフォルが「あ」と小さな声を上げた。

「アイラ。このヒードス男爵領は、今はジェントリー領なんだ。ちょっと前にここの男爵家の当主が、子が幼いうちに亡くなってね。だから正解はジェントリー領ヒードスになるよ」

「へ？」

　彼が指差す地図には、確かにヒードス領と書かれているのだけど……なるほど、最近変わったのなら本が追いついていないのか。

「……でも、幼くても子がいるのになぜジェントリー公爵領に？　他に当主を務められる親類もしくは手伝ってくれる方はいなかったの？」

　大抵の場合は、当主が亡くなったらそこの長男が継ぐ。残念ながら女子が当主になることはないが、息子がいない場合は娘に相応（ふさわ）しい相手を婿として迎え領主を継続するのがこの世界の貴族だ。どうにもならない場合、遠方でも親戚が就くことが多いというのに、他の領主に明け渡すとは。

「ここの幼い当主跡継ぎは男子なんだけどね、いろいろあってこの子が大きくなるまではジェントリーで助けるという契約が、当主が生きている間になされていたんだ。つまり、領の名が変わるのは数年の間だけとなるね。それでも、一応」

そう言ってフォルはすっと隣のジェントリー領を指で丸く囲った。なるほど、「いろいろあって」とは曖昧だが、普通でない何かがあったのだろう。……そしてそれは恐らく良い話ではない。

つい次代の領主を心配して、無事であればいいなぁと小さく口にした時に、フォルが一瞬驚いた後、笑顔でそうだね、と同意してくれる。

「お父様がここの果物が欲しいと言っていたのだけど、仕入れる場合はジェントリー公爵領との取引になるのね。うちは公爵領から仕入れるのは初だわ」

「あれ？　ベルティーニでは服飾の飾りの一部にジェントリーのものを取り入れていたと思うけれど」

私がつい口にした言葉にフォルが不思議そうに首を傾げ、しまった、と目を泳がせる。

「そう……だったかしら。ああ、そういえば金細工のボタンとかそうだったかも」

慌てて付け足す。確かにベルティーニでは意匠をこらした美しい飾りボタンや、服に合ったアクセサリーの類を北のジェントリー領から仕入れている。だがしかし、私が言った「うちで公爵領から仕入れるのは初」というのはあくまで『ベルマカロン』の話だ。

跡継ぎではない為、私は自分で企画しているベルマカロン以外のことは、あくまである程度といったほどしか聞いていない。さすがに時間がないのだ。その代わり、ベルマカロンに関しては各地に出している店舗数から新作メニューまで全て把握しているが。

曖昧に頷きつつもう一度本に視線を落とした時、フォルの綺麗な手が伸びてくる。

「少し貸して……うん、他は全て合っているみたいだよ。結構新しい本で勉強しているんだね、さすがベルティーニ家だ」

「ありがとう」

どうやら他に現在の情報と違うところがないか調べてくれたらしいフォルに御礼を言いつつ、うちのこの本がすごいなら、細かい最新事情付き地理情報を本もなしに把握しているフォルはどうなんだという質問が出かかったが、やめる。彼の家名に繋がる話は聞かない方がいいだろう。

「どういたしまして、アイラ」

にっこりと笑う彼に、今度は私も笑みを返したのだった。


「アイラ！　ここにいるかい？」

フォルがやってきた次の日の昼過ぎ、父がばたばたと子供部屋になだれ込んできた。二日連続父の慌てた姿を見るなんて珍しいこともあるものだと思っていると、室内を見渡した父の様子がおかしい。

「フォルくんは、ここにはいないのか」

「フォル？　昼食の後は見ていないわ、お父様」

私の言葉に少し考え込むように顎に手をあて俯く父を見ながら、同じく室内にいたガイアスとレイシスの二人と顔を見合わせる。

サシャとカーネリアンはこの時間家庭教師と勉強をしている時間だし、私たちは丁度レイシスの新しい武器の話をしていたところだ。これから稽古場にでも行こうかと話していたのだが、フォルは昼食の後から姿を見ていない。てっきり客室にでもいると思ったのだが違うのだろうか。

「仕方ない。いいか、アイラ、ガイアス、レイシス。今お客様が来ているんだが、君たちはここにいるんだ。いいね？　フォルくんが来たら、一緒にここにいてもらって」

「は？　お父様、お客様って」

私の質問に答える暇もないのか、父は「後で説明するからとりあえずここにいるんだ、いいね！」と言いつつ部屋を飛び出していった。

「なんだろうね？」

「フォルがいないと困る、のかな？」

「むしろフォルにもここに閉じこもってろって言いたかったようだけどな」

首を傾げつつ、せっかく天気がいいのになーと窓を開けた時だった。

「うん？　どうしたの薔薇の精霊さん」

窓から飛び込んできた、深い緑の洋服に赤い鮮やかな髪の小さな精霊に微笑みかける。仲良くしている精霊で、柔らかなクセのある髪の毛がそれこそ薔薇のようにも見える、少しやんちゃな男の子だ。

この部屋では精霊の声は私にしか聞こえないのに、その子は私の耳元で内緒話をするように囁（ささや）いた。

……すぐにその内緒話を私がぶち壊してしまうのだが。

「ええ!?　マグヴェル子爵が来てる!?」

驚きのあまり大きな声を出したせいで、しっかりと室内にいた二人には聞かれてしまった。

二人とも、すぐに表情を険しいものに変える。……子爵が、自分の領地の専属医に、緊急時だからと平民を診てもいいとあの時言ってくれていたら、サフィルにいさまは……。

「あいつがここに何の用があるっていうんだ」

「どうせろくな話じゃないと思うけれどね」

「まぁ、同意見だけど……でもなぜ子爵が来たのか、気になる」

視線を上げて二人を見れば、二人とも険しい表情のままにこくりと頷いた。父はここから出るなと言ったが……むしろそれは何かあると言っているようなものだ。

「お父様の様子だと、フォルを会わせたくなかったのかしら」

「そりゃあいつがどっかの貴族の子息なら、なんで挨拶もせずここにいるんだ、とか思うだろうけど」

「……もしかして、昨日の怪しい男たちって子爵の……？」

レイシスが呟いた言葉に、全員はっと目を合わせた。もし、フォルの命を狙ったのが子爵なら……？

「確かに、フォルと会わせられないし、子爵家じゃなくてこの屋敷に滞在している理由もわかるな。ただ子爵がフォルを狙う理由がわからないけど……どうしよう、フォルはどこにいるんだ」

「探しましょう！　見つけたらこの部屋で匿えばいいわ」

頷き合った私たちは、すぐに窓から飛び出した。ここは二階だけれど、レイシスの風の魔法を使えば着地の衝撃をなくすくらいはできる。

ふわりと地面に降り立って、私たちは見つからないように家の壁に張り付きながら部屋を覗き探し回った。広い屋敷だが、二階建ての二階の部屋は家族それぞれの部屋か子供部屋だし、客室はあるがフォルに貸している部屋以外は鍵がかかっている。

重点的に一階を探して少したった頃、窓のそばに隠れるように立つ人影を見つけた。フォルだ。私が声をかけようとした瞬間に、後ろから伸びたガイアスの手に口を塞がれる。なんだ、と思って見れば、前に向かって何か合図をしていて、視線を戻して理解する。

先にこちらに気付いたフォルが、口元に人差し指を立て「静かに」と訴えていたのだ。

「どうしたの」

こそこそと中腰で近づいて小声で問えば、フォルは静かにそばの窓を指差した。カーテンが閉められているのだが、隙間から覗いてごらんと言われて窓の端から覗くと、見づらいながらも人影が……。

「……子爵かしらあれ！」

全体は見えないが、あの大きくでっぷりとした身体とごてごてと悪趣味な服装は間違いない、マグヴェル子爵だろう。

「本当だ、あれ子爵だな」

後ろから確認したガイアスが頷いて、私たちに「やばいかも」という空気が流れる。

「ふぉ、フォル。行きましょう？　あなたが見つかったらやばいんじゃない？」

「そうだよ、昨日のやつら、子爵の手先じゃないのか？」

詰め寄って手を引こうとする私たちを見て、フォルは少し首を傾げて「え？」と瞬く。

「違うよ。まぁ、確かに僕は子爵には何も言わずにここにいるし、見つかったらよくはないだろうけど……昨日の人たちは違うかな」

「え？　そうなの？」

断定して話すフォルに、じゃあ一体誰が……と問いそうになるが、今はそんなゆっくり会話していられる状況じゃない。結局隠れたほうがいいに違いないのだ。

とにかく離れようとしたが、黙っていたレイシスがとても低い声で「ねぇ」と呟き動きを止めた。

「聞いてみて」

そう言うとレイシスは少しだけ手のひらを窓に向けるような動作をした後、すうっとその手を引いた。ふわりと風が届いた後、私たちの耳にねっとりと気味の悪い声が届く。

「ですから、ベルティーニ殿。この地域の民の健康の為に、貴族専属医を解放しようと思っているんですよ。そこで、その分の維持費やら経費は……これはもちろん、民の為ですからね、裕福な層から少しばかり集められればと思いまして」

「そうですか。それは素晴らしいお考えです。……ですがおかしいですね、マグヴェル子爵。貴族専属医の維持費は国から支払われている筈ですが。薬代も別途の筈」

「ええ、ええ、そうですなぁ。ですが、『私の』専属医を貸してやろうというのですよ。民に私のものを貸してやるのだから、もちろん、私にも支払いがあって然るべきでしょう、医師の貸し出し料をね」

「それは……」

聞こえてくる会話に、ぞくりと背中に寒気が走った。間違いなく目の前の窓の向こうで話されている会話だ。片方はよく聞く父の声。もう片方は大嫌いな……子爵の声に間違いなかった。

「なんてこと……！」

「自分の専属医を貸してやるから自分にもっと金をよこせってことか！」

怒りをあらわにする私とガイアスに、フォルがぽんぽんと肩に触れながら静かに口を開いた。

「馬鹿げた話だよ。専属医は領主のものではなく、国が雇い国で派遣している者たちのことだ」

「むしろ国から無償で力を借りているのは子爵ってことだよね」

皆が嫌悪感を滲ませた表情をしている中、部屋の中の声の主は留まるところを知らない様子で話し続けた。商人の父相手だが先ほどまでは少し丁寧な言葉で話していた筈が、口調も崩れ始めたようだ。

「貧しい民から、治療費以上に経費などの支払いもしてもらおうとはさすがにこの私も思えんのだよ。だから、同じ領地の儲けている商人たちで出し合えば丸く解決だろう」

「しかし！　数年前からがけ崩れで通れなくなった道の修繕など、我ら商人が行っているのですよ!?」

「あれは、我が領民たちがあまり通らぬからいらぬ道と判断したのに、商人らが勝手に直したのだろう？　馬鹿を言わないでくれたまえ。いらぬ道に大事な運用費はかけられんのだよ」

「確かにあの道は、領民はあまり通らないかもしれません。ですが、各地を渡り歩く商人にはどうしても必要な道でした！　あの道を通る商人は隣の領地の者がほとんどでしたが、大層困っていたのですよ。……それに、最近突然の飢饉(ききん)に備えてとそれこそ領民の税金が跳ね上がったばかりではありませんか」

「もちろん、仕方がないことだ。ベルティーニ殿。先ほどから聞いていれば、私に文句があるというのかね。何より数年前に金を積んででも使用人風情を診てもらおうとしていたのは君たちだったと思ったが」

今の言葉に、父も、そしてここにいるガイアスとレイシスも、息を呑んだのがわかった。

私の脳内に今の言葉がまるで打った鐘の音のように反響している。

足元から氷が這い登ってくるかのように身体が冷たくなっていくような気がする。知らず、がたがたと手が震えたのが視界に入った時、更なる爆弾が落とされた。

「あの病が流行った時は専属医からも連絡が来ていたが、私も王都に出かけなければならず忙しくてねぇ。その時君たちの話を聞いたものだから、せっかくそちらに金額の交渉に使いを出そうと思ったところでもう遅いと言われたんだよ、こちらとしても残念だったよ。今後はそんなことがないように、ほらわかるだろう」

横でもごもご「っのやろう」とガイアスの声が聞こえてはっとする。見れば、我慢できなくなったガイアスの口を慌ててフォルが塞いだようだ。

レイシスが真っ青になって唇を噛み締めているのを見上げる。そこで漸く、私は気付かないうちにがっくりと地面に膝をついていたことに気がついた。声が震える。

「……あの日、子爵はうちが病人の為にいくらまで金を出すか交渉しようとしていた……の？　事前に流行り病の話は知っていたのに……？」

「あいつが王都に行く用事なんて、いつもただのギャンブルじゃないか……！　どうせ病がうつるまえに逃げようとしたんだろ！」

呆然と事実確認を呟いた私に、珍しくレイシスが声を荒げた。本当に人命救助してくれるつもりであったのなら、交渉だなんだと言っている暇があったら医師をよこしてくれた筈だ。流行っていると聞いた時点で対策を練ってくれていた筈なのだ！

だが、彼は流行り病と聞いて王都に逃げようとしたのか。その直前にお金があるうちの使用人が病だと聞いて、金儲けを閃いて実行しようとしていた。間に合わなかったから知らないふりをした。

握り締めた手が痛い。いつの間にか、お守りとして持ち歩いているサフィルにいさまが遺した桜の石をポケットから出して握っていたらしく、手のひらには赤く丸い痕がついているが、そんなことはどうだっていい。

溢れる怒りにわなわなと身体を震わせ赤くなっているガイアス。青ざめて噛み締めた唇に少し血を滲ませながらも耐えているレイシス。そして呆然とする私を見て、フォルは小さく息を吐く。

「聞きしに勝る外道っぷりだったな、マグヴェル子爵は。皆、戻りましょう。ここにいてはいけない。ここまで聞ければ十分です」

「じゅう……ぶん……？」

「彼については、国でも密かに調査が入っていると聞きました。悔しいでしょうが、一旦ここは引きましょう。ライアン殿……アイラの父君がいるではありませんか。任せましょう」

何か言いたげにガイアスが目つきを鋭くしたが、そのまま黙り込んで私の腕を己の首に回し、ゆっくりと立たせてくれる。さらにレイシスがもう片方の手を支えてくれて、それを確認したフォルを先頭にその場をそっと離れた。

いつの間にか、地面にぽたぽたと落ちたたくさんの雫が、土の色を変え始めていた。

静かに部屋に戻った私たちは、雨に濡れた身体を魔法で乾かし、二日続けて濡れた（昨日は私のせいだ）皆を心配した私が暖炉に薪をくべた後は、ただ言葉なくそれぞれ椅子に座り込んでいた。

背もたれに身を投げ出すガイアス。テーブルに両肘をつき、考え込むように額に手をあてているレイシス。両者の表情はとても険しいもので、話しかけるのを躊躇ってしまう。私は一人、ぴんと姿勢を正し、油断すれば崩れ落ちそうになる身体を必死に支えていた。

唯一、私から借りた地図を広げていたフォルだけは紙に何かを書き付けたりと忙しそうだが、彼の表情もまた昨日見たような柔らかな微笑みではなく、部屋の空気は重苦しいものだった。

「……子爵はもう帰ったかな」

しばらくの後、沈黙を破ったのはレイシスだった。表情は相変わらずであるものの、身体の力は抜けたらしい。

そこで漸く、レイシスが唇を切ってしまっていたことを思い出した私は、すっかり薄暗くなってしまった部屋のランプに魔法油が入っていることを確かめると、ランプ横の小瓶から一つ淡い赤い色の小さな石を取り出しその油に浮かべた。

この世界の照明は独特だ。貴族は雷の魔法を使った天上から照らすものを好むが、大抵の場合はキャンドルか、このように床置きのランプシェードの底に魔法油と呼ばれる魔力を帯びた植物から採れる油を入れ、火石という魔法油に浸けると淡く発光する石を使用したランプを使う。火石はある程度発光するとただの石となる使い捨てで、費用的にはキャンドル式よりほんの少し高い。子供がいる家庭では安全の為にこちらの方が使われることが多いが。

ちなみにいくら魔法が生活に馴染んだこの世界でも、前世の世界の物語やゲームにあったような、指先や杖（つえ）の先に光を灯（とも）す、という魔法は使えない。というより私にはできない。光魔法に属するからだ。光魔法が使用できるのは血筋、各国王家に限られる。しかも、王家の娘が余所（よそ）に嫁いでも、嫁ぎ先で生んだ子供にはその力は現れないそうだ。その為光魔法は「神より授けられた魔法」として神聖視されることが多いのだが、それは別として使えない魔法があるのは残念なことである。

部屋内のすべてのランプに明かりを灯した後、机にある鍵付きの引き出しにポケットから出した鍵を差し込むと、中を探る。確か……あった。よし、と小さな透明の小瓶を取り出し、一度光に当ててその中身の薄い緑色のとろみのある液体を確認する。

「レイシス、薬。口に」

言いながら自分の唇を指差した後、小瓶の蓋を開けるとそっと自分の右手の薬指と中指に垂らす。

怪我をしていたことに気がついていなかったのか、きょとんとした表情で首を傾げてこちらを見ていたレイシスに近寄ると、私は彼の唇にそれをゆっくりと塗りつけた。

「えっ」

驚いた彼が口を動かした為に少しずれて頬についた。別に唇に塗っても大丈夫な程安全な薬草から作られた薬ではあるが、べっとりとついていたのでは気持ちが悪いだろうと親指で拭う。

「動いちゃだめよ」

「あ、アイラちゃん、自分でやるから！」

久しぶりに私を昔のように呼んだレイシスが、椅子を蹴倒す勢いで立ち上がって唇に手の甲を当てるので、取れちゃうじゃないかと注意する。血には魔力が含まれているのだ、流し続けるのはよくない。手の甲についた薬を見て失敗に気がついたのかみるみる顔を真っ赤にして意味不明なあ行の言葉を発したレイシスは「そ、そうだね」と最終的に呟くと項垂れるように椅子に座り直した。

「へえ、うらやましいな。傷薬なの？」

「うん、植物から作ってある塗り薬。傷の治りが少し早くなると思うけど……そんなうらやましがる程の薬ではないと思うけど。使う？」

「……いや、いいよ。今は怪我、ないから」

見ていたフォルが苦笑しつつ手を広げて見せるので、そりゃそうだと私は薬を元の位置に戻す。

安全な薬ではあるが、カーネリアンたちがおもちゃにしないようにしっかり鍵をかけ直しておく。この引き出しに入っている薬はどれも母の指導の下私が作った簡単なものだ。

ポケットに鍵を戻した私は、そこに小さな巾着袋に入れてあるサフィルにいさまからの贈り物があることを指先で確認しつつ、ほうと息を吐く。漸く落ち着いてきた、と思ったところで、レイシスとフォルのおかげで少し緩んだ空気の中、黙っていたガイアスの言葉が再び空気を重くした。

「子爵、やったら駄目なのか」

その言葉に、はっと誰かが――私かもしれない――息を呑んだ音が聞こえて、言った本人すら気まずいといった様子で視線をさ迷わせた。

この場合の「やったら」は恐らく「殺ったら」だ。

この世界は、前世より治安が悪いと言っていい。というより、概念が違う。

例えば、決闘を申し出たとして相手に受け入れられた場合、立会い三人以上で行われたそれで相手が怪我をしても、悪ければ死んだとしても、それは罪には問われない。その地の長や領主、騎士であれば王家にそれを事前に申請しなければならないという手間は必要だが、私が前世で生きていた国では考えられない話である。

もっとも、赤子から年老いて死ぬまで、大きな悩みといえば畑が稀に害獣に襲われるくらいで全体的に平和な生を終える者もいるし、基本的にのどかで犯罪とは縁遠く暮らす人も多いのだろうが。

仇討ちというのは、どの世界もいつの時代も強い感情に支配されるものだろう。

「駄目よ」

私の言葉に、ガイアスは視線を落としてただ頷いた。わかっているのだ。それでサフィルにいさまが報われるわけでも、己がすっきりするわけでもなく、自分も家族も喜ぶことではないということも。その復讐を選ぶのはいい選択ではないのだと。難しい話になるが、解決はしないのだから。

それに……報復をすることで気が晴れるわけではないと気付いている人間がするべきではないのだ。やるなら、私のようなものでなければ。

「駄目よガイアス。あなたがやるのは」

後半、ほとんど私の口の中にだけ留まった音は、この部屋に居る誰にも伝わってはいないだろう。

「死だけが報復ではないわ。あいつには必ず罰が当たる。きっと」

やっとの思いで口に出した言葉は、静かな部屋でやたらと大きく聞こえた。

食事も終えすっかり日が落ちた中、雨が上がったばかりの外へ、こっそりと部屋を抜け出した私は、薄暗い月明かりの中を木々に隠れるようにして進む。雨上がりの風は湿気を含みつつもひやりと私の身体を冷やすが、気にせず歩き通いなれた庭の目的地まで来ると、私は大きく空を見上げた。

「……あなたはずいぶん元気になったのにね」

サフィルにいさまが助けてくれた木。あの時より大きくなったし、葉は青々としていて、この月明かりの中でも瑞々しい様子がわかる。

「私はまだ……駄目みたい」

高い位置にある葉からその奥の枝に視線を移し、太くしっかりした幹からもだんだんと視界を落としていく。この時間に、植物の精霊たちはほぼいない。太陽の光を好む者が多い彼らは月が空を支配するこの時間は休んでしまう。そうでなければ、こんな気持ちでここに来ることはきっとできない。

子爵の声だけで、心がどす黒い炎に覆われそうになる。ガイアスをあんなふうに止めたって、本音では私がやってやりたいと考えているのだ。恐ろしい、報復を。

「サフィル……ぃさま」

掠れた声で呟いて、桜の石を取り出した私はそれを両手で胸元に持っていき、目を閉じる。瞼に、暖かな日の下でさらさらと細い金の髪を揺らして微笑む、あの頃のままのにいさまが映る。

思わず声をかけたくなったのに、冷たい風が私の頬に触れるとそれはかき消えていき、慌てて目を開けてその残像を追おうとして……息を呑む。目の前に、太陽の色をした彼ではない、月の色。

「アイラ」

薄暗い中、それでも美しい銀の髪が月明かりを浴びて輝き揺れる。その瞬間まるで、すべての時が止まったのではと感じたが、それは一瞬で。私が動けずにいると、心配そうな表情で首を傾げ私を覗き込んだ彼は、すぐに距離を詰めた。

「アイラ。こんな夜更けに外に……危ないよ」

口を開くものの、声を出せない私の頬にフォルの親指が触れ、そっと撫でられる。声に出して相手を確認したのに、認識ができない。これはフォルだ、フォル、なのだ。あの人ではない。

「ほら、冷たい」

そういう彼の指も冷たかったせいか、びくりと身体が揺れる。だが、私はそれどころではなかった。

瞼の裏に映っていたのは確かにサフィルにいさまだったのに、瞳を開けた時私はほんの一瞬、フォルがにいさまではないかと思った。

違う、違うと頭が否定しているのに、心がまるで喜びに震えるように騒がしく荒れる。心臓がどくどくと耳元で鳴っているように主張してきて煩くて、フォルの言葉がよく聞こえない。

「どうしたの？」

「っあ、えっと」

漸く出た声は言葉にならず、詰まってしまう。

冷えている、と言われた筈の頬に熱が集まるようだ。違う、違うのに……。

「ご、ごめんなさい。なんでもないの」

はっと距離の近さに気付いて慌てて一歩下がる。とん、と背中に触れたのは、あの木だろう。つい後ろを向いて確認した私は、かさりという音と気配を感じて慌てて視線を戻し、そして離れた筈のフォルがまだ同じ距離にいることに気がつく。

なぜ、と考えながら、にいさまがちらつく心はどきどきと煩くて、私の思考を奪っていく。

違う、この人はにいさまではない。そう確認するために視線を合わせてその銀の瞳を見る。まるで月そのもののようにも見えたその瞳は私の視線を捕らえると離してはくれなかった。抜け出せない夜そのもののような人だ。

「……サフィル、とは、誰？」

フォルが小さな声で言った名前は、私を大きく動揺させるのに十分な名だ。

「すみません。先ほど、聞こえてしまいました。……昼に子爵が話していた相手と関係ある？」

続けられた言葉への返事はできないながら、大きく視線を揺らがせてしまった私の反応で、フォルは「そうですか」と呟いた。

しばらく無言が続く。両者共に言葉を続けない上に、雨上がりの湿っぽい空気の中で、音といえば風が葉を揺らしている音くらいだった。

私はもう視線を合わせられずに俯いているというのに、しっかりした視線を感じる。それが、やはりにいさまがここにいるように感じて私は居た堪（たま）れなくて逃げ出したいのに……動けない。

やがて沈黙を破ったのは、フォルだった。

「アイラは……王都の魔法学園に行きたいそうですね」

「え？」

ライアン殿に聞きました、と笑うフォルの顔を漸く見ると、ふふ、と微笑んでくれる。

「きっと通えます、アイラなら。何も心配しないで……ガイアスもレイシスも、もちろん貴女（あなた）も、『あれ』に直接手を出す必要はない」

「……えっ⁉」

心を見透かされていた。驚いた私の足元にこつんと軽い衝撃が伝わり、そちらを見て慌てて手を伸ばす。大事なサフィルにいさまからの贈り物。しかし落とし物は先に伸ばされた別の手に取られた。

「……これは、桜？　ずいぶん珍しいものを持っていますね」

「あっあ、りがとう」

すぐに私の手に戻ってきたそれを慌てて受け取り、抱き締めるように両手で包んで存在を確かめた後、すぐにポケットに入れる。それを見ていたフォルと視線が合った時、彼の銀の瞳が少し細められるのを見てびくりと身体が勝手に震えた。

もう帰ろう。そう思って視線を動かしたが、それを遮るように私の視線の横に、彼の腕が伸びた。

「え、あ、フォル？」

彼は戻ろうとした私の動きを止めるように伸ばした手を後ろの木にあてて、慌てて視線を戻した私の頬にもう片方の手をまた触れさせた。冷たい指先が私の頬を、流れてもいない涙を拭うような動作で動く。まるで、泣いてしまえとでもいうように。

「桜が好きなんですか？」

「え、え？」

答えられずにいる私の頬を指先だけでしばらく撫でたフォルは、すぐにふっと笑う。

「君の髪はとても綺麗な桜色だね」

「っ！」

「いつか、僕が本物の桜を見せに連れて行ってあげる。……そろそろ戻ろう？　風邪ひいちゃうよ」

外された手はすぐに私の手を握り、引かれて、少し前を歩き出すフォルにおずおずとついていく。

『君の髪はとても綺麗な桜色』

脳内はとても混乱していて、先ほどの言葉がぐるぐると何度も再生される。その言葉がもう、どちらの声のものなのかがわからない。

二人とも無言のまま屋敷の前まできたのに、そこで動きを止めたフォルにつられて私も慌てて足を止めた。

「フォル、あの」

「僕は明日（あす）行くけれど、君が学園に来るのを楽しみにしているね」

そう言った彼は微笑むと、握っていた私の手を持ち上げて……。

手の甲にふわりと柔らかい感触。

「え……？」

「おやすみ、アイラ」

にこりと微笑んだ彼が、ゆっくりと私の手を離して屋敷の中に戻るのを呆然と見つめた私は、無意識に口付けられた手を隠す。

「やっぱ乙女ゲームの一場面みたい。ええっと、これ現実かな？」

混乱を極めた脳内は、貴族ってやることが恥ずかしいな、と少し今までとは違った意見を抱いたのだった。

◇　◇　◇

「戻ったのか」

世話になったベルティーニ家の屋敷を、友人であるフリップが用意してくれたグロリア伯爵家の箱馬車に乗って出てしばらく。静かに止まった馬車に外の気配を探り、よく知った者だったのを確認して扉を開ければそこにいたのはやはり、数日振りに見る『俺』の従者だった。

「遅くなりまして申し訳ございません。ロラン・ファルダス、只今戻りました」

「いや、無事で何よりだ。こちらの事情は知っているな？　先に報告を頼みたい」

「はい」

伯爵家が寄越してくれた護衛に囲まれていたロランはすぐに頭を下げ、乗り込むと扉を閉める。周囲を警戒しているのだろう、座るように言うと窓に視線を向けたロランは、馬車が動き出したのを確認して、右手をふわりと上げた。魔力がゆるやかに動くのを感じてすぐ、がたごとと煩かった音がすべて遮断され、室内は無音となる。

いつ見ても、風の魔法はすばらしい。魔法の相性はその人が生まれもった才能に寄るというが、風の魔法を得意とする人間は美しく繊細な動きをする者が多いと思う。

ロランが風の魔法を使う時、操るために振り上げる手の動きに魅入られる。そしてひとたび戦闘に入ると、まるで鋭利な刃物をその手に持っているように素早い動きに変わり、風は敵を翻弄する。

火の魔法は荒々しく、大地の魔法は動きは少ないが使うこと自体に少しばかり腕力など物理的な力を使う。それぞれの特徴はまさにその力を使うために必要なものだ。

そういえば。

つい先ほどまでいた『ベルティーニ家』に仕える『デラクエル家』の三男も風使いの戦士だった。見事なまでに美しい所作で風を繊細に操り、俺に向けられた刺客も素人ではなかった筈なのだが一瞬で大打撃を与えていた。咄嗟に相手も防御術を使ったようだがそれでも、下っ端であろうと曲がりなりにもプロの殺し屋がその後の動きをたった一発で制限されたのだ。彼の魔法の威力の高さがそれでわかるというもの。そう、決してあれは、その辺りの子供が出せる威力ではない。

それに彼の双子の兄……デラクエル家の次男も、飛びぬけた強さだった。彼にいたっては無意識に魔力を自身の体力向上に使っている。あれがもし、正確に自身の強化の為に魔力を練り使えるようになれば、将来王の近衛兵も驚く強さになるだろう。

「さすがデラクエルか」

「……『フォルセ』様？」

すっかり外とは隔離された防音の密室を作り上げたロランが、俺の呟きに緊張の眼差しを向ける。

「やはり、デラクエルの長男サフィル・デラクエルは亡くなっていた」

「……そう、ですか」

昨日の彼らの様子、そして昨夜アイラに尋ねた時の反応から確信した情報を言えば、少しだけ伏せたロランは、しかしすぐにその瞳に力を取り戻してこちらを見る。……友人が亡くなっているという噂はある程度自分で調べただろうし覚悟はしていたのだろう。

「……失礼致しました。ご報告申し上げます」

俺が先に報告をと言ったのを思い出したのだろう、ロランはすぐに俺と別れてからの報告を始める。

「追手はあの方から差し向けられた者と思われます。彼らの使う武器には……」

開始された報告に相槌を打ちながら、やはり、と目を細める。領地にいては危険だとは思ったが、まったく迷惑なことだ。まぁ、やつらのおかげで『デラクエル家』の実力と『ベルティーニの姫』を見ることができたのだからよしとする。

「それで……申し訳ありません、虫を二匹ほど」

「ああ、いい。こちらに来たが大事にはなっていない。デラクエルの双子が一緒にいた」

刺客を逃がした、と言いたかったのだろうと遮って問題ないことを伝える。

「……そうでしたか」

「面白いものが見れた。やはりデラクエル兄弟……それにベルティーニの姫の学園入りを邪魔しているのは子爵だな。おまけにベルティーニを脅迫して金を搾り取ろうとしている場面も見た。馬鹿な男だ、ベルティーニが全て資料を残しデラクエルを通してこちらに流しているとも知らずに」

俺の発言にただ頭を下げて俯いたまま答えるロランはしかし悔しそうに手を握り締めている。友人を『殺された』怒りは収まらないのだろう。

マグヴェル子爵……若くして父親が突然死したことで当主となったあの男には黒い噂しかない。

父を殺したというものから始まり、領地の商人たちに恐喝しているだとか、不要な道整備の為に民の税金を上げているだとか、奴隷制度がなくなって久しいのに地下に奴隷を隠しているだとか。

王都に現れれば余計なことに金をつぎ込み、借金もあると聞くがその暮らしぶりは年々派手になっている。噂の大半は事実なのだろうと皆思っているが、これが本当に事実であるからまた恐ろしい。

やつにとって不運だったのは、公爵家と縁深い暗部組織……デラクエルの大事な長男を害したことと、彼らが至上として仕えるベルティーニ家を金づるとして認識してしまったことか。

「ベルティーニか」

呟いて、ふわりとした桜色の髪の少女が脳裏に浮かぶのを、目を閉じて捕らえる。

透き通るような白い肌、形の良い瑞々しい桃色の唇に、朝日が煌めく森を思い起こさせる美しい緑の瞳。全体的に儚げな少女であるのに、随分と意志の強そうな瞳と声が印象的だった。

華奢で折れそうな身体から繰り出される魔法は、戦い方を仕込まれているデラクエルの兄弟と恐らく同じ位……いや、それ以上に強いかもしれない。不思議な少女。

追っ手から逃れる為に急遽影武者を連れたロランと別れたが、目指すグロリア伯爵の領地までは遠全力でのし上がりたいと思います。

く、友人から迎えを出したと連絡は来ていたもののすぐ合流に至らず、さすがに耐え難い空腹に襲われてどうしようかと彷徨(さまよ)った時に見えた町に、警戒心も薄れて飛び込んだ。すぐに甘い匂(にお)いが漂っていることに気付いて吸い込まれるようにその店に入った時は、気付かなかった。

店頭に立つ自分と同じ年頃の少女を見てしばらく気をとられてしまったが、少しして彼女の前に並ぶケースに収められた宝石のように美しい、領地で義母が店舗ごと買い占めようとしていた菓子を見て、漸くあの有名なベルティーニ系列の店だと気付いたのだ。

ここはベルティーニ家が近い筈だ。ベルティーニの者に会うことができれば、デラクエルもいるだろうし無事にグロリア伯爵家の者と合流できるかもしれない。漸くほっとしたところで、すでに限界まできていた空腹に耐え切れず手を伸ばしかけて……ふと、こういった店では直接金貨などのやり取りをするのだと思い出して焦った。貴族は欲しいものは大抵家に呼びつけた上で後払いで購入するが、そうもいかない。まして自分は子供、金貨を持ち歩く習慣はない。

少し考えて、仕方ないと昔母に貰ったブローチを取り出した。俺を守る為の守護魔法がかけられたそれは大切なものだとわかってはいたが、同時になくしたとしても必ずどこにあるか把握できるもの。少女には悪いが、後で金を用意したところでこっそり取り替えさせてもらおう、と差し出したそれは、すぐに少女本人の手によって返された。……守護魔法を探知できる程の魔力保有者だとは思わなかった。

少し自分よりあたたかい手に腕を引かれ無理やり手元に戻されたブローチ。しかし同時に、身体が揺れたせいで被っていたフードが後ろに落ちた。しまった、と思って驚愕の表情をした少女を見たが……どうやら少女は俺が誰かまではわからなかったらしい。まじまじと人の目を物怖(ものお)じせずに見つめたり、人の顔を見て眉を顰めたりと百面相を始めたが。

まぁ、王都から離れた田舎の町で俺の顔を知る機会はないかと思い直しそれを黙って見ていて、ふと気付いたのだ。少女の服は、ベルティーニの扱う衣服の中でも上等なものだった。ただの店員ではないのだろうかと思案して、一つの可能性に辿り着く。確か、ベルティーニの姫は美しい桜色の髪だとロランから聞いたことがあった、と。彼の友人であるデラクエルの者が自慢げに話していたと。

ほぼ確信した時、彼女から家に誘われた。ずいぶんと自分は運がいい、と思ったところで、先に渡された菓子を遠慮せずに頂いたのだ。空腹は魔法使いにとって避けたいものだ。体力がなければ魔力は練ることができないし、俺は疲労していた。甘い菓子は魔力回復にはもってこいだ。

今更ながら警戒せずに町に入ってしまったことを思い出して、もしもの為にと思って口にしたそれの美味しさに、内心驚いた。義母が固執したわけだ、これは美味い、と。

彼女から人を待っていると聞いて、恐らく護衛のデラクエルの者だろうなと待っていた時に現れた警戒心むき出しの二人が同じ位の年齢なのにまたしても驚きながらも、そこで初めて彼女に挨拶されたのを見て……気付いてない振りをしようと思ったのに、少しつっかえてしまった。

綺麗に礼をとる彼女を見て、なぜか激しい動悸に襲われ、隠すのに少し、苦戦した。

なぜ追っ手にいち早く彼女が気付いたのかだとか、ベルマカロンの陰の社長という噂は本当なのか、など聞きたいことは山ほどあるが、聞けずに別れてしまったあの少女。だが。

「ロラン、近いうちにまた地図が変わるだろうな」

「はい」

無音の室内から外の景色に視線を移しつつ、昨日の夜に思いを馳せて、また会うことができるだろうと確信を持って、勝手に口角が上がるのを感じつつ目を閉じた。

◇　◇　◇

「は？」

父に書斎に呼ばれて母と共に訪れた私は、開口一番言われた言葉が上手く呑み込めなくて、ひどく間抜けな声を出してしまう。

フォルが友人からの迎えという隣地のグロリア伯爵家からの馬車に乗っていなくなってから数ヶ月はたった。すでに冬支度を始めた植物たちは葉を落とし、この時期は長い冬を乗り切ろうと精霊もあまり活発に外で動いているのを見なくなる季節。

冬かぁ、熱いお菓子っていうのもいいかもしれないな、と部屋で思案していた私が呼び出されて告げられた内容を、もう一度脳内で反復する。

「子爵を徹底的に懲らしめることにしたから、アイラはベルマカロンを取り仕切り、早急に信頼できる相手に引き継ぎ預けなさい」

父はにこやかに晴れ晴れとしたとても爽(さわ)やかな笑顔でこうのたまった。なんでだ。

「えっと……過激ですわねお父様、それはどういう……」

「子爵がとうとう『やってはいけないこと』に手を出してしまったからね。やるなら今……いや実は、上の方から調査が入ることになって、こちらにも協力要請があったんだ。それで、恐れ多くも我が家が次の領主としての任を賜ることになってね」

やってはいけないこと、にやたら父の感情が篭っていた上に、少し物騒な雰囲気がひしひしと感じられるが、どうやらとうとう父が動くらしいと聞いて納得の息を吐く。むしろ遅かった位だと思う。そうまで領主という地位に父がこだわっているわけではないだろうが、マグヴェルのせいで商人たちがひどく辛い目に遭うことはよく聞く話である。子爵の知らぬところで父が領民の為にいろいろと動いていることを知らない人は、この領地にはそれこそ子爵しかいないだろう。つまりそれほど大々的な動きを知らない子爵は、自らの屋敷の人間、部下使用人全てから見放されているということだ。落ちるのは早いだろう。いや、私のところに話が来ている時点でもしかしたらもう……。

なんとも言えない居心地の悪さを感じて口を引き結ぶ。

「それでは、お父様がお手伝いしてくださっていた分も私が一度仕事を纏め引き継ぎ相手を探せばいいのですね？」

「すまないね、勉強で忙しいとは思うのだが。ミランダには私の補佐を頼むことになるし、商人上がりの領主は政権に関わることはほぼないから今まで通り商売を続けることになるが、やはり領主としての仕事は増える。いい機会だから部下に振り分けも始めているのだけど、ベルマカロンは君が立ち上げた企画だ。他の人に任せるよりは君自身が上に立ったほうがいいだろう」

「わかりましたわ。お母様がお父様の補佐に……お父様、爵位を賜るのですね？」

私の問いにすっと真剣な顔をして頷く父に、何とか気持ちを立て直し微笑む。これで漸くこの領地の人たちはひどい重税から解放されることになるだろう。……なんて、きっと甘い感想で、父がどれほどの決意で臨むのかは、私には想像しかできない。私の住む街はベルティーニに関わる職人が多いせいか感じにくいが、少し離れた農業を生業としている人たちが多い町では、それは税に苦しんでいたと聞く。

　そうした土地には父に倣い、頼んで私のほうで用意したパンを届けていたのだが、その程度では単なる自己満足だ。しかも代わりに出荷できない傷物の果実などを破格の値段で買い取らせてもらい、派遣したベルマカロンの職人がその場でジャムなどに加工し、大量に作り出荷できたことでかなり利益を上げているのでこちらの方が得をしてしまい、パン程度では恩返しにすらなっていないだろう。

　とにかく、いきなり領地を管理しろと言われてできる人間は少ない筈だ。どうするのだろうと不思議に思い父に少し聞いてみると、父はにこりと、事もなげに告げた。

「今子爵の仕事を手伝っているのは私の部下だからね」

「えっ」

　それってつまり子爵って……いや、ここは深く突っ込まないほうがいいかもしれない。父の背後に何か黒いものが見えるなんてことに気付いたらいけない、うん。

　実はこうして気になることは多々あるのだ。特に私のエルフィの能力などに関するこの家の方針などやガイアスたちのことに対して。だがしかしそこは両親から説明されるまでは余程のことがなければ尋ねたりしない。両親も私が何か気にしているのをわかっていつつ、全てを話さない選択を取っているのだから、仕方がない。……そこでふと、父の先ほどの言葉が脳内に蘇る。

『一度ベルマカロンを取り仕切り、早急に信頼できる相手に引き継ぎ預けなさい』

　ん……？　預けなさい？

「お父様、あの、引き継ぎはともかくベルマカロンを預けなさいとはどういう……」

　思いついた疑問を口に出した時、丁度後ろの扉がコンコンと軽い音を立てた。何かと思って私が振り返るのと、父が「入ってくれ」というのは同時で。

「よう、久しぶりだなアイラ！」

「え……えっ!?　クレイ伯父様！」

室内に入ると私にひらひらと片手を振りつつまっすぐ父の元に向かい、持っていた鞄から大量の書類らしきものを取り出すと、ドンと大きな音を立ててそれを机に積み上げる伯父様を呆然と見上げる。

背の高い彼は短い黒髪をがしがしと乱しながらああ疲れたと呟き、私の隣にある一人用のソファにどっかりと座る。母の兄である伯父だが、その色彩は母とは随分と違う。桜色の髪に、桃色の目をした母とは違い、伯父様は黒髪に蒼い瞳だ。折れそうなほど細い母に対し伯父様はがっちりとした筋肉質な体つきだが、二人の目元口元はそっくりで、並べばすぐに兄妹だろうとわかる。

もとより医師として領地内の各地を飛び回り滅多に会うことができない忙しい人ではあったのだが、今日は本当に数年ぶりの再会で、思わずソファに座る伯父様に駆け寄って、勢い良く抱きつく。

「伯父様！　お会いしたかったですわ！」

「おう、アイラ大きくなったなぁ。ますますミランダにそっくりじゃないか」

「そうねぇ、アイラは私と兄様によく似てるわ」

傍にいた母がおっとりと、嬉しそうに笑う。父はクレイ伯父様が持ち込んだ書類にすぐ目を通し始め、しかし確認しながら私の先ほどの問いに答えてくれた。

「クレイはしばらくここに滞在できるそうだ。アイラ、クレイから勉強を習いたがっていただろう？」

「え！」

父の言葉に、抱きついていた私は顔を上げて伯父様の目を覗き込む。穏やかに細められた瞳に見下ろされて、それが嘘ではなく私の長い間の願いが叶ったのだと確信した。

「伯父様、私に医学を教えてくださるのですね！」

「ああ、ずっと頼まれていたのに、悪かった。遅くなったが、俺がアイラの……医学だけじゃなく、勉強も全般見てやろう。今十歳だったか？」

「十一歳になりましたわ、伯父様」

「なら、十三までに学園に入れるように叩き込む。ついてこいよ？」

もちろん、と返事をしながら父の言葉を理解する。勉強が忙しくなるから、一人でベルマカロンを背負うな、学園に入ると忙しくて手が出しにくくなるから後継者を育てろ、そういうことだろう。

ベルマカロンはそもそも、私が前世で趣味程度に作っていたお菓子が、この世界の新鮮な食材やもともとの調理のプロがその才能をお菓子にも開花して広がり有名になった店だ。

今では最初ベルマカロンのお菓子を作りたいと父に連れられてやってきたバール・ステイさんはじめたくさんの職人さんたちが、私が思いつきもしないような素敵なお菓子を生み出している。営業だって自主的に職人さんのお菓子に感動した他の店員さんが積極的に行ってくれているし、難しい経営部分は父の部下の人が引き続き手伝ってくれるようだから大丈夫だろう。

私は、私の目的の為に。

「お父様、お母様、伯父様。私、頑張ります」

「ああ。大丈夫アイラ。きっと君の位置に立てる相手はすぐに見つかる」

父の励ましを受けて、見えてきた未来に私は目を閉じて、もはや習慣となっているポケットの宝石を握り締め、彼の笑顔を思い浮かべた。


「姉上！」

父の書斎を出て部屋に向かっていると、幼い声に呼び止められる。八歳になり最近ではあまりやんちゃなこともせず勉学に励んでいることが多くなった弟、カーネリアンだ。

カーネリアンはいつも本を持ち歩き、常にたくさんのことを学んでいる。父がとても優秀であるとよく褒めているが、あの親ばか気味の父の言葉でもすんなり信じられるほどカーネリアンの努力は目を見張るものがある。

ただ、その行動は恐らく彼があまり魔法を得意としていない体質のせいもあるのだろう。私と違いエルフィの力も弱く、精霊は姿を捉えるのが精一杯らしい。通常の魔法も苦手としていて、その為勉強だけでもと無理をしているような気がして少し母が心配しているのを知っている。

「どうしたの、カーネリアン」

「父上に、聞いています！　ベルマカロンの経営を引き受け、そして後継者を探すと！」

「ええ、そうだけれど……」

「僕にやらせてください！」

実の姉に向かって、ぴんと伸ばしていた背筋を綺麗に腰から曲げて頭下げる弟にびっくりして小さくえっと声を漏らす。

「僕はサシャと二人でずっとベルマカロンを見てきました。姉上が魔法学園に行くまでには、きっと姉上のお役に立てるよう成長してみせます！　姉上が僕と同じ歳で企画した仕事です。僕にだって！」

「ま、待ってカーネリアン。貴方勉強も忙しいでしょう」

そんなことは姉上と同じです、と顔を上げてまっすぐに視線をぶつけてくるカーネリアンを見て、ああ父に似ているのだと思う。きっとカーネリアンはいい経営者になる。……今はまだ、私もカーネリアンも父の手伝いあってこそだとしても。

「……頼もしいわ、カーネリアン」

「サシャもベルマカロンを大切にしています。二人で姉上のベルマカロンを守りきってみせます！」

「なら、時間を見て私の覚えていることを教えるわ。頑張りましょう？」

「はい！」

父はきっとカーネリアンがベルマカロンに関わりたがっているのをわかっていたのだろう。経営については後継ぎであるカーネリアンは私以上に父の教育を受けている筈。きっとベルマカロンは今以上に盛り上がるんだろうな、と、うちのお菓子を食べて笑顔になった人たちを思い出して、私の心は弾んだのだった。


「つまりこの取引は、左側の借方が仕入でね、月末に纏めて払うから買掛金なのよ。だからこっちがこの表に書き込んで……」

「ああ！　わかりました姉上！」

外は真っ白に雪が降り積もっていて、今年初の銀世界をしっかり堪能したある日の午後。

いつもはサシャと二人で私とは別に勉強をしている弟、カーネリアンが、珍しく私と同じテーブルについてノートや本、帳簿、メモした紙などを大量に広げている。

「姉上の経営学は父上よりわかりやすいかもしれません」

「私が得意なのはお金の動きの把握だけだよ。実際の経営はお父様の足元にも及ばないわ」

前世の高校で商業科に通っていた私としては、簿記に似たこの辺りは得意分野だ。早く就職して自分で治療費を稼ごうとした前世の知識がここで役に立つとは。もっとも、私の世界の簿記とはもちろん内容は違うが。さすがに消費税等ないし、勘定科目が激減だ。そうなると取引を紙に書き上げるとしても随分と様変わりする。

ベルティーニの後継ぎであるカーネリアンはもっと難しい経営学を学んでいるだろうが、私は魔法の練習があるのでその辺りは手を付けていない。だから、どのような動きが社会にどんな影響を与えて……だの難しいことはまったくわからないのだが、カーネリアンはかなり優秀な成績だと父が言っていた。前世でそんな子供がぽんぽんその辺りにいたら神童だらけですごいことだが、全体的に前世の世界より発達の方向が違うこの世界、人体自体の作りも違うのかもしれない。そもそも魔力の流れなんぞがあるのだから……と考えるとキリがないので思考を目の前の本の内容に戻す。

私が今見ているのはベルマカロンができてからの取引や利益の様子を、父の部下の人が書き記してくれていた所謂(いわゆる)財務諸表だ。書類自体は筆跡がばらばらなものの、全て父の名がサインされている。

父はすごいと思う。きっと今までもすごい苦労をしてきたのだろう。その父が領主を目指したきっかけはなんだろうと考えて、ゆるく首を振った。今はカーネリアンへの引き継ぎと基礎的な取引の説明に集中しよう。

しばらく子供らしくはないがカーネリアンと利益について話していた時、扉がノックされサシャが現れた。手に持っているものを見て微笑む。

「また新作？　サシャ」

「はい、アイラお姉さま！」

机に置かれたそれは、雪だるまと雪ウサギのミニチュアだった。

去年雪が降った日にサシャに作ってあげたのを思い出して自然と微笑む。可愛らしい見た目だが、どうやらこれは雪でできているのではない様子。

「食べてみてくださいませ、お姉さま」

少しばかり緊張した面持ちのサシャを見つつ、そっとそれに付属のビーズの飾りがついたピックを差し込むと、ふにゃりと柔らかい弾力が手に伝わる。口に入れるともっちりとそしてすぐに一瞬だけひやりとする。予想外の甘味と酸味が広がって、これは……マシュマロ？　アイス？

「……美味しい」

一口、口にしたカーネリアンが口元を緩めて言う。その言葉にサシャがとても嬉しそうに笑顔を浮かべ頬に手をあて、はっと私の様子を窺うように見た。

「美味しいよ、サシャ。すごいね、初めての食感。この酸味はなに？」

一口サイズのそれはマシュマロのようだが、少し違う気もする。口に入れるとふわっと広がったあとすぐに消えてしまうのだ。本当に、雪のように。

「南の農村から手に入れた新種の果物ですわ、酸味はあるのですけれどさっぱりしていて、ぜひお菓子にと。それにお砂糖を加えて……」

サシャの説明を聞きながらメモを取っていると、目の前でカーネリアンも同じようにしていたので嬉しくなる。

「二人に任せたら大丈夫そうね」

「え？」

私の言葉にサシャが不思議そうに首を傾げたが、カーネリアンははっと顔を上げた。耳が少し赤い。

「カーネリアン。私、サシャとあなたにベルマカロンを任せたいと思うのだけど」

「姉上！」

カーネリアンがぱっと立ち上がる。その顔は嬉しそうに微笑んでいて、やったぁと手を上げて不思議そうにしたままのサシャの手を取って喜ぶその姿は、久しぶりに見たカーネリアンの歳相応の姿に思えた。

こんな時に、ちくりと胸に刺さる何かに私は気がつかない振りをする。私は未だ囚われたままだ。

「さぁ、そうと決まれば忙しいわ。サシャ。このお菓子とても素晴らしいわ。一押し商品にしようと思うのだけど、見た目は冬ね。もしかしたら冬と夏では形を変えて売り出したほうがいいかもしれない。他の形もできるかしら？　冬はどうしても冷たいものの売れ行きも厳しいと思うし」

「いや、姉上。確かに口に入れてすぐは少し冷たく感じるけど、とけてしまって胃に落ちる頃には冷えていない。見た目もあるしいっそそのまま冬のお菓子で売りに出してもいいんじゃないかな」

「夏に出すのでしたら、形を変えてこれより大きくしたらいいかもしれません。大きいと少し冷感が長いんです。それに今出したのは冷感を少なくするために中に多めに空気を含ませていて……」

始まった話し合いに時間を忘れ、気付くとお茶の時間で稽古から戻ってきたガイアスとレイシスも加わり皆でお菓子をつまんで、笑う。和やかな時間の中で、どうしても私は、ここに足りない笑顔を探し少しだけ目を閉じたのだった。


父にもサシャの新作を試食してもらい、絶賛を受けたその日の夜。

いつも通りこっそりと部屋を抜け出し、私はあの庭の木の下にいた。本当は雪が足跡を残してしまうから、冬に夜庭を抜け出すのはいけないとは思っていたのだけど、深々と降り積もる雪の花が舞い散る桜を思わせて、つい窓を開けて飛び出してしまったのだ。

きっと朝までにこの雪は、私の秘密を消してくれる。

そっと雪化粧された木に寄り添って目を閉じる。寝巻きに上着を羽織っただけだから少し冷えるが、心は温かい気がした。

「にいさま。サシャもカーネリアンも、ガイアスもレイシスもすごいんですよ」

ここにサフィルにいさまはいないのだけど、私が一番にいさまを近くに感じるのはこの場所だった。いつもここに来て、にいさまに報告するようにこの木に語る。この木の精霊はいつも微笑んでそれを聞いてくれるけれど、冬の夜の今、ここにはいない。

「……にいさま」

ふ、と息を吐いて額を木に押し付けた、その時。

「うぐっ!?」

「悪いな、静かにしてくんな、嬢ちゃん」

気付かなかった。雪明かりで辺りは明るいのに、背後に人が張り付くまでその存在にまったく気がつかなかった。こんな油断したことなんて、なかったのに……！

——アイラ。こんな夜更けに外に……危ないよ。

ふと思い出す私を案じたこの言葉は、誰のものであったか。注意されていた筈なのに、私は！

「おっと暴れるなよ。暴れたら痛めつけてもいいって言われてるからな」

そう言いながら、後ろの男は低い声でくっと笑うと私の口に布を噛ませ手を捻り上げる。ぐ、と篭った声が出るが、布と雪が音を吸収してしまったようで辺りはしんとしている。

やられた。油断した。どうしよう、とその言葉ばかりが頭の中でぐるぐると回る。この時期は精霊がほとんど休んでいるっていうのに何で油断して出てきてしまったんだと責めても、遅い。

「この雪だ、助けはないと思えよ？」

笑う男に、まるで米俵のように担がれて視界がぐらんと揺れる。目に映る大きな黒い男の足と、真っ白な雪。空から降り積もる桜を思わせた雪が、足跡を隠していく。担がれているせいで不安定な上に、お腹が圧迫されて痛み、口に噛まされている布のせいで苦しい。

やばい、まずい。

「んんー！」

「殺されたいのか？　まぁさすがにここで血流されたんじゃ困るから黙ってろよ。魔法使えないだろ、その手錠魔力の流れを断つそうだ。黙ってるほうが身の為だぜ」

言われた言葉で漸く、後ろに捻られた手に冷たい硬質な何かが嵌められていることに気がついたが、担がれているせいで確認できない。だが、確かに魔力を集中させようとしてもできないことに気付いて愕然とした。

魔力を断つ手錠……？　魔道具を持ち出されたのか。私は、魔道具について詳しくはない。魔道具とは、魔力が少ない人間が使うものだ。そして、一般には出回らない、高価なもの。

この男は私が逆らうようなら痛めつけてもいいと許可を得ているようだった。誰かに頼まれているんだろう。こんな高価な道具も与えることができる誰か。つまり、お金目的の誘拐ではないのではないのではないか？

体勢的に頭に血が上っていそうだと思ったのに、さーっと顔から血の気が引いた気がした。

どこに連れて行かれるのだろうと不安による怯えを隠しながら周囲を注意深く見ていた私は、すっかり雪景色となった通りを見ながらその可能性に気がついて愕然とした。覚えている街の様子とは違うが、紛れもなく私が生まれ育った地から少ししか離れていない場所にある大きな洋館。

威厳を示したいのか無駄に大きな石造りの門を潜り、まだ朝日も出ていない暗闇の中突き進む道の両脇にある、季節感を無視した花々。魔法で無理やり開かされているその花弁は可憐ではなく異様で、その痛ましさが闇の中浮き彫りになっていてこの館の主の趣味を疑う。

灯台下暗しという言葉は知っているが、ここはうちの屋敷とさほど離れてはいないのにいいのだろうか。……何を考えているのだ、と逆に拍子抜けした。ここに私を連れ去ることの意味を、彼はわかっているのだろうか。

「いらっしゃい、アイラちゃん」

ねっとりとした声音が身体に張り付くようで気持ち悪くて、身を捩る。予想通りすぎる人物に迎えられて、疲弊した。一気に体の力が抜けたせいで少し重みが増したのか、男に少し乱暴に床に下ろされ、げほげほと咽せながらもなんとか状況を把握しようと無理やり顔を上げる。

つやつやとした床には埃一つなく、壁にも染みは見当たらない。置かれた家具はしつこいくらいに金縁で彩られ、天井にまるでこの男の力を示すように立派な金色のシャンデリアが存在していたが、その光は弱く辺りは明るいとは言いがたい。

しかしその巨体を揺らし存在を主張している男が、少し明かりの落ちた照明の下で笑う。

でっぷりと太った身体を包むベルティーニが扱う中でもかなり上等の生地を使い特注で仕立てられるその服は、彼お気に入りの金と赤を交ぜ合わせた特殊な糸で施された縫製が特徴で、彼以外身に付けている人はいない。自分以外にこの意匠で売るなと命じられているからだ。

ボタン一つ一つ全てが金縁付きの貴石で作られ輝いている上に、肩まで伸ばした髪までべっとりと明らかに油性の整髪料のつけすぎで妙に光っている。その輝き、似合ってません。お前はスライムモンスターの王様か何かか。

「……マグヴェル子爵」

ここに連れられて来る途中で気がついた可能性が現実となり、ため息を吐きつつもその名を呼ぶ。子爵の後ろで、顔を青ざめさせた少し年老いた男と目が合った。身なりから恐らく家令ではないかと憶測したが、その慌てぶりは私と目が合うとすぐに消し去り、唇を噛み締めて一礼して見せた。

そこでふと父の言葉を思い出す。確か子爵はかなり危ない状態に立たされていた筈だ。彼は恐らく、父の部下もしくは協力者、そして私がここに連れ去られて来ると知らなかったのではないか？　少し気になるのは、彼の目が忙しなく動いていることだ。何かに怯えているように見えるのだけど、子爵は確か魔力を持っていない筈……この横の黒ずくめの男に対する怯えだろうか。

そこで、私が視線を合わせないことに苛立ったのか子爵が持っていた杖をだんだんと床に叩きつけた。杖の用途には到底必要ないであろうごてごてした飾りが視界で眩しく輝き、とんだ無駄遣いに眉を顰める。そんなものを持っても威厳なんぞ出やしないのに。

そもそもこいつに「アイラちゃん」呼ばわりされる意味がわからない。私が子爵に会ったのは、子爵が我が家の家族全員が自分に挨拶するべきだと騒ぐ新年くらいで、父は子爵から私を隠したがっていた。ただ単に関わる必要がない相手だからだと思っていたが、顔を上げると私に向けられる気味の悪い視線で、ここに来てある噂を思い出した。

子爵は、若い女が好きで地下に閉じ込めている、といった類の。

ぞっとして身を少し引いた。うわぁ、まさかの展開？　若い女ってどこまで？　私じゃ若すぎやしないだろうか！　ロリコンですかそうですか⁉　そんな風に考える余裕ができたのは恐らく運ばれた先が場所も近い上に知っている屋敷だからだろうが、状況はいい訳ではない。

相変わらず私の腕には魔法を封じる手錠が嵌められたままだし、目の前にごてごてのオウサマはいるし、横に少しは腕がたつのであろう黒ずくめの男が未だに私を警戒するようにそばにいる。まったく困ったものだ。残念ながら、いくら前世の知識があろうと私にチートな能力はないし、そもそも前世でも飛びぬけた知識があったわけではない。魔法はこの世界で努力した分得られたものだが、魔法を封じられてしまえば、手が出せないのが事実だ。

自分を睨む私を見て漸く望む反応を得られたのか、満足げに口元を歪めて笑った子爵は聞いてもいないのに語り出す。

「なんでここに連れてこられたかわかるかいアイラちゃん。まったく君の父親ときたら、君も君の母親も私の所に寄越さない。私は王都のパーティーに呼ばれていると何度も言っているというのに、二人とも独り占めとはまったくなんて不敬なやつなんだ、たかが商人風情が。少し裕福だからって、まったく……自分が貴族と同等だと思ってはいけないねぇ」

「は……？」

何言ってんだこいつ。なんて口から出そうになったが慌てて唇を強く引き締めて止める。だけど大事なことなのでもう一度、何言ってんだこいつ。

私とお母様を寄越す寄越さないって何の話だろう。この人の脳内どうなってるんだ。王都のパーティーなんてどうでもいいが、それが私たちに何の関係があるんですか？　そもそも貴方それどころじゃない筈なんだけど。

まったく要領を得ない話に訝しんで首を傾げて見上げると、子爵はにやにやと笑みを浮かべる。

「そうか、君はまだ少し淑女と呼ぶには若いかな？　私が教えてあげるよ。王都のパーティーでは女性をパートナーとして連れて歩くのが基本なのだが、美しい女性を連れて歩くのはステータスなんだよ。例えば君みたいなねぇ」

「はぁ……？」

だから、なんだ。美しいだとかステータスどうこうは勝手な思い込みのような気がするが、パートナーが必要なパーティーもあるのだというくらいは知っている。自分の伴侶を連れて歩くのが普通であったと記憶しているけれどね。

「私はこの通り独身だからね。だから栄誉ある私のパートナーとして君たち母子のどちらかをエスコートしてやろうと言っていたのに、君の父親ときたら……それに払うべき租税も納税されない。この屋敷の守備より商人風情のベルティーニのほうが強固という噂もあるくらいだ。デラクエルの息子も差し出せと言っているのにまったく話が進まない」

ぺらぺらと話し続ける子爵の言葉が脳に届くたびに、ずきずきと頭痛がしてくる。この人、私と同じ言葉を話しているのよね？　と一瞬疑いたくなった。私か母をエスコート？　税金払ってない？　デラクエルの息子を寄越せ？　どれもありえない話だ。

強欲や傲慢という言葉が人型を取ったらこうなのだろうかと子爵を眺めて、すぐに視線を逸らした。だめだ、私は大嫌いな上に己を誘拐した人物を眺める趣味はない。魔力が出なけりゃ手が出そうである。

さて、いつまでも夢を語っている子爵は放っておいて、ここから逃げ出さなければならない。先ほどから何かに怯えている家令が父に連絡してくれることを期待したいが、どうやら彼の袖口からちらちらと見えている輪が私の両手を縛る手錠と似たモノに見えるのでそれは望めなさそうだ。

となれば自力脱出だが、そもそも子爵は魔法が使えないという話であるしどう見ても武闘派ではないので、問題はそっちではない。私のこの横にいる男だ。

背はクレイ伯父様に比べれば低いだろうが、がっちりとした身体は先ほど担がれた時に気付いたがすごい筋肉だ。間違いなく彼はその肉体を自慢とするタイプだろう。対戦相手とするなら私が最も苦手とするタイプである。

私自身は運動神経がそこまで良いわけではなく、根っからの魔法に偏ったタイプである為に接近戦に弱い。しかも魔法を手錠で封じられている今私はその辺りの子供より恐らく……弱い。

万事休す？　万策尽きた？

……いや！

ここで諦めたらどうなるかわからない。というか目の前のこの男のねっとりした気持ち悪い視線は間違いなくやばい。せめてこの手錠さえ何とかなれば……と思った時、ひゅっと誰かが息を呑む音が聞こえた。

「っあ！」

突然肩に感じた激しい痛みに呻き、逃げようとしたせいで仰向けにひっくり返る。視界に、憤怒の表情の子爵が私を見下ろしているのが映る。……しまった、話聞いてないのがばれたか。

子爵の手に握られた杖が不自然な位置にあるのを見て、あれで殴られたのかと納得する。油断した……と後悔したところで肩のじりじりした痛みはなくならないので大人しく身を縮こませる。

両手を束ねるように手錠で止められているので、体勢を直そうにもなんとも難しかった。

痛みがじわじわと私に現状を教えてくれる。

今更だけど……怖い、ど、どうしよ。なんとかなるなんて思ってたのは今まで私に魔法があったからだ。理解したとたん急に背筋が冷えて混乱してくる。

「おい、子爵」

「なんだ！」

黒ずくめの男が急に声を出したことで、それまで私にしか向けていなかった子爵の怒りを含む視線が忌々しげに男に向けられて、少しだけほっとする。

子爵は男と目が合うと少したじろいだ。そして私も、男が発する冷たい刺すような空気に気圧されて息を呑んだ。

この人たぶん……かなり強い。緊迫した空気の中、男が口を開いた。

「腹が減った。はやく約束の飯を出せ」

「……は？」

間が抜けた声は、私か、子爵か、はたまた後ろで顔を青くしていた家令か。とにかく、男から本気の殺意を感じ取ったらしい子爵が慌てて家令に食事の命令を出したことで、私は現時点でこれ以上の恐怖を免れたのであった。

カチャン、カチャンと室内に音が響く。

丁寧に磨かれた銀食器を見ながら、食器まで金ぴかじゃなくてよかったとか場違いなことを考える。

ちなみに私の家はいくら裕福でも銀食器は普段使わない。理由は父が銀食器に魅力を感じていないかららしい。

出歩くことが多い商人は、旅先にまで銀食器を持ち運ばない。傷がつきやすいからだ。忙しい為に銀食器の手入れに時間を費やしたりもしない。といっても、うちは貴族のお客さんも来ることがあるせいか用意はしてある、らしい。そういえばフォルは銀食器でもてなしていたかも。

ちなみになぜか食事は私にも出されていた。横で子爵がお酒を飲みながら、それは楽しそうに何か喋っているので、さっきみたいに殴られないように適度に相槌を打っている。なんと、食事の席であるこの場には、子爵の友人だというどこかの貴族らしい男が二人ほどいた。どちらも顔を合わせた時には既に酒臭く顔を真っ赤にしていて話にならないが、視線だけはマグヴェル子爵に似てねっとりと私の全身を這い回る。その意味がろくでもないことはもちろん理解できるが、正直それより失望した。

やはり貴族はあっちもそっちも欲に忠実すぎる人間ばかりらしい。

子爵の話の内容はほとんど、彼の食器に始まり宝石やら屋敷の絵画自慢だ。絵画を眺めるなんて似合わないな、と思いつつ頷いてはいるが、そんなことより私はなぜこんな夜中に連れ出されてステーキなんてがっつり食事をとるはめになったのか、ため息ばかりだ。

予想外にも私の食事もあることで、手錠は両手を束ねていた部分だけ外された。相変わらず腕にはまるで腕輪のように金の太い魔道具が嵌められて魔力を使えないが、両手が自由になっただけましだ。

そこで、家令のおじさんの腕に嵌められているものと私の腕の魔道具が同じものだと確信する。なぜそんなことになっているのかと考えてまず、彼が父の部下だとばれたのでは、という懸念が浮かぶ。

その場合、私がここに連れてこられた理由は絶望的になる。人質になんぞなりたくない。まだ王都のパーティーのパートナーになりたくて私が自ら来たと言えと脅されているほうがマシだ。

なんにせよこの腕輪のせいで伝達魔法を習得していても使うことができないというわけだ。伝達魔法とは、離れたところにいる相手に伝えたいことを一方通行ではあるが伝える魔法のことだ。両者が魔法を習得していなければ電話のように話し合うことができないのは不便ではあるが、一瞬で届く手紙だと思えば便利な魔法である。

他に伝える方法は、と考えて唇を噛む。せめて昼間であれば、冬でも活動している精霊に頼むことができたかもしれないのに。

ふうとため息をついて、ナイフとフォークを置いた。目の前には無駄に切る作業に時間を費やしたせいで細切れになったステーキがあるが、口に運ぶ気にはなれなかった。

領地の南方で作られている特産の赤ワインでご機嫌になった子爵は私のその行動には特に目くじら立てる様子はなく、今度は友人にもご自慢の絵画をいくらで手に入れたのか語っている。そのお金がどこから出たのか考えるだけで皿を割ってやりたい衝動に駆られるが、皿に罪はないので耐える。恐らくこのぴかぴかに磨かれた皿も綺麗に掃除された屋敷も、いつ追い出されるかわからない恐怖の中ここで働いている人たちがせっせと頑張った証拠だ。

そして、こんな状況を作り出した張本人である、私をここに連れて来た男だが……彼の目の前に積み上げられた皿は恐らく十枚は超えていて、今もひたすら肉にかぶりついている。どうやら本当に空腹だったらしい彼は、一心不乱といった様子で食事を進めていてこちらを気にする素振りすらない。

子爵と、似たり寄ったりな彼の友人たちはどうせ碌な動きができやしない。この人さえいなければなんとか逃げられる気がしないでもないいんだけど……と思いつつ見ていると、どうやらお腹が膨れたらしい男が背もたれに身体を預けて「食った食った」と満足気な声を出した。

「ふん、やっと満足したか。なら早く出て行け」

「ふうん？」

子爵の言葉に男が面白そうに笑う。え、何？　こいつがいなくなってくれるなら万々歳なんだけど！　という私の思いは透けて見えていたらしく、男がにやりと口を歪めた。

「いいのか、俺が出て行けばそのお嬢ちゃん逃げるぜ？」

「な、魔法は封じているから大丈夫だ！」

「おめでたいやつだな、あのデラクエルの当主から手ほどき受けてるんだ、舐めてかかるとお前みたいな男なんてすぐにお嬢ちゃんにやられるぞ」

「馬鹿な。私が用意した魔法封じの魔道具は一級品だぞ！　王都の魔法騎士でも破れん一品だ。どれだけ金がかかったと思っている！」

「ははは、そうだな。マグヴェル殿の魔道具の能力は常に最上、君は気にしすぎじゃないかね」

「知るかよ」

酒のせいなのか怒りのせいなのかわからないが赤い顔で怒る子爵に、楽しげな友人貴族たちと、軽い口調で返す黒ずくめの男。この時ばかりは子爵に賛成である。お願いだから出て行って欲しい！

ところで、男が言った「デラクエルの当主」という言葉が少しばかり引っかかる。ベルティーニの当主、ならわかるが、デラクエル……？　確かにガイアスたちのお父さんであるゼフェルおじさんから魔法の指導を受けてはいるが、彼はそんなに有名なのだろうか。ゼフェルおじさんは私たちの他に数人のベルティーニの社員さんに同じように魔法を教えているが、あまり表に出ている人ではないのだが。

妙な引っ掛かりを感じて思案する私の横で、男の態度にとうとう堪忍袋の緒が切れたのか子爵がガチャンと大きな音を立てながら立ち上がった。

「約束の食事は食わせてやった！　早く出て行かないか!!　これ以上何を要求するっていうんだ！」

「なんだと思う？」

にやにやと笑う男。彼が何をしたいのかわからないが、彼が出て行くつもりがないのだけはわかって項垂れた。

どうするのかと子爵を見上げると、私の視線に気付いた子爵と目が合って、その瞬間怒りに歪んでいた子爵の顔はそれは嬉しそうに変化してにたりと笑みを向けられた。

「アイラちゃん。もう夜も遅いし、寝室に案内しよう。特別に大きなベッドを用意したんだよ、気に入ってくれるといいけど」

「……はぁ？」

何を言い出したんだと間抜けな声が出た私に、子爵は距離を少し詰めて馴れ馴れしく私の肩に手を回した。思わず全身に力が入ったが、子爵はぽんぽんと慰めるように肩を叩くばかりで気にしていない。

「寂しいだろうから、私が一緒に眠ってあげよう。これから一緒に暮らすんだ、早く屋敷に慣れてくれるといいんだけどねぇ。大丈夫、結婚して籍を移す前に孕んでも子は私の子だと認めてあげるから」

「おお、おお、熱いことだ。マグヴェル殿、もちろんいつものように、我らも楽しませてくれるのだろう？」

「待て待て、この娘は特別でな。まぁ、見るくらいならいいか。今度な」

「ひっ⁉」

何言ってるんだこの酔っ払いたち⁉

怯えた私を気にも留めず、子爵の友人は楽しげに笑うと、今日は先に休ませてもらうと上機嫌で部屋を出て行った。さ、最低だ、こんなのが彼らの日常なのか！　その瞬間、肩にかけられた手が背中に移り、するりと撫でられた瞬間ぞわぞわとした寒気が身体を襲い私は慌てて椅子から飛び上がった。

結婚、結婚と言いやがりましたか⁉　背を撫でられた恐怖と大混乱の脳内は最低限の生命活動すら忘れたのか、私の呼吸は落ち着きなく細切れになり耳障りな音を立てた。

「な、なん、」

漸く口から出た疑問は掠れた声で情けなくも震えていた。しかし私の態度なんぞ気にしていない酔っ払いはうんうんと頷きながら嬉しそうに語り出す。

「君を娶ってやればいちいちベルティーニに交渉しなくても資金提供は当然してもらえるだろう？　ベルティーニの娘を父親が溺愛しているのは有名な話だし、これから生まれる可愛い孫の為なら尚更惜しまないだろう。なに、最初は娘を手放すのが惜しかろうか、子ができれば話は別だと聞くしな」

「いやどんな理論だよ」

つい本音をぽろりしつつ引きつる顔はそのままに後ずさる。要は既成事実作っちゃえばいいよねー！　って理由で私を連れてきたんですよね!?　予想してたより最低です、本当にあり……じゃない、とにかくこれはまずい！

ちらりと横を見ると、あの黒ずくめの筋肉男はにやにやと私を見ているだけで動く気配がない。こうなれば……一か八か！

「ぜーったい、お断りしますわ！」

力の限り叫んで、扉に走る。途中、おい！　と叫ぶ子爵の声と、追加報酬は？　と余裕で尋ねる男の声が聞こえたが無視だ。ぎょっとしている家令さんが目配せして自身の手に握る何かを見せてきたので、それを確認せず奪い取って扉を開ける。

「待て！」

子爵の叫び声を背に飛び出した部屋を振り返ることなく廊下を走る。途中使用人の姿はなかった。夜中だから最低限しか起きていないのだろうと考えながら、程なく見えた大きい扉の前で立ち止まる。

この世界で一般的なそう大きくはない閂状の鍵を外し、体当たりするように扉を開けて飛び出せば外はまだ闇に包まれていた。そこで漸く家令の人から取ったものを走りながら確認すれば、小さなひし形の石だった。

横目で来た時も見た異様な庭を確認しつつ、なんだこれ、と悩んだのは一瞬。同じ大きさのひし形を、すぐに見つける。石を持った手のひらからすぐ下、手首に嵌められたあの枷（かせ）に見つけた窪（くぼ）みに、確信してそれを嵌め込んだその時。背後でダンと大きな音がしたと思った瞬間、私の身体は宙に浮いた。

「ぐっ」

「残念お嬢ちゃん」

あの黒い男が軽々と片手で私の腹に腕を回し持ち上げていた。圧迫され呻いた視界で、腕からするりと抜け落ちた魔道具が地面に叩きつけられるのを確認して瞬時に集中する。

「げ、いつのまに！」

どうやら私が手錠を外せると思っていなかったらしい男が慌てて私の口を塞ごうとしたが、遅いよ、と呟いて笑う。私は呪文なんぞ唱えていない。

「皆！」

手のひらに溜めた魔力を見せるように庭に向けて叫ぶ。

とたんに周囲がざわめく。ふわりと視界に映るのは、人間にはない羽。しかし何も見えない後ろの男が動揺したのを確信して手を上に向けた。

「うっわ！」

突然上からバケツをひっくり返したような水が降ってきたことで驚いた男の腹を蹴り上げて地面に転がり、距離を取る。

どうだ、得意の水攻撃！　ガイアスたちにもたまに使うが、『ただの水』でした変に警戒してくれてありがとうございます！

何が起きたのかと慌てる男から離れることができたので、横の花壇に飛び込んだ。

冬の、光のない真夜中に咲き誇る異様な花々。そこにはしっかりと、無理やり魔法で休むことをさせてもらえない精霊たちがいた。すぐに状況を把握してくれた精霊たちが一斉に動き、私の魔力を利用してその葉を大きく成長させ私の姿を隠す。

「おい！　なんだこの魔法は！」

普通、植物を大きく育てるなんて魔法はない。これこそ緑のエルフィの特殊な魔法だが、何が起きているかあちらはわからないだろう。といっても、私が隠れることができているだけで何かすごい効果があるわけではない、ただの時間稼ぎ。今頃ここの精霊が母に私の状態を伝えてくれているだろう。風の魔法があればここまで来るのに十分、いや十五分くらいか、なんとか持ちこたえなければ。

男が庭に飛び込んだようだが、突然成長する花々に行く手を阻まれ苦戦している。ここにはツツジのような低木がたくさんあるので、急激に成長する木に阻まれてはさすがの男も痛みに顔を歪めていた。

じりじりと後退しながら隠れていた私は、目の前で大きくなった葉を見てはっとして足を止める。薄闇の中でも他の葉より黒く見え、大きく伸びた細くしかし先だけ扇形に開いた珍しい葉。図鑑で見た時ですらその効果に納得した覚えのある姿。

「これ……猛毒の……」

思わず呟いて、その葉を辿り、茎、そして先に咲いた毒々しい赤い花を見て確信する。この花は猛毒を保有するサンミナンという名の花だ。葉の汁が触れるだけで肌がしびれ、一滴体内に入るだけで強烈な痛みに襲われ、場合によっては死に至る恐ろしい花。だけど珍しい品種で、国内ではほとんど見られない筈。なぜそれが、こんなところに。

呆然とそこで立ち尽くした時、少し離れたところで叫び声が聞こえた。

「ああーばれた。ばれちゃった？　その花のこと、わかっちゃったのかい？」

ふひひ、と奇妙な笑い声をたてて、屋敷の扉の前、少し高いところにいた子爵が、家令の首に腕を回しその顔の横にナイフを突きつけながらこちらを見ているのが見えた。

「なっ」

「おっとそこを動いちゃ駄目だよアイラちゃん。この家令はねぇ、地下にいる私のコレクションの鍵を勝手に壊そうとしたからね。罰として娘を地下に閉じ込めてこれの腕にも魔道具を嵌めたんだがねぇ。まさか君に味方するとは。裏切り者かなぁ？　あとで娘のほうにもお仕置きしないとねぇ」

「や、やめなさいよそんな」

「おーっとっと、動いちゃだめだよアイラちゃん。こいつ殺しちゃうよ？　といっても、そこから動いてその花の茎でも踏んだらアイラちゃんもやばいと思うけれどね？　毒で君らの大事なお兄ちゃんと同じように死にたいかい」

「は……？」

呆然と子爵を見上げる。毒、という言葉で私に近づいていた黒ずくめの男が「げ」と小さく呟いて動きを止めたのが視界に入ったが、この隙に逃げようだなんて考えは出てこない。

それどころじゃない。

「おにい、ちゃん……？」

「そうそう、何年前だったか、君の家のメイドに頼んでデラクエルの息子一人に飲ませた時は、失敗だったなぁ。医者をやる前に死んじゃったんだから困ったもんだよ。偶然流行った病のせいで私もすぐ逃げる準備をしなきゃいけなかったんでね、計画が台無しだったよ」

酔っ払っているせいか饒舌(じょうぜつ)な子爵の言葉が、上手く理解できない。

彼は今何を言っている？

「ま、本当は死ぬ前に金と交換で解毒剤渡す筈だったんだけど失敗したし、一緒にメイドも死んでくれたから助かったね。だがそもそもあの病で死んだのはあの二人だけだったからね、ばれるかとひやひやしたよ」

脳内に、あの時屋敷の使用人たちが話していた「今回の流行り病はすぐに治療を受ければ助かるとの話でしたのに！」という言葉が蘇る。そうか、『あの病で死んだ人』はいなかったのか。

機嫌よく話し続ける子爵。余程、私が話を聞いているのが嬉しいのか身振り手振りで語り、笑う。

その手に持ったナイフが、家令から、離れた、瞬間。

「あああああっ！」

私の身体は勝手に庭から飛び出していた。

おにいちゃん。サフィルにいさま。にいさま！

「炎の蛇(ファイアスネーク)！」

得意ではない炎の魔法が、確かな威力を持って子爵に飛び掛かる。驚いた子爵は家令と手に持っていたナイフを手放したが、振り上げた杖が蛇を消し去っていく。……あれも魔道具か。

近づきながら再び手を振り上げ、水を呼び出し子爵にぶちまける。攻撃魔法でないそれは子爵の杖に消されることなく降り注ぎ、身体を濡らした。

悲鳴を上げてその場に尻餅（しりもち）をついた子爵に、再度手を振り上げる。

「雷の花（ライトニングブルーム）」

私の呼び出した光の玉が、子爵より少し前方で弾ける。自分に届く前に弾けた魔法を杖で防ぐことができなかった子爵は、周囲にまき散らされた水によって伝わった電撃をまともに食らうことになり仰け反った。

「がっはぁ」

静かに子爵の前に立ち、子爵が落としたナイフを拾い上げる。ひっと息を呑んだ音が聞こえたが、私はただその金の装飾があるナイフを見つめ、構えた。

「やめろ！」

叫んだ声は誰のものだったか。次の瞬間、私の目の前にひらりと桜の花びらが舞った。

『駄目だアイラ！』

ひらひらと舞う桜の中、聞こえた声は忘れもしない筈の声なのにどこか遠くから聞こえているようで。

それ以外の音が全て遮断され、舞い散る花びらがやけにゆっくりと周囲を漂う。

すがり付きたくて必死に捕まえようとしているのに、消えていく。

桜の花びらの薄く淡い色の中に、確かな琥珀色を見た気がして手を伸ばしたところで、手に持っていた金細工の施されたナイフが音を立てて落ちた、瞬間。

「アイラ！」

「お嬢様！」

左右から聞こえた慣れた声に身体を引かれ、体勢を崩したものの危なげなく支えられた私は再び視界に捉えた子爵の怯えた顔を確認しつつ遠ざかっていく。

「え……？」

「無事かアイラ！」

右側から焦ったような声に急き立てられて、私はそちらに顔を向けて頷く。

「大丈夫……ガイアス」

「よかった……」

返事をしたのは左側にいたレイシス。二人が来たのか。そうか。

ほっとしつつ子爵のほうを見れば、子爵はもうこちらを見ておらず、蒼白な顔で正面を見ていた。

そこに桜の花びらなんかなくて、雪がちらちらと降っているだけだ。見間違ったのだろうか、でも。

子爵の正面にいたのは……お父様。

「お父様」

「アイラ、話は後にしよう。まずは子爵をお連れしなければいけないのでね。ああ、地下の囚われた女性たちを解放するのが先かな」

「ひっ、わ、私に何をする。私はここの領主だぞ！」

「今日までは、ですよ子爵。残念です、まさか王都のパーティーまで待てずに問題を起こしてくれるとはね」

　ああ、父はやはり子爵が妙に張り切っていたパーティーのことは知っているのか。呆然とその様子を見つつ、はっとした。

「お父様！」

「風の盾（ウィンドシールド）！」

　私が叫ぶのと、父の後ろにあの黒ずくめの男が飛び込んでくるのはほぼ同時。そして一瞬遅れてレイシスの叫ぶような発動呪文が聞こえ、父の前に現れた目に見えるほど唸（うな）る魔力の風が黒ずくめの男の投げた針のようなものをことごとく吹き飛ばした。

　返された針を難なく避けると黒ずくめの男が舌打ちをしながら距離を取る。さすがレイシス、完璧（かんぺき）なタイミング！

　しかし瞬時に体勢を変え、男が再び父に向かって突っ込んでくる。慌てて呪文詠唱するが、男の方が速い。

　父もある程度魔法は使えるが、エルフィである母よりも不得意だ。父の前に飛び出そうとした私は両側から押さえられ、思わず怒鳴る。

「ガイアス！　レイシス！」

「大丈夫だアイラ！」

　落ち着け、と耳元で言うとガイアスが私の体に腕を回す。背中から伝わる体温に呼吸が落ち着いてきた私の目の前で、父が応戦していた。父の魔法を見るのは、珍しい。威力は然程（さほど）強くはないが、しかし詠唱が速く数多い攻撃が黒ずくめの男を上手く牽制（けんせい）していた。

だが父は後ろにいる子爵に注意を配りながらの戦いだ。子爵は必死に暴れようとしているものの先ほどの雷撃に加え恐怖で腰が抜けているのか動けないでいるようだが、子爵の杖は魔法を打ち消すことができる魔道具だ。あれがどれほどの魔法を打ち消すことができるのかわからないが、何とかしなければいけない。

「レイシス。子爵が持っている杖、魔道具なの。私の炎の蛇（ファイアスネーク）を消したわ。子爵が復活する前に押さえて」

「お嬢様の仰せのままに」

レイシスはガイアスに「頼むぞ」と告げて飛び出していく。

レイシスが子爵のそばに現れたことで、黒ずくめの男は明らかに焦った様子を見せ、懐から何かを取り出した。恐らく子爵の杖を手に入れたかったのだろう。鈍く光る何かが手の甲を覆い、ブラスナックルだと気付きはっとして飛び出そうとしたが、後ろから腕を回していたガイアスがそれを止める。

「落ち着け、父上が来た」

は？　という間抜けな声は突如轟（とどろ）いた大きな音にかき消される。すさまじい風が吹き荒れて驚いて腕で顔を庇いつつ父を見ると、父の前の階段は瓦礫（がれき）と化してその原形をなくし、そしてその瓦礫の山の上には危なげなく立っているいつもの我が家の使用人服に身を包んだゼフェルおじさんがいた。

身なりはほとんど子爵の家の家令さんと変わらないし、普段ベルティーニの副社長として主に商品輸送や配送の護衛手配を任されているおじさんは、暇があれば奥さんのリミおばさんと共に屋敷を取り仕切る家令的な位置に立ってくれているので、服装自体は違和感はなかった、筈だったのだが。

「炎の剣（フレアソード）」

静かに腕を振り下ろした時には、おじさんの手に燃え上がる炎の剣が握られていた。それも、現れた時には普通の長剣程度だったものが、おじさんが剣を横薙ぎにした時には大きく伸び上がり、慌てて距離をとったのであろう離れた位置にいた黒ずくめの男を掠める。その姿はさながら戦士で、確実に家令や執事ではない。

ぐっと呻いた男の服は腹の辺りが焼け焦げ、燃え上がることはなかったもののその割れた腹筋をむき出しにしていた。

その頃にはレイシスが腰を抜かしていた子爵を問題なく縄で縛り上げ杖を取り上げていて、ほっとして身体の力が抜ける。これで大丈夫、助かった。そうして深く息を吐いた私の耳に、この場にそぐわない大きな笑い声が聞こえた。

「はーっはっはっは！　やっと会えたぜデラクエル！　ベルティーニの嬢ちゃんを拐（かどわ）かすなんて危ない賭（か）けに出た甲斐（かい）があった！　まさか当主本人が動いてくれるとは！」

「……どういうことでしょうね？」

おじさん、といってもまだ四十にもなってないが、普段の優しげな顔からは想像もつかないような冷たい空気を発しながらその緑の瞳を細め、ゼフェルおじさんが炎の剣を揺らがせる。瞳に映った炎すら揺れて燃え上がり、離れた位置にいる私ですら恐怖を感じたが、嬉しそうに笑う黒ずくめの男は楽しげに身を少し屈（かが）め今にも飛び掛かりそうな様子だ。

「お前は滅多に前に出ない！　本気の勝負をしてみたかったのさ、爆炎剣のゼフェル！　このダイナーク様と勝負しろ！」

高らかに宣言して拳を振り上げ高く跳躍した黒ずくめ……改めダイナーク。

息を呑む私とガイアス。静かに様子を見守る父。いつでも手助けに入れるよう短剣を構え呪文詠唱の準備に入ったレイシス。


しかし勝負は、あっという間……いや、勝負にすらなっていなかった。

「旦那様申し訳ございません。此度(こたび)の失態いかなる罰もお受けする所存です」

「あ、いや。気にするなゼフェル」

飛び込んできた男を一瞬で瓦礫に沈めたゼフェルおじさんは、ささっと服装を直し綺麗な礼を父にして見せた。もはやその視線には父しか映っていない。

「え、この男どうするの」

「任せていただけますか、後で適当に捨てておきます」

軽い二人の会話に呆然とする。

え、何これ敵が可哀想(かわいそう)おじさんチートすぎやしませんか、私ちょっと前世で見たアニメみたいな手に汗握る大戦闘期待しちゃいましたすみません。

そんな心の中で繰り広げられる、ゼフェルおじさんへの信頼とオタク心が生み出してしまった不謹慎な不満と懺悔(ざんげ)をもてあました私を、なーんだつまんないのと呟くガイアスだけが不思議そうに見ていた。


子爵はすぐに現れた王都から派遣の騎士たちに引っ張られ、屋敷から連れ出されていった。どうやら、既に寝ていたらしい彼の友人も同様に連行されることが決定しているらしい。父は残った騎士たちと屋敷の中に向かい、私はガイアス、レイシス、ゼフェルおじさんに連れられてあっさりと屋敷に戻される。

あの黒ずくめの男……名前なんだっけ……は死んではいなかった筈だが、その後どうなったのかはわからない。

戻ってからが大変だった。母の頭に角が見えました。反省しますすみませんごめんなさい許してくださいと連呼しつつ最後に抱きしめられた時には涙が出ました。お母様ほんとごめんなさい……と謝ったらば、その日から一週間、母の指導の元ガイアスとレイシスを巻き添えに私は屋敷周りの雪かきに追われることになった。

余談だが私の地域は毎年二十センチくらい積もればすごいほうだなーという感じなのだが、母に雪かきの命を出された次の日から凄まじい大雪に見舞われた。なぜだ。

降り積もる濡れ雪は見る分には綺麗なのだが、とにかく重い。日に日に高くなる屋敷の庭にできた雪山は、サシャとカーネリアンも含め私たちのかまくらと雪像会場となった。

しかしその作業のおかげか、引きこもって勉強をすることが多い私が毎日くたくたになるまで体を動かして夜は早々に疲れで寝てしまう日々を送った為に、あの夜のことを思い出すことが少なかった。

それでも時折胸を巣食う呑み込まれそうな程の怒りを抑えることが出来たのは、父のおかげだった。子爵が捕まって一気に忙しくなった父と話せたのは、雪かきに追われている間は私が攫われた次の日の夜だけだった。父は、サフィルにいさまの死因が不審だったことに気付いていた。と言ってもわかったのは少し前の話で、ただおかしいとずっと子爵を追っていた時に偶然知った事実らしい。

　今となっては、子爵に毒を盛るように言われたメイドが本当にサフィルにいさまに毒を盛ったかわからない。もしかしたら本当に、あの時流行病の犠牲になっただけかもしれない。それはもう確認しようがないと。

　いやな噂は多々ありながらなかなか尻尾をつかませなかった子爵を、徹底的に排除しようと父が動いたきっかけになったのはその事実を知ってからだったようだ。政権をもつ高位の貴族に不正を知らせる為に溜めていた細々とした書類の証拠だけではなく、子爵の使用人に接触し味方につけ、さらに大きな証拠を得る為に必死になっていた中、漸く王都の騎士もこの領地に隠れて配備され、子爵が話していた王都のパーティーとやらで子爵の仲間ごと一気に取り押さえるつもりでいたらしい。

　そんな中、パーティーのパートナーにまさか自分の妻か娘を寄越せと言われるとは思わず、適当な理由をつけ断り警戒していたのに勝手に夜中に抜け出した私が誘拐された、らしい。

　つまりあそこで子爵を捕まえてしまったのは予定外だったのだ。一応パーティーで捕まえる筈だった子爵の悪事仲間はあの屋敷にいた友人たちであったらしく無事に理由をつけて捕らえることができたようだが、自分の浅はかさを再度後悔する。

　どうしようもなく渦巻く憎悪を、父は涙として私に吐き出させた後、約束しただろうと言って私の頭を撫でてくれた。

「アイラはあの日、学園を目指すと約束しただろう。貴族しか診ない医師がいるなどおかしいと言っていただろう？　悔しいさ、悔しいけれど、怒りに負けて落ちては駄目だ。アイラが悲しんでいていいことなんてない。君はあの日、誰かを救う為に学園を目指すと決めたんだろう」

その言葉を言われた時、私は微かに感じた違和感に気付かない振りをした。父の言葉に頷いて、それがいいのだと渦巻くものに蓋をしたのだ。

心が一旦の落ち着きを取り戻してからは、屋敷の変化に振り回される。父が男爵位をすっ飛ばして子爵を賜った。

私は日々勉強に魔法の練習と令嬢としての教育、カーネリアンにベルマカロンの引き継ぎと、慣れない専属メイドに世話をされつつ忙しく過ごした。正直辛くなかったといえば嘘になる忙しさ。

気付けばあの夜から一年以上たち、もうすぐ十三歳になろうというある日の午後。私と、子爵である父に推薦されたガイアス、レイシスの元に、王都の魔法学園から正式な入学許可証が届いていたのであった。

◇　◇　◇

「フォルセ様、こちらを」
「ああ……やっと捕まったのか」

ロランから受け取った書類で、無事、マグヴェル領がベルティーニに引き継がれることを知って、俺はひらひらと書類を揺らした。予定通りだ。あの男は奴隷制度の撤廃に随分と文句があったのか隠れたつもりでやりたい放題だったから、漸く、という言葉のほうがいいかもしれない。まったく、古い時代に固執する貴族が多くて困る。まぁ、この有能さを見るに、ベルティーニを味方に引き込み子全力でのし上がりたいと思います。

爵に押し上げようとしていた『殿下』の判断は間違っていなかったようだ。ベルティーニを説得するのには骨が折れたとグロリア伯爵は言っていたが。

こちらでも王都で開かれるあまりいい噂の聞かないパーティーに出席する予定のマグヴェルが、アイラ・ベルティーニを同伴したがっているという情報を得てはいたが、まさか誘拐するとは思っていなかった為にその情報を知った時には驚いた。だから、夜に出るなと言ったのに。デラクエルがいるから大丈夫であろうと思うと同時に、そこに己が行けないことをほんの少し悔しく思ってしまったのがおかしくて、俺は視界を遮った銀糸の前髪を払って宙を睨む。

この感情が何であるかは知っていたが、認めるつもりはなかった。俺は、それに気付いたからといって動ける立場にないのだから……虚しいだけだ。

だが、少しだけなら。一生のうち、ほんの短い期間だけでも、普通の人間と同じようにこの感情を受け入れてみたい。そうだ、多くのことを学ぶあの学園の間だけでも。

「アイラ」

君にまた会えるのを、楽しみにしている。僕の……。

「友達、そう、だから」

くしゃりと手にした書類がしわを作った。

◇　◇　◇

私の生まれ育ったマグヴェル領……今は、ベルティーニ領レイフォレスと名を変えた町は商業の街として発展していて、それなりに大きく学校もいくつか存在した。普通に文字や歴史や計算など基本的な授業の他に、魔力が高い人間が魔法を習うこともでき、庶民は大抵そこで学ぶのだ。

私は家に教師が来てくれていて、早くから王都を目指していたのでそちらに通うことはなかったが、ベルマカロンに訪れる街の子供たちから話は聞いていたので前世の小学校や中学校のイメージをその学校に抱いており、そしてベルマカロンの新作お披露目の際に差し入れを持って訪れたこともあったが、その想像は間違ってはいなかった。抱いた感想は「楽しそう」だ。

だがしかし、いざ自分が王都の魔法学園の入学許可証を手にし、後になって父に渡された学園について書かれた冊子を見てしまうと、驚愕した。

予想より大きい、というか想像もつかない規模だった。

なんとなく貴族が入る学校なんだからと豪華絢爛(けんらん)な建物は想像していたが、まさかここまで大きな規模だとは思っていなかったのだ。建物は写真なんてなくてあくまで絵だけど。

王都メシュケットに位置する学園クラストラ。

王都の城南方に位置し、もはや学園都市と言っても過言ではないその地区を通らなければ、ぐるりと城壁に囲まれている城に入ることはできないそうだ。つまり、学園は城の門を護る砦(とりで)となっているのでは、と考えたのだが、あながち間違いではないだろう。

貴族が入るとなれば、そう何千人も貴族がいるわけじゃないんだから少し普通の学校より派手な程度で規模は小さいんじゃ、なんて考えてたやつは誰だ、いえ、私ですが。

驚いたことに、貴族以外の生徒も多数いるらしい。と言っても、祖父が貴族だったどころか数代前がどこぞの貴族の三男でしたとかそういった人も多く、他にも王の近衛の息子だとか、戦で功績を挙げた兵の娘だとかもいるそうだ。

確かにそう考えると人数は相当なものになるだろう。それに加え、領主推薦の一般の生徒もいるのだ。恐らく私が今こうして学園案内の冊子を見ているだけでは予想がつけられない規模なのだろう。学園の制度すら想像していたものと違っていた。例えば、より専門的な知識を深める為に学園が用意している科は多い。

まず、貴族の娘の多くが入学する淑女科。特徴としては貴族のマナーに始まり、国の歴史を学び、芸術に触れる……まさにその名の通り淑女を育てる科だ。

他国の妃となっても恥ずかしくない完璧な淑女育成を掲げるこの科の生徒は、目下狙いは王子の後宮入りらしいとサシャが話していた。どうやら私よりサシャの方が学園には詳しそうである。

次に、女性の科があれば貴族の息子の科もあるということで、紳士科だ。この世界では貴族の跡継ぎは男子と決まっているので、領地経営のヒントから、もちろん歴史に始まり基本的な護身術などまさに様々な分野を広く学ぶ科のようだ。

この二つはまず現役貴族もしくは近い血縁者が入るらしい。魔力の大小も得意不得意も関係なく広く全般。つまり、目指す職がある私にはまったく関係ない科だ。だがしかし単体で言えば人数が多く入る科であるために、魔法学園が貴族ばかりの学校と言われるのも頷ける。

他は兵科、侍女科、医療科、錬金術科、魔道具科があるようだ。

私が希望するのはもちろん医療科だ。医療を大きく纏めて一つの科としているが、内容は医師か、看護か、薬師かで最終的に分かれるらしい。最初は基本的に全ての生徒が医療に関することを専門で平等に学べるとのことで、期待に胸が膨らむ。

ガイアスとレイシスは兵科にするようだ。兵科は特殊で、成績が全て。優秀者は兵科の中でも特殊な騎士科に移籍になる。あくまで優秀者のみであるそこに入ることができれば将来安泰、兵科を希望する全ての人間の憧れらしい。

二人は護衛として私と科が離れることを渋ったが、こればかりは仕方ないと父たちに納得させられていた。王都の学園は貴族がたくさんいるだけあって警備は厳重だし、現役騎士も校内にたくさんいるのだからと。

そもそも二人はやはり私の護衛なのですか、美少年護衛フラグはやっぱり維持されていたというより達成されていたのか。疑問に思い父に尋ねると「二人ともそのつもりだからいいだろう、というか今更？」とにっこり笑顔で言われた。そうですか。

他の科も特色それぞれだが、冊子を見ていて驚いたのは侍女科だ。最近の侍女は世話だけではなく護衛もできちゃう侍女が人気らしい。一番最近新設された科がこの侍女科で、なんと主を護る為の護衛魔法と侍女業を学ぶようだ。

戦える侍女って歌って踊れるアイドルみたいなものかなぁと考えつつ、冊子にある簡単な学園内の地図や特色を読み続けると、さらに特殊な科を見つけた。

その名の通り特殊科は、選ばれた階級の者だけが所属することができる科。これまで学園の科について詳しくいろいろ書いていたのにここだけ説明が非常に少ないが、サシャ曰く歴代の王族などが所属していたとか。

この科の生徒は選んだ専門に限らずどの科でも上位成績を収めるような優秀者を育てるようなことが書かれているので、所謂エリートコースまっしぐらなところなのだろう。そういえば今年は我がメ全力でのし上がりたいと思います。


シュケット王国の第一王子が入学を決めたらしい。

雲の上の人が同じ学年とは稀有なことだと暢気に構えていた私は、同じく冊子を見ていたレイシスが「あ」と呟き続けた言葉に慌てた。

「お嬢様、入学即日、希望の科での今後を決める実力テストと書かれています。医療科希望者は実技に回復魔法がありますよ」

「うぇえええ!?」

エルフィの力に頼っている私は『通常の回復魔法』を覚えたのはつい最近、まだ不慣れだ。エルフィであることはもちろん公にしない。貴重な能力として国が大切にしてはくれるが、エルフィはその能力を隠す。珍しい能力はそれだけで妬まれやすく、そして利用されるからだ。それを理由に隠れることはとても残念なことだが、仕方ないのだろう。

「ちょっとガイアスのところに行って来る!」

レイシスにそう告げて部屋を飛び出す。ガイアスは最近大きな魔法の練習をしている為に現在生傷が絶えない男と化している。稽古場に向かえば、やはり盛大に魔法を失敗したらしいガイアスが砂埃の中擦り傷だらけで立っていた。

「げ、アイラなんでこんな時に来るんだよ!」

「ガイアスちょっと治療の練習させて!」

「お嬢様、急に走り出さないでください!」

後から追ってきたレイシスと、結局そのままお互いの魔法の見せ合いが始まる。みんなで笑い合っていると、稽古場に珍しくカーネリアンとサシャも姿を見せた。五人で集まる時間はもうこれからほとんどなくなってしまうのかもしれない。

それがわかっているからか、その日はやたらと長い時間を五人で稽古場で過ごした。魔法の見せ合いだけじゃない、ガイアスとレイシスの稽古にカーネリアンが交ざってみたり、サシャとそれを見ながら必死になって応援して笑い合って。

その日からカーネリアンとサシャはやたらと私たちのそばにいたがったのだけど。

入学を決めた私たちが王都に向かう日は、あっという間に訪れたのだった。


「姉上、忘れ物はない？」

「大丈夫よカーネリアン」

「アイラ、はいこれ忘れ物」

「えっ」

朝から漫才のようなやり取りを家族としつつ、母から大切にしている植物図鑑を受け取る。小さい頃から使用したくさんのメモが書き込まれた図鑑だから、絶対忘れないようにしようと思いつつ直前まで勉強で使っていた為に机の上に置きっぱなしにしていたらしい。

ガイアスからそんなんで大丈夫かと笑われたが、真面目な顔して大丈夫だ問題ないと答えようじゃないか。うん、あまり大丈夫じゃないかもしれない。

これから授業では一人なんだから、うっかり教科書忘れましたとかは洒落(しゃれ)にならないな、気をつけよう。

全力でのし上がりたいと思います。

カーネリアンとサシャに手紙送るからねと笑い、父と母に頑張ってきますと告げて、屋敷の皆に行ってきますと元気に挨拶をする。別に今生の別れじゃないので、しんみりなんてしないんだからね！

馬車に乗り込んで少し潤む目を擦(こす)ったのは、一緒についてきてくれることになった私の専属のメイド……侍女の、レミリア・ステイに見られないようにこっそりだ。私より四つ年上の彼女は、ベルマカロンで最初の職人であるリミおばさんの一番弟子、一号店店長のバールさんの妹だ。

私が勉強で忙しくなった辺りから一号店のお手伝いをしてくれていたのだが、その縁あってうちが貴族になった時から私専属の侍女としての仕事を受けてくれている働き者である。実家が食堂を営んでいる彼女はよく気が利き優しい素敵なお姉さんだ。

今回、一応曲がりなりにも貴族になった私の身の回りのお手伝いに使用人を連れて行くように言われ、彼女にお願いした。想像つかないが、やはり貴族が多い学校だけあって使用人としてそこに足を踏み入れる人も多いらしい。

連れて行くのは一人でいいのかと父や母に聞かれたが、元は私だって庶民なのだ、自分のことは自分である程度できるのでそこは問題ない。

私の顔を見て笑みを零したレミリアは綺麗にアイロンがけされたハンカチをそっと差し出してくれた。う、やっぱ気付いてましたか。

ガイアスとレイシスは馬に乗り私たちの乗る箱馬車の外を護衛している。一緒に学園に入るのだから、道中まで疲れることないじゃないかと思ったのだがこれも訓練だと言われれば仕方がない。

馬車の中は女の園として移動の退屈な時間を過ごそうじゃないかと、レミリアと新作のお菓子の話からベルティーニの話題の生地で作られたドレスの話をしつつ順調な旅を過ごし、途中人生初の宿に宿泊など新しい体験もしつつ、行程の半分ほど進んだだろうかという三日目のことだった。

馬の嘶く声と共に馬車ががたんと音を立てて止まる。

馬車の御者はベルティーニの商品を普段運んでいるベテランさんだ。岩に乗り上げたとか浅瀬に落ちただなんて運転ミスはしない筈だが、と不審に思い扉に手をかけた時、レイシスの強い魔力の流れを感じた。

「風の盾！」

唱えられた発動呪文に、外で何かしらよろしくないトラブルが発生したのだと確信する。レイシスの得意とする風の盾は、魔法攻撃を防ぐことはできないが物理的な攻撃を防ぐ魔法だ。

一緒にいるレミリアは、魔力はそこそこあるのだが上手く制御することができず魔法を使うのに向いていないとゼフェルおじさまに言われ、簡単な護身術しか使えない。ここの扉を開けて私が応戦に出るべきではないのではと躊躇い、外の様子を探る為に小窓を少しだけ開けた。

「レイシス、何が起きているの」

ちらりと見えた後頭部にレイシスだと判断して尋ねれば、レイシスは小窓に重なるように立ち周囲を警戒しながら足にくくりつけたホルダーから短剣を手に取ったようだ。

「獣です、恐らくグーラーかと。お嬢様はレミリアと中に。ガイアスが出ました」

「そう」

それを聞いてほっと息を吐く。外には、父が心配して配備したベルティーニの護衛団数人がいるが、ガイアス一人で対処できると判断したのなら問題ないだろう。

そもそもこの世界において、獣は然程脅威ではない。前世で街中に熊(くま)なんぞ出ようものなら大騒ぎだろうが、魔法があるこの世界ではそういったことはないのだ。もちろん、獣の中でも魔法耐性を持っていたり簡単な魔法を使うことができる魔物と呼ばれる種類は別だが、それらは王都北に広がる深い森に生息しており、この辺りのような人の多い地域にはいないのだ。

グーラーとは、狼(おおかみ)に似ている一匹行動が基本の獣で、そのスピードで相手を翻弄する肉食獣であるものの、水に弱い一面もあってか怖がられる獣ではない。雨が降れば引きこもってしまう結構繊細な生き物だ。人の前に出ることすら珍しい。

レイシスの説明を聞いて、レミリアもほっと安堵のため息を吐いた、その時。

――グォオオオオオオッ

近くで、大きな唸り声が聞こえる。それも、複数だ。

「え……」

「おかしいわ。グーラーが複数いる？」

不安そうに身体を震わせるレミリアを気にしながら、もう一度小窓を覗く。レイシスがしきりに辺りを気にして、どういうことだ、と混乱した声を漏らした。

レイシスが前に立っている為に周囲が見づらい。が、なんとか隙間から確認した私は驚愕した。

「囲まれてる」

馬車は、グーラーの群れに囲まれていた。

そもそも、群れという言葉を使うことすらおかしい。普段群れない生き物が、群れて獲物を囲んでいる。この異常な状況は、決して楽観視できないものだ。

「レミリア、絶対ここから出ないで」

「お、お嬢様！」

焦った、私を引き止めるような声が聞こえたが、私はレイシスの風の盾がまだ無事なことを確認して外に飛び出した。

突然外に出た私にレイシスが慌てて駆け寄る。

「お嬢様、出てはいけません！」

「何言ってるの、相手は異常な行動をした獣よ！　普段と違う行動をしている獣に気を抜かない！　奴等相手なら水魔法が得意な私が一番でしょう」

叫ぶ私に、護衛に来ていたベルティーニの社員たちが一瞬慌てたが、すぐにそれぞれ武器を構え臨戦態勢を取った。うん、いい反応、さすがゼフェルおじさん仕込みだ。

「やつらの弱点は水よ、水魔法が得意な者は魔法に集中、それ以外は物理的な攻撃でいいわ、馬車に近づけさせないで！」

「了解致しました！」

改めて周囲を確認すれば、場所は左右を林に囲まれているもののある程度広さのある整備された道だった。私たちの他にも馬車や旅人が通りかかる可能性が高い。早めに片付けなければ。

私のいる位置とは反対側で、ガイアスの発動呪文が聞こえた。あちらはガイアスと護衛さんたちに任せて、私は目の前の獣を相手することにする。

「レイシスは風の盾（ウインドシールド）を絶対に切らさないで、武器攻撃をしている仲間のサポートを」

「……っ、お嬢様の仰せのままに！」

短剣をホルダーに戻したレイシスが、背の弓に持ち替える。剣を捨てたレイシスは、やはり弓の才能があったのか今では相当な腕前だ。すっと彼が矢をつがえた、それを合図にしたように、一斉にグーラーたちが馬車に飛び込んでくる。

「水の蛇(アクアスネーク)!」

両手を突き出した私の手のひらの間から飛び出した水の蛇が、まるで龍のようにその丈を伸ばし、その身体の長さを生かして飛び掛かるグーラーたちを阻み、食らう。

怯(ひる)んだグーラーにレイシスの放った矢が突き刺さり、次々と倒れ、水の蛇を逃れもがいているグーラーに護衛たちの剣が突き刺さる。

こちら側は圧倒している。念のため残ったグーラーたちにいつもの『ただの水』をぶちまけ、急いで反対側に回ると、そちらも優秀な水魔法使いがいたのかすでに動くグーラーの姿はなく、ガイアスが最後の一匹にとどめを刺しているところだった。

「ガイアス! 一体なんでこんなことに」

「わからねえ、いきなり一匹が珍しく馬車の前になんか飛び込んできたと思ったら、急に大量に湧(わ)いて出た! そっちは!?」

「もうレイシスたちが全部倒したと思う!」

「わかった。それならアイラは馬車に戻れ。怪我人はいないようだからすぐにここを離れる。獣の血の臭(にお)いでいらない敵まで来たらいけないからな」

「わかった」

ガイアスの言葉に従って馬車内に戻ろうと身を翻(ひるがえ)す。レミリアは無事だろうか。入り口のある側に回り込もうと飛び出した私はその瞬間、何かに強くぶつかって視界がぐらりと揺れる。

ガイアスの声が後ろから聞こえた気がしたが、地面に身体が打ちつけられた衝撃で一瞬意識が遠のく。身体の上に何かが乗った。何、と視線だけがその違和感に向けられたが、ありえない状況に息を呑む。

「アイラ！」

私の上に身体を乗せ、かぱりと口を開いて牙を覗かせるのは、びしょ濡れとなり雫を降らせるグーラー。……なぜ、動いているのだ。濡れた身体は水だけではない赤い雫すら滴らせているというのに。

目の前の敵はまさに手負いの獣だった。

「お嬢様!!」

慌てたようなレイシスの声が遠い。それでも危機を察知した身体は無意識にグーラーを退けようとするが、地面に擦り付けた腕が痛む。弱点である水が効かないグーラー。物理的に突き放すには、私の腕力は非力すぎた。

一瞬だ。躊躇いも見せずグーラーは、私の肉を千切ろうとその口を大きく開き……

「氷の槍！」

突如響いた凛とした声は、先ほどまで音が遠かった筈のこの状況の中クリアに私の耳に届く。目の前に合った牙はぴたりと動きを止め、数秒後私の腹の上から持ち上げられたのは氷塊だ。その氷塊に突き刺さる槍を辿り、目を見開いて息を呑む。

氷塊はぎょっとするような速さで空高くその得物を振り上げた人物ごと舞い上がり、次いでくるりと体勢を変えたその影はグーラーを地に向けて真っ逆さまに突き落とす。鈍い音がして砕け飛び散った氷は、私の目の前に届く頃には星屑のように輝きのみを残して消え、グーラーは今度こそ息を止めたようだ。

呆気に取られて動けない私の翳った視界に映ったのは、太陽の真下で箒星の尾のように流れ輝く銀色。星空を思わせた紫苑色を含む大きな月が、真っ直ぐに私を見下ろす。……覚えのある銀の瞳だ。相変わらず整いすぎた美しい男の子が、私を不安そうに見下ろしている。

「どこか痛むかな、アイラ。大丈夫？」

「……え、フォル？」

本物？　まさか、とぱちぱちと瞬きをしても、夢でも幻でもないらしい彼は消えはしない。それどころか、覚えててくれたんだ、と嬉しそうに笑った彼は、手にしていた槍をぱっと消すと、私に手を差し出した。グーラーを退けようと突き出していたまま固まっていた腕にあっさりと触れた彼の手は思いのほか温かく、氷の槍を掴んでいたとは思えない指先から、優しく包むような魔力を感じる。……回復魔法だ。そこで初めて、手を擦りむいていたことに気付いた。傷の痛みは気付くと同時に癒えていく。え、フォルだよね？　記憶にあるより少し大人びたようだし、綺麗さも磨きがかかってるけど、あの、フォルだよね!?

「お嬢様！　獣が！」

再会を喜ぶ暇もない。

レイシスの叫び声と同時に、どん、と再び衝撃が襲い、今度は前にいたフォルがグーラーの体当たりに背を押されたのか、私の肩口に顔を埋め倒れ込む形で体勢を崩す。しっかり支えてくれてはいるのだが、余程驚いたのか、ばっと顔を上げた彼は吃驚した様子でごめんと慌てたように真っ赤な顔を片腕で隠し、すぐに私に背を向ける。さらりと彼の髪が目の前で揺れ、そして魔力がふわりと立ち上った。

「敵もしつこいな、……射抜け！」

落ち着きを取り戻したのか、先ほどのレイシスの切羽詰ったような声とは反対の余裕な様子で呟いたフォルが、私の手を握り支えたまま指先から繰り出した氷の矢を放ち、やはりまだ動けたらしくこちらに襲いかかろうと駆け出してきていた数頭を地に落とす。しかし致命傷を避けたグーラーが再び体勢を立て直そうとしたところを、素早くレイシスの矢が防いだ。

驚きすぎて動けずにいた私の元に駆け寄ってきたのはレイシスで、唖然としフォルと手を触れ合わせたまま動かぬ私の身体を支え起こすと、まるでフォルから私を隠すように前に出る。ぱちり、と一度瞬きしたフォルが、不思議そうに首を傾げた。

「あ、もしかして覚えてないかな」

「フォル、何でここに。いつまでお嬢様の手を握っている」

「あ、よかった、君も覚えてくれていた」

繋がれたままであったフォルの手に視線を落とした瞬間、レイシスの手がフォルの腕を掴み退ける。同じようにその様子を見ていたフォルは退けられた己の手を見て不思議そうに首を傾げているが……いや、待て待て、フォルは助けてくれたのに！　ってこの二人前からこんな感じだったっけ、懐かしい気がするのは気のせいではないだろうけど、と止めようとするが、そこに飛び込んできたのはガイアスだ。

「おい、フォル！　なんでまたこんな道に一人でいるんだよ、また迷子か!?」

レイシスが警戒していた為にぴりぴりと張り詰めていた空気が、ガイアスがきたことで和らぐ。

まぁ、以前も好敵手といった感じではあったのだが……本当に予想外の再会だ。

「ガイアス、久しぶりだね、元気そうで何よりだよ。それと、今回は一人じゃないよ」

フォルの視線の先にただ一人静かに控えた男性がいた。俯いているので顔はわからないが、どうやらフォルの護衛らしい。……フォル、貴族だと思うんだけどな。今日の彼の服装も一目で上等だとわかる美しい銀糸の刺繍が施されたものだ。護衛が一人だけって、と考えていると顔に出たのか、フォルは苦笑しながら「残りは置いて来ちゃった」と言って笑う。

「魔力の気配があったから、皆この先で休憩してたんだけどこっそりね。それにしても皆、会えて嬉しい。アイラ、相変わらず無茶してるんだ」

「その台詞フォルにだけは言われたくない」

「ああ、まぁ確かに」

くすくすと笑うフォルはそのまま私に視線を合わせると、まるで瞳を覗き込むように首を傾げてふわりと笑う。嬉しそうな口元が何かを言おうと動いたその瞬間、フォル様、と静かな声が聞こえた。

「ああ、ごめん、戻らないとまずいかもしれない。アイラ、ガイアス、レイシス、また会えたらゆっくり話そう」

「は、会えたらって」

ガイアスがぽかんと口を開く。再び小さく笑ったフォルは私たちに背を向け、ぱっと顔だけ振り返るとひらひらと手を振った。

「会えるよ。こうして二度も会えたんだから。道中、気をつけて。ここは早く去ったほうがいい」

「あ、おい！」

ぱっと走り出してしまったフォルに慌てて声をかけたのはレイシスで、しかし本当に急いでいたらしいフォルたちはすぐに姿が見えなくなった。その後ろ姿を見ながら、ぽつりとレイシスが呟く。

「……礼が言えなかった」

基本的には真面目な彼が少し口を尖らせていたのが嬉しくて面白くて、それでも私たちものんびりすることもできず、慌ててその場の撤収作業に入った。


トラブルはあったもののその場を急いで離れ、次の街で常駐している騎士に道中の状況を説明し後処理を頼もうとすると、どうやら先に他の誰かから報告を受けていたらしく既に隊が向かっていると言われた。恐らくフォルなのだろう。どうやら同じ道を通っているようだから、本当に会えるかもしれない、と少しわくわくする。

その後は順調で三日後に王都が見えた頃には、あの少し異常な獣のことなんて珍しいことがあったね、で特に話題に上ることもなく。フォルに関しては、本当に会えそうだね、実は学園の生徒だったりして、なんて話す余裕も出てきていた。

予定より一日早いが、出発から六日目に私は初の王都へと足を踏み入れ、期待に胸を膨らませながら学園へと繋がる大通りの景色を、馬車の窓を開けて楽しんだのであった。


「うわぁ……」

全力でのし上がりたいと思います。


学園に到着した二日後、漸く落ち着いた私たちは学園内を散策してみようという話になった。昨日まで荷物の整理や準備でとても忙しかったのだ。

レミリアに足りない物の買い出しは任せて、私たちは学園に慣れる為にも今日までに片付けは終わらせ出かけようと約束していたのだが、あまりにも広すぎる敷地内を今日一日で全部見て回ることは早々に諦めて、遠方から訪れる生徒の為に用意された寮の周辺を中心に探検しようと、ガイアスとレイシスの二人と一緒に出かける。

私がまず外に出て驚いたのは立派な建物でも人の多さでもない。

寮の周囲は美しい花壇に囲まれていた。色とりどりの花々は瑞々しく、美しく咲き誇っており、花畑のよう。それに。

「精霊の数、ものすごいわ」

「そうなのか？」

ガイアスが不思議そうに首を傾げ、レイシスもへぇと呟きながら周囲を見回す。見えない彼らの反応はそんなものだが、私は驚きでその場から動けずにいた。それほど、多いのだ。

普通、自然そのままの森のような場所ならば、それこそものすごい数の精霊がいても別に不思議ではない。植物の精霊は自然を好む。ベルティーニの屋敷は森に囲まれているので、小さい頃はその数の多さが普通だったのだが、街に出てからはその認識を改めたくらい、少ないのだ。

精霊という存在は植物が芽吹けば初めからその場にあるわけではない。

植物の精霊というと、植物そのものと勘違いされがちだがそうではなく、どこからともなく現れた精霊が己が身を寄せる植物を選ぶのだ。

花壇といえば、マグヴェル子爵の屋敷では、たまたまあそこの花に惹かれて集まった精霊たちが、花が常に咲き誇るようにかけられた歪んだ魔法を共に浴びてしまったらしく、皆こそこそと隠れ辛そうにしていた。

それと比べるまでもなくここの精霊たちはとても楽しそうに過ごしているように見える。人工的に整えられた鮮やかさではあるが、無理のない手入れが行き届いているのだろう。

「とても素晴らしい庭師がいるのね」

「確かにここの花々は屋敷の裏手にある花畑のように生き生きしているように見えますね」

「あ、そういえば知ってるか、有名な王都の公園、実は学園の敷地内なんだって」

ガイアスからもたらされた情報に、思わず飛びつく。

「本当!?　公園って、あの桜のある!?」

「ああ、今の時期なら丁度咲いているんじゃないか。サフィル兄さんが王都に行った時期も今頃だったと思うし」

「そうだね、もしかしたら少し早いかもしれないけれど」

二人の言葉に、思わず行きたい！　と声高に宣言する。

サフィルにいさまが王都で見た、この国唯一の桜の木。サフィルにいさまがプレゼントしてくれたあの石の桜。

聞けば、場所は寮より少し離れているらしい。予定を変えてしまうことになるが、二人は笑って公園に行くことを勧めてくれた。

明日入学式を執り行うというドームのような大きな建物を越えて、周囲の景色を楽しみつつ辿り着いたそこはまさに緑の公園だった。

たくさんの草木が、待ちかねていた春に生き生きとその葉を日の光に当てている。

この世界でも入学は春だ。何かの始まりというのが、植物が活動を開始するこの時期に行われるのは素敵なことだ。嬉しそうな精霊たちに囲まれて迎える始まりは、少しばかりの不安に心配ないよと言ってもらえているようで安心する。

それは、精霊が見えない人でも同じではないだろうか。ガイアスとレイシスも、この景色を穏やかに楽しんでいるようだから。

「あ、あれ、噴水かな」

「おお、地元の街のやつより大きいな！」

二人の声に、横で笑い合っていた精霊から視線を外し前を向くと、そこには日の光を反射して流れる水の煌めきがあった。

前世でよく見ていたような下から噴出するようなものではなく、オブジェの上から水が流れ出ているものだが、とても美しい。恐らく魔法の力で水の流れをコントロールしているのだろうが、これで夜にライトアップなんてされたら間違いなくデートスポットになる。

素敵だねぇと三人で見上げる。風のそよぐ音、水の流れる音、そしてこの場所の空気は、まだ離れてから数日しかたっていない故郷を思い起こさせる。それを感じていたのは私だけではなかったようで、ちらりと視線を向けると同じような動作をしている二人と自然と視線が絡み合って。

「……別に寂しくなんてないぞ？」

「ガイアスは別にいい。お嬢様、何かご心配事があればいつでもお話ください」

「わ、私は別に大丈夫。二人こそ、懐郷病にかかったらすぐ言うのよ！」

「それ一番心配なのはお嬢様ですけどね」

「えぇっ」

ぐっと言いよどむと、ガイアスのにやにやとした笑いが目に入り、つい口を尖らせて子供みたいに
「ふんっ」なんて言い捨てて私は噴水の奥に足を進めた。

すぐにはっとして足を止める。

「あった……」

「え？」

後を追ってきたガイアスとレイシスが私の視線を辿り不思議そうに首を傾げた。それはそうだ、目の前にあるのは葉もないまだ枝が目立つ木なのだから。

だがしかしそれは間違いなく桜の木だった。まだ、蕾の。

「これ、桜だよ」

「そうなのか？　なんか聞いていたのと違うけど」

「まだ花が咲いてないんだよ。小さな蕾がいっぱいついてる。これからだね」

葉も花もないんだなと、他の木がほとんど緑に包まれているのに対して枯れ木のように見える桜の木を、二人は少しばかり残念そうに眺めている。桜は他の木に隠れるように生えていたから、もしかしたら日陰になっているせいで少し開花が遅いのかもしれない。

桜の木だと確信したのは一本だけだ。そこで、ふと違和感を持った。

「あれ、この桜、精霊がいないみたい」

「え？　そうなのか。でも別に精霊がいない木もいっぱいあるんだろ？」

「そうなんだけど……あんなに綺麗な花が咲くのに精霊が寄り付かないなんて、不思議だなぁ」

こう思うのは私が緑のエルフィだからかもしれない。もしかしたらまだ蕾だから精霊もどこかで休んでいるのだろうかと目を凝らしたが、まったく精霊の気配がない。

少しばかりの疑問を残しつつも、明日は入学式だし帰りながら数ヶ所施設の場所を確認しなければいけないからと、早めに戻ることにする。また、ここに桜を見に来る約束をして。

ふと、フォルが桜を見せてくれる、と言っていたのを思い出す。彼は覚えているだろうか。


次の日、私たちは昨日公園に向かう前にも見た大きな建物に足を踏み入れ、厳かに執り行われる入学式を迎えた。

初日の今日、制服はない。この後の適性検査を受け、淑女科と紳士科以外の生徒には制服が用意されるが、今日は皆落ち着いたデザインのドレスや礼服を着ている。私も朝からレミリアにお願いして準備をしたが、普段あまり結い上げない髪を今日は綺麗に纏めているので首筋が少しひやりとして落ち着かない。

どこか緊張した空気に包まれた中、教師たちや学園に関わる国の重鎮たちの挨拶があり、なんと驚いたことに王直々の祝辞まであった。城のすぐそばに学園があるのだ、その可能性もあったのにまったく思いつきもしなかった私は、王の優しそうな顔、そして生徒たちを激励し、期待しているという言葉を、複雑な心境で聴くはめになる。

マグヴェル子爵がその後どうなったのかは聞いていない。だが、罰せられた筈なのに心は晴れない。

貴族中心の世界。学校の入学も、医師の診察すら庶民はまともに受けさせてもらえないことがある差別される世界。

父が、貴族になった途端商売の取引先が増えた、と項垂れていた。扱うことができる分野が増えたと、悔しがっていた。商売すらその状況だったのだ。それを、私は貴族になるまで知らなかった。

……だが本当に、貴族全てが悪なのだろうか。

マグヴェルがしたことはもちろん許せない。あの攫われた日に見た彼の友人も、『私が知る』貴族であった。だが、恐らく貴族の息子であろうフォルはマグヴェルに賛同どころか否定する様子を見せていたし、父からも懇意にしている貴族がいるという話は聞いている。なんだか、心に靄がかかったままだ。思えば、私の復讐先はいったいどこにあるのだろう。

私にはまだ知らないことがたくさんあるのだろう。この学園でこれから何があるのかはわからないが、たくさんの同じ新入生に囲まれて、私は決意を新たにするのだった。

「にしても、すぐにテストだもんなぁ」

兵科を受けるガイアスとレイシスの二人と別れ、一人医療科の試験を受ける為に移動する。

先ほどまで筆記試験でした。一応全ての適正を検査するらしく筆記は全員共通だ。学問に力を入れている国らしい。私は、言わずもがなだが計算が強い。商売に携わっていたのもあるが、数学に関しては前世の方が難易度高かった。もうほとんど忘れてるけどね！

他の教科も悪くはない……と、思う。正直数学以外なんて歴史も言葉も常識も何もかも違う世界だ、前世の知識なんてまったく役に立たないのだから、こんな大人数の中での評価を受けるなんて初めて全力でのし上がりたいと思います。

なので自信がないのはある意味当然だ。ちなみに、意外と言うと大変失礼な話ではあるが、ガイアス、レイシスの二人は頭がいい。レイシスは違和感ないけどね……というより、暗記系に関してはガイアスのほうがたぶんすごい。私より勉強時間が少ないのに、あの二人の方が成績がいいことがあったくらいだ。文武両道とは恐ろしい。まぁこちらもあくまで三人の中での話ではあるのだが。

緊張しながらも医療科の試験会場の扉を開けると、そこには予想よりたくさんの人がいた。医療科の希望者が多いのか……視線が今扉を開けて入ってきた私に一瞬集中して、すぐにまた興味をなくしたように思い思いの方に散っていく。

着ている服を何気なく見ていて、やたら上等な生地で仕立てられたものが多いということに違和感を覚える。様子を見ていると、どうやらここにはずいぶんと貴族のお嬢様らしい生徒が多いことに気付く。……貴族のお嬢様が医者を希望しているのだろうか。不思議に思いつつ空いている壁際の椅子に座って、自分の順番を待つ。

なんとなくだが、ぼんやりと辺りを見回していると複数のグループができていることに気付いた。前世でも女子はグループを作るものではあったが、もうか、早いなぁと思いつつ、貴族のお嬢様グループに入りたいとも思えずにぼんやりしていたせいか、自分に近づく集団に気付くのが遅れた。

影が視界に入り、なんだと思って顔を上げると、扇子を手に微笑む明らかに貴族令嬢の集団が目の前に立っていた。

え、何が起きた。なんで私はこんなお嬢様方に囲まれてるんだと我に返って、明らかに我が家より爵位が高いであろう家のお嬢様を前に座ってるのもおかしいと慌てて立ち上がる。この世界の過剰な身分制度は好きではないが、目上の人や初対面の人に対する礼儀は忘れてはいけません。

どうすべきかと思案しつつとりあえず母に習った通りにスカートの両端をつまみ少し腰を落とすと、ふふっと小さな笑い声が聞こえた。

「随分素敵なお召し物ですけれど、お顔を拝見したことがありませんわ。どこからいらした方かしら？」

集団の先頭に立つ少しクセのある青灰色の髪の少女が挨拶をすっ飛ばして、可愛らしい甘い声で、だが有無を言わさぬ態度で質問を投げかけてきた。見た感じ私より若く見えるのだが、纏う空気は人の上に立つことに慣れているものだ。

少女の言葉に、周りの取り巻きらしき少女たちがくすくすと笑う。入学の為に一張羅を仕立てた田舎者、という視線も交じっているようだ。中には私より何歳か年上に見える少女も交じっているが、おそらく身分がこの先頭の少女より下なのだろう。入学時の年齢が決まっていないので、ここにいる令嬢は全員十代ではあると思われるが、ばらばらのようだ。

恐らく見たこともない私の着ているものが上等だから気になったのだろう。当然だ、私はこの国で今や一二を争う服飾品を扱うベルティーニの娘だ。庶民が着る物の方を多く扱ってはいるが、マグヴェル子爵の独り占めがなくなった最近では貴族向けの衣服もうちの物が流行の兆しを見せている。ネットなんてないこの世界で私たちベルティーニの一族と社員、使用人は歩く広告塔になる。質の悪いものなんて着る筈がないのだ。

どこかの田舎娘が精一杯のおめかしでもして来たとからかいにでも来たのだろうか。この服は少し特殊な加工がしてあるので、頑張れば手が届く範囲の値段では実はないのだが、まぁ買い物に悩むことのない彼女たちはわからないのだろう。

「お初にお目にかかりますわ。私はアイラ・ベルティーニと申します」

わざわざ最近貴族になりました、なんて付け加えるのもおかしいので聞かれたことにだけ簡潔に答えると、一瞬何かを考えるような素振りをした少女たちであったが、すぐに先頭の少女が「ああ」と納得のいった声を出した。

「我が国の誇る素晴らしい服飾品を作り出すベルティーニの。それでそのような素敵なお召し物でしたのね。そういえばベルティーニは少し前に子爵位を王から賜ったのでしたわね」

「はい」

相手が名乗ってくれないせいで身分がわからないが、まぁとりあえず無視する選択肢はないので返事をすると、明らかに後ろにいる少女たちの反応が変わった。

珍しいものでも見るように私を眺める者、あからさまに顔を顰める者、何かに耐えるように唇を噛み締める者、あざ笑う者……つまりまぁ、顔には出さないがどれも不快ではある。

「まぁ！　あのベルティーニ子爵家の！　アニー様、どうりであなたよりよいお召し物の筈ですわね？」

「……っ、わ、私、わたくしは」

集団の後ろにいたアニーと呼ばれた女の子が、先頭の少女のすぐ後ろにいた薔薇のように赤い髪の少し私より年上に見える女性に言われた言葉で顔を真っ赤に染め上げる。

なんだろう、仲間割れ？　結構大きな声で言われた為に、室内の視線がこちらに集まり始めているんだけど逃げてもいいんだろうか。

私はまだ貴族になって日が浅いだけではなく、社交界デビューするような年齢でもないので顔を見ても誰が誰だかさっぱりわからない。せめてフルネームで名前を言ってくれれば貴族なら爵位がわかるのに。

目上の人間にこちらから名を尋ねるのは無礼だと母に教えられているのでそれもできずにこの状況をどうすべきか思案していると、私の正面にいた青灰色の髪の少女がほんの少し後ろに身体を向け、扇子で口元を隠した。

「皆様落ち着いて？　試験前で緊張していらっしゃるのかしら」

この少女の言葉で、集まっていた少女たちは皆「いいえ」「申し訳ございません」と言いながら静まっていく。

やっぱりこの子の身分が一番上なのだ、とちらりと見た時、相手が視線を私に戻した為に目が合った。

「ご挨拶が遅れまして申し訳ございません。わたくし、ローザリア・ルレアスと申しますわ。アイラ様も医療の道を？」

「え、あ、はい！　幼い頃からの夢で……」

つい彼女の名に驚きを隠せずにしどろもどろに挨拶を返す。ルレアス……身分高いだろうなと思ったけれど、彼女ルレアス公爵家の令嬢だったか！　この国で高位も高位、領地の広さでは一番の公爵家だ。確か私より一つ下で、とても聡明な娘がいると噂では聞いたことがあるけれど……まさか医療科の試験会場にいるとは。

ルレアス公爵家の評判は国の中でとても高い。領地は子供の学力向上に力を入れていて、貧しくてもしっかりとした教育を受けることができるし、孤児院にも教師がついているのだ。前世であれば義務教育で子供は勉強を受けることができたが、この国では比較的学問に力を入れてはいるものの孤児などは生活の為に学校に通えず仕事に出ることも多い。うちの領地でも前領主がまったく見向きもしなかった為に、父が孤児院の立て直しに苦戦していた筈で、ルレアス領のようにしたいと言っていたのを思い出す。

「幼い頃からの……そうですの」

ふふ、と笑みを浮かべるローザリアは、同性の目から見ても可愛らしく守ってあげたくなるタイプだ。

しかし、噂の聡明な少女が……この態度というのは、やはり貴族ということか、と少しばかり残念に思っていると、私の言葉を確かめるように繰り返した彼女は、最初の少し高圧的な態度が嘘のように柔らかな笑みを浮かべた。

予想外の態度に怪訝に思う間もなく、ローザリアはそろそろ時間ですわねと言って後ろの少女たちを促し、私に丁寧に「失礼いたしましたわ。お互い頑張りましょう」と声をかけると、その場を去っていった。

ほ、と思わず息を吐いた。いったい、なんだったんだ。

最後にローザリアに連れられて離れるとき、ほとんどが既に私から関心をなくして見向きもせずに離れたのに、何人かの少女が確実に私に敵意むき出しの視線を送り、小さく「成り上がりが」と吐き捨てるのが聞こえた。

まぁ事実だ、だから別にいいのだけど、貴族の令嬢から吐き出される悪意ある言葉に吃驚だ。それでいいのかお嬢様。

この短い時間のやり取りで、そばで同じように壁に寄っていた何人かがそそくさと私から離れていく。そばにいたのはたぶん貴族ではない人たちだったのだが、貴族、しかも成り上がりと呼ばれた私に関わらない方がいいと判断したのかもしれない。まさかのいきなりの洗礼に呆れればいいのか悲しめばいいのか、私ははぁとため息を吐くしかなかった。

個別に別室に呼ばれた試験は、傷ついたり病気になっている植物を治療するという内容であった。ただ回復魔法をかけるだけの簡単なお仕事でした。

確かにあの人数分実際に人に怪我をさせての治療では大変なので、適切な内容だったのだろうが、緑のエルフィである私は普段からやり慣れた植物の治療だった為に見た瞬間笑みが零れてしまった。ずるいくらいの得意分野である。だが、恐らく慣れぬ人間には厳しい治療となったに違いない。なんといっても相手が植物なのだから。

最後に少しだけ面接をして終わり。既に入学は決定されているのだから、こんなものなのだろう。

寮に戻ると、既に兵科の試験を終えていたガイアスとレイシスが扉を開けた私の前に飛び込んできた。

「どうだった⁉」

「お嬢様はもちろん大丈夫だったに決まっているだろう！　お嬢様、お疲れではございませんか、お茶の用意をしております」

「あ、ありがとうレイシス。ガイアス、大丈夫、試験なら自信あるわ」

私の言葉にほっとした様子を見せた二人が、さぁさぁと部屋に私を引っ張っていく。

テーブルについて、いつものように二人にも声をかけ着席させると、笑顔で私を待っていた侍女のレミリアがお茶を淹れて部屋を出る。彼女はこれから私たちの夕飯を取りに食堂に行くのだ。大きな食堂はあるが、部屋か食堂かどちらで食べるかは生徒の自由だ。

ちなみに寮の部屋だが、私たち三人はそれぞれ別室が与えられているが、玄関が同じだ。寮の部屋は、完全個室、二人部屋、ルームシェアのように玄関やリビングは共用でも部屋が分かれている所など種類がある。まるでアパートだ。私たちには三室生徒の部屋があるが同一の場を父が手配してくれていたようだ。ちなみに使用人部屋も一室あるので、全部で四室だ。使用人部屋は二人部屋だが、レミリア一人が使っているのでずいぶんと広く感じるらしい。

こんなふうに聞くと豪華に思えるが、私たちの部屋はそれぞれがそこまで広いわけではないので決して寮の中では贅沢(ぜいたく)なわけではない。風呂トイレが各部屋完備なのは十分なのかもしれないが、一番すごいのは私たちの部屋三つ分がすべて入るほど広い使用人部屋付きの個室らしい。そんなところ誰が入るんだ……高位貴族は王都にある自分の屋敷から通う子が多いらしいのに。

お茶を飲みつつ、ガイアスたちの試験の様子を聞けば、兵科では二人組になっての手合わせだったらしい。ガイアスとレイシスは数人と戦いすべて勝ったらしいが、ちらほらと見えたかなり強そうな人とはまったく当たらなかったらしく結果はわからないと苦笑していた。

まぁ、二人ならもしかしたら選ばれた者のみとなる騎士科にもなれるんじゃないかなぁと思いつつ、医療科で試験の後に言われたことをガイアスとレイシスに知らせる。

「なんかね、今年は医療科の希望者がすごい多かったみたいで、試験の結果によっては適正による振り分けや学習内容の変更だけじゃなくて、強制的に淑女科への移動がかなりあるかもしれないって言われた」

「ええ？　医療科希望なのに？」

「つまり成績悪いとそこから振り落とされるってことか」

「そうみたい。確かにすごい人、っていうかかなり貴族のお嬢様がいた。今年はお医者さんになるのが流行なのかな」

引きつった顔でガイアスがお嬢様の考えることはわからんとため息を吐く。

確かに毎年数人、医者希望でも適正が錬金術の方だったりすると学園が本人に移動を提案したりする程度はあるとは聞いていたが、淑女科に強制移動では、本当に医療を学びたい人には辛いかもしれない。

そんなことを話しつつ筆記試験の答え合わせも一緒に行って、明日は特に予定もないので学園内を見て回る約束をし、その日はご飯を食べてすぐ各自部屋で休息となった。


次の日は特に問題なく過ごし、試験から二日経った。この日の夕方からは新入生の顔合わせの夕食会となる。

入学式とは打って変わって皆綺麗に着飾るらしい今日は、朝からレミリアがとても楽しそうに私にあれこれと服を勧めてきて一緒に選びながら穏やかな時間を過ごす。

午後になり、さぁ準備をしようかという時に、部屋の呼び鈴が鳴りレミリアが玄関に応対に出ると、三通の封筒を手に戻ってくる。

「皆様に学園から試験結果の通知だそうです」

「え！」

ちょうど私の部屋に来ていたガイアスとレイシスが結果はこんなに早いのかと驚いて封筒を受け取る。まず最初に躊躇いもなく開けたガイアスが、内容を見て叫んだ。

「あー!!　希望通り兵科だって！　なぁこれって騎士科には選ばれなかったたってことか？」

「そういうことなのかな……あ、ガイアス、俺も兵科って書いてある」

二人がそう言って落ち込むので、ぽんぽんと二人の頭に触れる。

「大丈夫よ、騎士科は二年目からの生徒も多いって聞くし」

「……お嬢様の為にも来年には必ず」

「それよりアイラはどうだったんだ！」

はっとしたガイアスに急かされて、どきどきと自分の名の書かれた封筒を開く。

「……医療科だ」

「やったな！」

わっと自分のことのように喜んでくれる二人に、笑みが浮かぶ。よかった、頑張ろう。そう誓い合ったところで、レミリアに時間を指摘され慌てて準備に戻りつつ、ほっと安堵の息を吐いた。

「アイラー行くぞー！」

「はーい！」

薄いグリーンのたっぷりのレースを使用した、母の今年一押しのドレスに身を包んで、長い桜色の髪は軽く一部だけ結わえ同じレースの髪留めで留めた、レミリア大絶賛の装いで玄関へ向かうと、少し驚いたような顔をした双子二人がすぐにぱっと笑みを見せてくれる。

「アイラ、すっごい似合ってるじゃん」

「お嬢様、とてもお似合いです」

「ありがとう！　二人もすごい素敵だわ」

ガイアスとレイシスの二人は、ぴしりと黒地の燕尾服に身を包んでいた。裾に少しだけ銀糸で刺繍が施されていて、少し大人な雰囲気がかっこいい。ガイアスは首もとの白いタイを少し窮屈そうにいじっていたが、レイシスに「正装なんだから我慢しろ」と窘められていてつい笑みが浮かぶ。

そもそも二人はちょっとお目にかかれないくらいの美少年だ。もしかしたらこんなに素敵な姿で夕食会に行ったら大変なことになっちゃうかもな、なんて考えながら三人で部屋を出る。

さぁ行くか、と笑みを浮かべ合っていたのはそこまでだった。

「……あーら！　これはこれは、アイラ・ベルティーニ様ではございませんこと？」

声をかけられて、えっと後ろを振り返ると、二人の着飾った少女。そしてその後ろにそれぞれ一人ずつ侍女らしき使用人と、護衛らしき男を連れている。

誰だっけ、と着飾った少女二人を見て、おどおどしている片方が試験会場で同じグループの子にきつい言葉を言われて顔を真っ赤にしていたアニーと呼ばれていた人だと気付く。私を呼んだのはもう片方の、高圧的な少女のようだ。

「……えっと」

「わたくし、フローラ・イムスと申しますわ。あなた、医療科は受かりまして？」

「はぁ、受かりましたけれど」

フローラ・イムス。イムスは確か、東に領地がある子爵家だ。鉱山を所有する領地で、その地を生かして宝石の加工を主に特産にしていた筈。なるほど、後ろの侍女も護衛も護身用の小刀や剣を留めるベルトに無駄に宝石があしらわれている。こちらも歩く広告塔らしい。

うちは服飾品全般を扱うから、言うなれば商売敵、になるのかもしれない。

それで少し喧嘩腰なのかな、と理解して身体をそちらに向け、正面からその険悪な視線に受けて立つ。

「そうですの。さすが、ベルティーニの方は違いますわね、兵科の方かしら？　もう男性を侍らせて。商売も分をわきまえない上に娘も手が早いこと」

「……この二人は確かに兵科の生徒ですが幼い頃から私の護衛ですわ、何を勘違いされているのやら」

相手の台詞に、私の後ろにいる二人の殺気とも呼べる怒りが膨れ上がったことに気がついて慌てて手で制しながら、冷静に言葉を返す。どうやらこのご令嬢、やる気満々らしい。

しかし彼女の後ろにいる護衛は、ガイアスとレイシスの怒気に恐怖したのか足を半歩後ろに下げてしまったのを見逃さなかった。高圧的なのはフローラとその侍女だけで、アニーとその使用人二人は既に顔を青ざめさせてこちらを見ている。

と、その時私たちの横の扉が開き、レミリアの焦ったような「お嬢様！」という声が聞こえた。

「お忘れ物ですわ、イヤリングを片方玄関に落とされて……」

慌てて出てきたレミリアが私の正面にいた少女に気づいて、はっとして下がりかけたその時。

にやりと笑ったフローラが、侍女に何か呟いた、と思った時には、ぱっと何かが散った。

「きゃぁ！」

驚いたレミリアがその場に座り込む。はらはらと散ったのは、ほんの一束ではあるが、ちゃんと結い上げていた筈のレミリアの長い金の髪の毛だった。

そして小刀をレミリアの眼前に突きつけ、得意げに微笑むのは、フローラの侍女。

「あーら。急に飛び出してくるからですわ。それにしても、今時、護身術の一つもできない侍女をそばに置いておくだなんて、ベルティーニは領地経営が難しくて財政難かしらぁ？」

満足げにくすくすと笑い、フローラが青ざめたアニーたちを促して私たちの横を通り過ぎる。私は、後ろにいる二人を制するのが精一杯で、横を通り過ぎるのを黙って許してしまう。

「あいつ……っ！」

怒りの滲む声でガイアスが足を踏み出そうとしたのを引っ張り上げ、私は静かに前に出た。

「……フローラ・イムス様」

「何かしら、急がないと……きゃあああ!?」

彼女が振り向いた途端、彼女の顔の左右は私の腕が突き出した物に挟まれる形となる。

「あーら。今時、こんな簡単に『落ちやすい』留め具に大事な武器を預けるなんて。『飾り』が多いと、実用には向きませんわよ？」

彼女の顔の両脇に突き出されているのは、彼女の侍女と護衛の腰にあった筈の小刀と剣だ。もちろん鞘に収まったままだが、あんな繊細な細工を留め具にした剣帯など、少し風の魔法で鋭利な刃を作り出せば簡単に取り外せる。

にっこりと笑って、告げる。

「ご自慢の護衛の『落とし物』ですわフローラ様、お受け取りくださいませ」


「派手にやったなー……」

驚くほど全員顔色が真っ青になり逃げ出す後ろ姿を見ながら、ガイアスが呆然と呟く。

あ、フローラ嬢こけた。綺麗にセットしてある髪が大変なことになってるけどあのまま会場に行くのだろうか。

「お嬢様はお優しすぎます」

視線を下げて静かにレイシスが不満を告げるが、いやいや私はガイアスの言葉が痛い。うん、やりすぎたかも。

「待て待てレイシス、あれは完膚なきまでに叩きのめされたぞ絶対。アイラこえー。俺に任せてくれれば穏便に」

「穏便って、威圧して人追い返そうとするのも別に穏便じゃないでしょう。あの護衛可哀想に、必死に回れ右するの耐えてたわよ。貴族の主人の前で護衛が逃げ出したらその後どうなると思ってるの」

「その護衛の武器を簡単に奪い取って面子潰した人間の台詞じゃねぇ」

ガイアスが口を尖らせるが、逃げ出すよりはましだと思う。何のために剣帯を貶したと思っているんだ、あれならあの剣帯をつけさせていた主人の不備に聞こえるだろう。……だよね？　それに打ち負かされるより護衛対象を置いて逃げ出すほうが一般的には重い罪が待っている。……あれぐらいなら大丈夫だよね？　あっ、今更ながら自信なくなってきた。彼らの罰には一般的な措置を願う。

「申し訳ございません!!」

床に座り込んでいたレミリアが、はっとして土下座せんばかりの勢いで謝罪を口にする。だが彼女は何も悪くないのだ。

「いいえ、こちらこそごめんなさい。侍女に何か言いつけていたのは認識していたのにまさか攻撃してくるなんて」

私だって魔法は戦闘も意識して修行しているのに、一番そばにいた私が何もできなかったのはひどい失態だ。

それも女の命の髪を！　ああ、やっぱあっちの髪の毛も切ってやればよかったかな！

気になってレミリアの髪をじっと見つめると、レミリアが苦笑した。

「大丈夫です、ほんの数本です。揃え直す必要もありません。私がもう少し魔法を上手く扱えればよかったのですが」

「そんなのいーの！　私はレミリアが淹れてくれる美味しいお茶や、お茶にぴったりな手作りお菓子だって気に入ってるんだから。何より私レミリアが好きだわ」

あんな人様に小刀突きつけてどや顔決める侍女なんて嫌です。自分の周りの世話を任せる一番身近な人はやっぱ気が合わないとね！

ぽっと頬を染めたレミリアが可愛らしい。しばらく二人でふふふと見詰め合っていると、それまで俯いていたレイシスがはっとして顔を上げた。

「お嬢様、お時間が！」

「間に合った……か？」

全力疾走……ははしたないと怒られるといけないので、限りなく急ぎ足で入学式を行ったホールに駆けつけた私たちは、前方はすでにかなり人が集まっていた為に後方の位置に待機する。

入学式の時とは中の様子が随分と変わっていて、天井から吊るされた大きく豪奢なシャンデリアや所々に設置されたお洒落なランプが明るく周囲を照らし、テーブルには美しい細工のガラスの花瓶が置かれていて室内は煌びやかだ。

夕食会と言っても、いろんなところに料理が載せられたテーブルが設置してあるが椅子は壁際にある程度で、好きに歩き回る立食形式のようだ。恐らく社交界の夜と同じだろう。前方で音楽隊が穏やかな曲を演奏しており、先に集まっていた人たちはワインなどを既に楽しんでいるようだ。

ちなみにこの世界で酒は十歳から飲んでいいことになっている。私はそこそこ飲めるしすぐ倒れたりすることはないが、飲みすぎると少し悪酔いする性質なので自分の限界を超えて飲むことはしない。うん、絶対しません本当に。

まぁ少しなら問題ないよねと、急いで来たし喉も渇いているので、比較的甘いお酒をもらって口に含む。ふわりと口内に広がる葡萄の香りにほっとしつつ、ガイアスたちと間に合ったねぇと笑えば、丁度前方で入学式で見た覚えのある教師が夕食会の開始の挨拶を始めた。

前にいる生徒たちはしっかりと話を聞いているようだが、後ろに行けば行く程話より周辺の料理に目を輝かせている人が増える。恐らく前方にいる生徒は高位貴族なのだろう。

もちろん私も料理に目が釘付けだ。土地によって特色が違うのは当然だが、王都には各地の料理が集まると聞いた。

実は私が王都に来ることが決まった時すぐ気になったのは料理だ。なんといっても食事は生きる上で重要なことだからね！　この国、いや世界に範囲を広げてもいい。重要な調査がある。

カレー。カレーライスはありますか!?　私前世で好物だったんです！

病院にいることが多く、滅多に食べられないカレーはご馳走だった。しかも私は結構辛いのが好きだ。そんなのはもちろん入院中に出るわけがなかったので、本当に好きな辛いカレーを食べるのは至福の時だった。はまりすぎて自分でスパイスから作ったことがあるが……そんなの昔すぎて覚えてないんですよ！

ああ、覚えていたら間違いなくここでも作ったのに、私の脳みそは日常的に作っていたお菓子とのめりこみすぎたオタク知識は残っているものの、たまに作った程度のカレーの知識がすっぽ抜けている。こうなったら自分で思いつく限りのスパイス混ぜて作ってみるか？　作れたらカレー屋さんで一儲けできるかもしれない！

話を聞いている振りをしつつきょろきょろしているのに、もちろんそばにいたガイアスとレイシスは気付いていて、苦笑しながら何を探しているんだとこっそり聞いてきた。カレーって言ってもわからないよねぇ？

「なんかこう、香辛料が効いてて食欲をそそる感じの……」

「新しいお菓子のヒントにでもするのですか？　お嬢様は勉強熱心ですね」

いえ、お金稼ぎの算段と欲望に忠実なる行動です。

お偉いさんの挨拶も終わり（ほとんど聞いてないが）三人で食事を楽しんでいると、ガイアスとレイシスに数人の男の子たちが話しかけにやってきた。どうやら、兵科の試験でガイアスたちと手合わせをした相手らしい。

「お前らのご主人様ってこの人か？　うわー、俺より年下だよね」

「ばっかお前失礼だろ、すみませんこいつ言葉遣い悪くて」

背が高い男の子たちが話しかけてきたので、頬張っていた鶏肉の香草焼きを慌てて飲み込んでぺこりと頭を下げる。

「いいえ、大丈夫です。敬語なんて使わなくていいですよ、同じ学年なんですし」

「って言いつつそっちが敬語だな」

「こら！　お前はもう少し気を使え！」

どうやらあまり気を使わなくていいタイプのようなので、もう一個鶏肉をぱくり。うーん美味しい！　うちの領地ではどちらかというと鶏肉より豚肉や川魚の料理が多かったのでつい食べすぎてしまいそうだ。

やはりこの広いフロアでは、音楽隊などが近い前の方が高位貴族が多いらしく、あちらは雰囲気で既に気詰まりしそうである。皆食事よりもうふふおほほと扇子片手に歓談という名の探り合いをしていそうだ。

対し後方であるこちらは皆和やかに食事を楽しんでいて、やはり入学できた喜びからか晴れやかな顔をしている。ほとんどのメンバーが希望の学科だったと楽しそうにしていて、どうやらこの辺にいる生徒で医療科から淑女科に強制移動された人はいないようだ。

確かに貴族ではない女生徒が淑女科に入れられたらそれはつらい学園生活になりそうなので、他人事ではない私はほっとする。いや、私一応貴族だけどさ。

『新入生の皆様方、お食事はお楽しみ頂けたでしょうか。それではそろそろお待ちかねの上位科移籍組の発表に移りたいと思います』

そろそろお腹も膨れて、別腹所持組がデザート（なんとベルマカロンのケーキが数種類用意されていた）に舌鼓を打ち始めた頃、突然フロア内に響き渡った声に、私たちの周辺で「え？」とどよめきがおこる。

「上位科移籍組？」

「もしかして騎士科や女官科のことじゃないか？」

「えっ！　騎士科の発表ってまだだったのかよ」

周囲の推察にガイアスが反応して、ぱっと顔を輝かせる。

「レイシス、まだ終わったわけじゃなかったぞ！」

「そうだな。選ばれているといいけど」

喜ぶガイアスに対し、レイシスは少しばかり不安そうにしているので、横に並んで一緒に発表者の次の言葉を待つ。

どうやら何かの魔道具を使っているようで、後方のこちらにも発表者の声はしっかりと聞こえていた。マイクみたいな魔道具があるのだろう。さっき近くで魔道具科に入ったと言っていた生徒が目を輝かせて周囲を見回しているが、後方にいる生徒は兵科や侍女科が多いらしく緊張した面持ちの生徒が大多数だ。

ところで、なんでさっきの挨拶でこのマイク使わなかったんですかね、便利そうなのに。

『今年は大変優秀な生徒が多く審査が難航していた為に発表が遅くなりまして申し訳ございません。それではまず兵科から騎士科への移籍になる生徒を発表いたします。――デューク・レン・アラスター・メシュケット殿下！』

最初に告げられた名前に、前方の生徒たちがわっと沸き立つ。私たちの周辺は、おおー、という声は上がったもののどちらかというと「やっぱそうだよなぁ」といった空気だ。……まぁ当然だ、呼ばれたのは『殿下』だ。今の今まで忘れていたが、そういえばこのフロアには同じく今年入学した筈の王子がいたのだ。

そうかー、殿下は兵科の試験を受けていたのか。ガイアスたち見たのかなぁ、さすがにこの位置じゃ前方にいる殿下の姿なんて見えやしないんだけどと一応皆に倣って前に注目してみるが、当然ながら見える筈もなく。しかしそこに、何か見たことがある銀色を見つけた気がして、不思議に思ってもう一度それを探し出そうとした時だった。

『続いて、ルセナ・ラーク、ガイアス・デラクエル、レイシス・デラクエル……』

「やった！」

「よしっ」

続けられた名前に、今度は私たちの周辺がわっと沸いた。ガイアスとレイシスが喜びの声を上げ、それに気づいた周りが「すごい！」と騒ぐ。

「やったねガイアス、レイシス！　二人とも騎士科じゃない！」

「ありがとうございますお嬢様！」

「頑張るぜー！」

珍しくレイシスが満面の笑みを浮かべているので、隣にいる私もつられて笑みが溢れる。ガイアスなんて飛び跳ねているが、一人発表されるごとにホール内のいたるところで同じような現象が起きているので咎められることもないだろう。

侍女科の上位として今年から設置された女官科の発表も終わり、ホール内が騒がしい中、突然先ほどの発表者とは違う声で『静粛に！』という声が響き渡る。

徐々に静まるホールで全員が前方に目を向ける。そこにいたのは、入学式で挨拶していた校長であった。

『皆の者、静粛に。これより、今年度選ばれた特殊科の生徒の発表を行う。特殊科に選ばれた生徒は、自分の所属する科と掛け持つ形でより広く多くのことを学んでもらうことになるだろう。心してかかるように』

校長の言葉で、学園に来る前に読んだ冊子にそのような科のことが書いてあったなと思い出す。確か選ばれた階級の人間がどうとか書いていた筈だ。恐らく王族である王子が所属するのであろうともう一度さっき沸き立っていた前方の辺りを見たとき、私は小さく息を呑んだ。

「ね、ねぇガイアス、レイシス。あれ、フォルじゃない!?」

こそこそと二人を引っ張って告げると、怪訝そうな顔で前を確認して、両者とも目を見開いた。

「フォルだな」

「フォル、ですね」

やはり間違いなくあれはフォルだ。学園にくる道中に会ったのは、彼も学園に向かっていたからだったのか。しかも、同じ学年。もしかして彼知ってたんじゃ、そう思っていると、校長がまた声を張り上げた。

『呼ばれた者は特殊科であることを証明するバッジの貸与があるので前に出ること。今年は真に豊作で、七名の生徒が選ばれた。それではまず特殊科の首席、騎士科、デューク・レン・アラスター・メシュケットは前へ』

校長は一生徒として扱っている為か『殿下』とは呼ばなかったが、呼ばれた名はやはり第一王子であった。

少し高い壇上に呼ばれた為に、後方にいる私もようやく第一王子を確認する。

私と大して年齢が変わらないのに大人びた様子の男の子が壇上に現れる。短めの金の髪に、すっと通った鼻筋、少し吊り上がった青い瞳に、薄く引かれた唇。一人壇上に上がり注目されているのに臆(おく)した様子もなく、まだ若いのに威厳に満ちている。うわぁ、あれは文句なしにどこからどう見ても王子様だ。ちょっと怖そうだけど。

誰もが堂々と校長からバッジを受け取る王子を見つめ、ほうと息を吐いていた。

『続けて六名は呼ばれたら前に。医療科、フォルセ・ジェントリー！』

校長が次の名を呼んだ瞬間、きゃあ！　と黄色い声が上がる。なんだまたイケメンの登場か、と暢気に視線を動かして……いや、ちょっと待て。

「ふぉ、フォル!?」

「おい今、フォルセ・ジェントリーって！」

ぎょっとした様子でガイアスとレイシスが叫ぶ。私は声が出ずにぱくぱくとそれを見つめた。今呼ばれて壇上に向かっているのは、フォルだ。あの、私の家に少しの間滞在した、初対面で完璧不審者だったフォルだ。つい最近、私を助けてくれた、あの。

フォルセ・ジェントリー。ジェントリー公爵！　筆頭公爵家と呼ばれる、ジェントリー公爵家!?

「ちょっ……貴族だとは思ってたけど……！」

しかし私たちの驚愕は、そこで止まらなかった。

『えー、続けて。騎士科、ルセナ・ラーク！　ガイアス・デラクエル！　レイシス・デラクエル！』

「はっ!?」

ぎょっとして私の両側にいた二人が固まる。周りの人間の視線が二人に一気に突き刺さった。

『次は、特殊科設立以来初の女生徒だな、医療科、ラチナ・グロリア！　アイラ・ベルティーニ！　以上呼ばれた生徒は前に出るように』

――はっ!?

あまりにも驚いた時、人は動けなくなるらしい。

校長に何を言われたのか、理解できないのかしたくないのか、私は壇上を呆然と見上げ、視界に見知った銀色が現れた時、それが中央へ寄るのをじっと見つめていた。

ふと銀色が揺れる。これほど人が多い中彼が私を見つけることなんてできる筈もないのに、目が合った気がした。

微かに笑みが浮かぶ唇を呆然と見た瞬間、はっとする。

「……が、ガイアス、レイシス、行こう。待たせることになる」

「あ、ああ」

「は……い、お嬢様」

やはり二人も呆然としていたらしい。当然だ、二人とも見た筈なのだ。特殊科に入る生徒は選ばれた階級の人間だと、入学前に学園案内の冊子で。

騎士科に選ばれたと喜んでいた時とは打って変わって緊張した面持ちで歩き出した二人の後ろに続いて歩き出す。

突き刺さる視線。なるべく見てはいけないとわかっていた筈なのに、あまりにも強い視線を感じたので目を向けてしまった時、最後に見た青い顔とはまったく逆の、真っ赤な顔で震えるフローラが見えた。夕食会前に髪はなんとか直せたのか綺麗に戻っていたが、そんなことは些細なことだったと思うほど今の彼女は全身で怒りを露にしていた。

そしてその隣に、もう一人。赤い髪の少女が私を睨み付けている。どこかで見た顔だと考えながら、だがしかしその程度の関わりの少女に向けられる怒りに内心ため息を吐きながら私は壇上に向かった。

フォルはもう視線を校長に向けていて、私たち三人が近づいてもこちらを見なかった。今更だが、フォルに出会った時彼は明らかに正体を隠そうとしていたのだから、会ったことがないということにしたほうがいいのかもしれないと考えて、後でガイアスとレイシスに相談しようと決める。

驚きすぎて名前を覚える余裕がなかったが、他に呼ばれた生徒はもう揃っていた為に私たちが最後になった。横に並び、校長からバッジを受け取る。

正直頭が真っ白で、きちんと一礼したかすら自信がない。

なんで、私たちが選ばれた？　私は辛うじて貴族だけれどそれこそつい最近までただの商人の娘だったし、ガイアスとレイシスは私と幼馴染と言っても立場は使用人だ。

受け取った金の美しい紋章を描くバッジは、そんな筈はない小さな物なのにやたらと重く感じた。


私たちが元の場所に戻ると、夕食会はその時点で各自自由解散となった。

ガイアスとレイシスは無言で私の手を握ると、そそくさと会場を後にする。解散と同時にさっさと引き上げた為特に誰かに呼び止められることはなかったが、突き刺さった視線が痛く感じた。悪意のこもった視線だけではない筈なのに。

自分たちの寮に戻り玄関の扉を閉めた時、三人全員の口からはぁ、と深く大きなため息が出た。

戻ってきたことに気づいたレミリアが笑顔で出迎えようとしていたのに、私たちの様子に慌ててどうかなさったのですかと心配そうに覗き込んでくる。

「いや、うん。ちょっと疲れた……ごめんレミリア、お茶お願いできる？」

「畏まりました、少々お待ちください」

ぱたぱたと奥に消えるレミリアに続いて、私たちは私の部屋に集まりそれぞれ椅子に掛けた。

ここ数日も、話がある時など集まるのはほとんど私の部屋だ。それぞれ定位置になりつつある椅子に腰掛けると目の前のテーブルに突っ伏した。テーブルは四人座れる丸いタイプで、初めから部屋に備え付けられていたものだが、白くて可愛い猫足のアンティーク風のテーブルだ。関係ないがそこに美少年が突っ伏してるのは絵になった。

この二人、今ならピンクのレースたっぷりなふりふりドレスとかアリなんじゃないかと現実逃避していると、目の前にお茶とレミリアお手製のお菓子が置かれた。

「あ、ありがとうレミリア」

にこにこと微笑んでレミリアはガイアスとレイシスにもお茶を振る舞い、下がろうとしたところで引き止めて一緒にどうかと誘うと、彼女は少し困ったように微笑んだ。

「レミリアにも状況を説明したいし、ここは私たちしかいないのだからいつも通りでいいんだよ、作戦会議しよう」

少しの間逡巡したようだったが、レミリアは空いている席に自分の分のお茶を用意すると腰掛ける。

我が家はもともと商人家で、特殊ではあるが使用人は仕事の同僚という接し方が多かった為に少し感覚がずれているのは理解しているが、今は緊急事態だ。そこでようやく項垂れていたガイアスとレイシスが頭を上げ、皆でお茶を一口含むとほっと一息ついた。

「……あの、何があったのでしょう？」

不安そうにレミリアが尋ねる。

彼女は夕食会前のあの件のせいで何かよくないことがあったのではと気に病んでいるようで、即座にそれを否定する。

レミリアは元々食堂の娘で、兄がベルマカロンに勤めているのでお手伝いに来ていただけのところを母が侍女をやってみないかと誘ったのだ。母から美味しいお茶の淹れ方や簡単な侍女の仕事を習った他は独学だ。私が不満に思うことはないのだが、彼女が常に良い侍女であろうと努力しているのは知っている。そんな彼女がどうにも苦手としているのが、魔法だ。魔力はあるのに上手く使いこなせない彼女は、毎日ゼフェルおじさんに言われた魔力を制御する練習を欠かさない。

あの少女の吐いた「護衛もできない侍女」という言葉は間違いなくレミリアを深く傷つけた筈だ。

そう思うと、やりすぎたかな、と思っていた気持ちが薄らいでしまうのだが、私はもうそれでいいかと納得することにした。あちらは自業自得であると思うことにする。……ガイアス辺りに言えば怒られそうではあるが。

「実はね、これなんだけど」

テーブルに例のバッジを置く。レミリアが不思議そうにそれを眺めて首を傾げたので、これを貰った経緯を説明すれば、彼女はさっと顔色を変えた。

「特殊科は選ばれた階級の方がなると……えっと、でもきっと皆様が選ばれたことは喜ぶべきことで、いえ、でも……」

混乱したレミリアの言葉に、私たち三人は視線を合わせて少し驚く。

「そういえば、これ普通なら喜ぶとこか？」

「でも分不相応は身を滅ぼすよ。間違いなく嫉妬の対象になる。俺らはいいけど、お嬢様は医療科で一人になられる時間帯があるんだ、喜ばしいとは言い難い」

双子二人の言葉を考えつつ、私はごくりとお茶を飲み干して……覚悟を決めた。

「もう選ばれちゃった上に壇上でバッジ貰っちゃったのよ、仕方ないと腹を括るしかないわね」

カチャリとカップをソーサーに置くと宣言した私に、三人は目を丸くしつつ頷く。

「そうと決まれば面倒だけどちゃんと対策は取らないとね。あとフォルのことで相談があるんだけど」

ぱっと思考を切り替えて、その日は夜遅くまで話し込んだのであった。


「いい？　レミリア。部屋から一人で出る時は絶対にこれを持ち歩くのよ」

「はい、お嬢様。ありがとうございます」

レイシスに頼んで作ってもらった防御魔法が込められた魔法のお守りをレミリアに持たせる。朝早くに学園から届いた制服に身を包んだ私たちは、玄関でそれぞれ手に握り締めていたバッジを微妙な気持ちでそれぞれの左胸につけた。

ガイアスとレイシスは、紺色の生地で仕立てられ黄色のラインが袖や襟についた騎士服だ。剣帯は黒いシンプルなもので、剣には最低限の魔石が施されている。剣を使わないレイシスも一応学園から貸与された剣を腰に携えていた。全員一通りの武器の修行があるそうだ。

私は、白地のロングスカートのワンピースに紺色のラインが入っており、その上に紺の上着を羽織っている。紺色は学生の色らしい。上着が前世でよく見たブレザーにも少し似ている医療科の制服は、胸元にピンクのネッカチーフでリボンを作っていて可愛らしい制服だ。

チーフリングは好きなものを使用していいようなので、今度の休みにでもお店に見に行ってみようと思いつつ胸元を見て、きらきらと金色に輝くバッジが目に入り思わず唇を引き結ぶ。

今日はこの後同じ学年全員があの大きなホールに集まった後、午後からそれぞれの科に分かれて最初の授業がある。何があるかわからないが、気合を入れるしかない。

顔を上げると、似たような表情をした二人と目が合って苦笑する。よし、と気合を入れるようにガイアスが声を張り上げると、玄関の扉を開いた。

る。

「行こうぜ！」

元気よく告げるガイアスに気持ちが引っ張られるように外に出た私たちは笑い合い、広い廊下に出

しかし、なんとなく予想した通りというべきか、二度あることは三度あるというべきか。

「あーら！　アイラ・ベルティーニ様ではございませんこと？」

……振り返らなくてもいいですか？

ぴたっと止まった私たち三人は後ろを振り返る前に目配せしつつ、昨日のようにレミリアを巻き込まないようさりげなく扉から離れてから振り返る、と。

「あ」

つい相手の顔を見て声を出してしまう。後ろに立っていたのは前回と同じフローラ……ではなく、薔薇のように赤い髪の少女と、その少女の使用人たちだった。

私より背が高く、大人っぽいデザインのドレスに身を包んだ少しきつめの美人だ。髪も目を引くが、瞳も印象的なワインレッド。まぁ、今現在その瞳は嘲り（あざけ）の色が濃いのだけれど。たぶん、夕食会で私を睨んでいた人と同一人物の筈。

間違いなく微笑んでいれば絶世の美女と呼ばれる部類の人間の嘲笑（ちょうしょう）に、なぜこんな表情を向けられるのか悩んだのだが、それはすぐに解決した。

「さすが特殊科に選ばれた歴代初の女性ですわ、もう男性を侍らせて、いいご身分ですわね？」

「またですか……」

彼らは幼馴染だ、私の護衛だと何度説明すればいいのか。まぁわかる、美少年護衛とか突っ込みた

全力でのし上がりたいと思います。


くもなりますよね！　私が呆れている横で、レイシスがすっと私の前に出た。

「俺たちは元々彼女の護衛ですが」

「ふん、たかが成り上がり貴族が護衛だなんて……えっ」

レイシスに言い返していた少女は、突然はっとして表情を変えた後レイシスを……レイシスの胸元を見つめ、そしてガイアスに視線を移すとそちらも顔より下を確認してさらに目を大きくした。

「特殊科……⁉」

驚愕した彼女の言葉で、彼女が何に驚いているのを理解したが、すぐに不思議に思い首を傾げる。ガイアスとレイシスも一緒にバッジを受け取っていたのに、見ていなかったのだろうか。二人とも目立つ容姿だと思うのだけど……と考えて一つの可能性に辿り着く。

よく考えると、壇上に一緒に上がっていたのは私たちだけではない。どう考えてもかなり目を引く男が、二人いた筈だ。

デューク・レン・アラスター・メシュケット殿下と、ジェントリー公爵家長男フォルセ・ジェントリー。

王子が目立つ容姿だったのは昨日見て明らかなことだったたし、フォルも名前を呼ばれた時に相当騒がれていた。主に聞こえたのは黄色い声というやつだし。

……フォルセ・ジェントリー。ジェントリー公爵の長男が私と同い年だという話は知っていたが、それがフォルだとは思いもしなかった。

なぜなら、今のジェントリー公爵は現王の異母弟。前ジェントリー公爵には、確かもう亡くなっていた筈だが娘一人しかおらず、ジェントリー公爵家の血筋であった側室が産んだ第二王子がこれといっていい縁談の話もなかった為に婿として公爵家に入ったのだ。当時相当このことでお偉いさん方は揉めたらしく、しかしそれでも結ばれた二人に、どこまで真実かはわからないが公爵令嬢と第二王子の恋物語まで当時は流行ったらしい。母の愛読書コーナーにありました。

つまり、フォルは王族の血が入っている……というか王子の従兄弟。完全なる雲の上のお人だったということだ。それが、あんな田舎の街中に怪しげなローブを着て現れると誰が想像できただろうか。

ジェントリー公爵は政治の世界でも絶大な力を持つ。そんな人間の息子がなぜあんな幼い頃刺客に命を狙われていたのか不明だが、絶対にそれは探ったらいけないレベルの話な気がする……というのは置いておいて、つまりフォルと王子という目立つ二人がそばにいたのだから、この令嬢はガイアスとレイシスに目が行かなかったのかもしれない。

さてどうしたものか。この間にさらりと挨拶をして逃げるべきか否かと思案していると、にこりと笑ったレイシスがさっさと「時間ですので失礼致します」なんて言って私を促して歩き始めた。

「ちょ、お待ちなさい！　わたくしを誰だと思っていますの⁉」

「悪いけど、名乗らない相手が誰かわかるわけないだろ？」

ガイアスの言葉に全面同意だ。まぁ彼の台詞で若干彼女が連れていた使用人の額に青筋が浮かんだ気はするが。

それにしても使用人四人も引き連れてるよ。侍女一人に護衛男性二人、それに執事服の男性一人。専属執事だろうか。

「ふんっ、そうでしたわね、アイラ様はつい最近までただの商人の娘でしたわね。わたくしはレディマリア・リドットよ。我が家はご存じかしら？」

「ああ、あの有名な、失礼、お美しいと有名なリドット侯爵令嬢でしたか」

家名さえ聞けば爵位はわかる。私もああと納得したところで、先に返事をしたのはレイシスだった。

有名な？　彼女のことは特に深くは知らないのだけれど、レイシスは何か知っているのだろうか。

ところで私さっきから話す隙（すき）がないんですけれど。

レイシスの言葉を聞き、レディマリアと名乗った少女は、うっと顔を赤らめ、そうですわと返事をしつつもうろたえる。ちらりと見ると、レイシスがとてもにこやかな笑みを口元だけに浮かべていて、目がまったく笑っていなかった。器用なやつである。

「あっ……」

このどうしたらいいのかわからない状況を打破したのは、ここにいた私たちではなかった。私たちの正面、レディマリアの後ろから、私と同じ医療科の制服に身を包んだ少女がやってきていたのだ。それも、私たちの様子を見てあからさまに表情を強張（こわば）らせ、目が合うと一歩後ろに下がる。彼女はもう覚えている。アニーだ。

「なっ……あ、あら、アニー様ではありませんか。医療科に決まっていましたのね」

「……は、はい」

後ろに気づいたレディマリアが、引きつった笑顔でやってきた少女に声を掛ける。その光景を見て、唐突に思い出した。

レディマリアは、医療科の試験で私の服とアニーの服を比べて貶したあの薔薇色の髪の少女だ。ローザリア・ルレアス公爵令嬢のすぐ後ろで私を嘲りの笑みで見下ろしていた年上であろう女性。どうりで見覚えがある筈だった。

ご友人（かどうかは疑問だが）も現れたことだし、今度こそ失礼しようとガイアスとレイシスの二人と視線を合わせて離れようとした時、それに気づいたレディマリアは表情を変え叫ぶ。

「まだお話は終わっておりませんわ！　いいこと、いくら卓越した魔法の技術で特殊科に選ばれようが、あなた方は庶民の出なのです！　御自身の身分を弁えて殿下の前で見苦しい行いはお控えくださいませ！」

「……はぁ？」

脳内で言われた言葉を繰り返すこと数回。殿下がなんだって？　既にやったことを注意されているような口調ではあるが、見苦しい行いも何も、私殿下と話したこともないんだけれど。

しかし、私の盛大に跳ね上がった「はぁ？」を興奮のあまり正確に聞き取っていなかったのか、それとも自分の言葉に肯定以外の返事がくるとは思いもしていないのか、レディマリアは「当然ですわ」としきりに頷いている。

「アニー様、あなたも！　医療科に受かったからといって、騎士科との合同授業で殿下にご迷惑を掛けるようなことはなさらないように！」

「は、はい、もちろんです」

私が唖然として見ている前で、レディマリアの次の標的となったアニーはひどく怯えながらこくこくと頷いている。どう見ても友人には見えない二人を見て、はぁとため息をついた。

あの後、勝手に納得したらしいレディマリアは、アニーに「行きますわよ」と声を掛けてドレスを翻し去っていった。

しばし何だったんだと見送っていた私たちは、昨日同様再び時間が迫っていたことを思い出し慌ててホールへ向かう。


ホールに集まった生徒たちの後方に並び息を整えていると、ガイアスが得意げに胸を張った。

「俺わかったぞ。医療科にやたらと希望者がいたのは、騎士科との合同練習があるからだろ」

「まぁ、そうなんだろうな。淑女科に行かされるってことは、王子狙いの令嬢がやたらと集まってしまったということか」

「私そんなことより、私たちが特殊科に選ばれた理由が卓越した魔法の技術って言われたのが気になる」

レディマリアがそんなことを言っていた。確かに私たちが特殊科なんてところに入る可能性があるとすれば、何か認められることがあったからではないかと昨日三人で話していたのだが。

私はすぐに自身が緑のエルフィだからではないかという結論に至った。王族は私がエルフィであることを知っている。そこから今回の特殊科入りをしたのではないかという話になり、ガイアスとレイシスは試験の打ち合いに全勝したからでは？　と、それしか私たちには思い浮かばなかったのだが。

「魔法って……そんなに試験で使った？」

「俺は一回だけ。アイラは？」

「私は試験が得意の植物の治療だったからそれくらいかな。レイシスは？」

「何度か使用していますが大技は使ってないですね」

それを聞いて三人とも首を傾げる。魔法の技術ってどこ情報だ。レディマリアの勝手な思い込みだろうか。

「相変わらず仲がいいね」

突然、くすくすと笑い声と共に掛けられた声にはっとして振り向くと。

「フォル！」

以前と同じ銀に深い紫苑色が混じった瞳に、私の呼びかけを受け「うん」と言いながら首を傾け、さらさらと流れる銀髪。優しそうな微笑み、聞き惚れる声。全てはそのままなのに、どこか少し大人びたフォル。この前は状況が状況だったので成長した彼をじっくり見ることはできなかったが、やはり息を呑むほど彼は美しい。

しかし私は油断していた。昨日ガイアスたちと、フォルに会ったら初めて会った相手のように挨拶しよう、と約束していたのに完全に忘れていた。しかも、フォル、だなんてどう聞いても愛称だ。彼の名前はフォルではない。

いや、だって、先に親しげに話しかけてきたのフォルだし！

あちゃー、と天井を仰ぎ見るガイアス、額に手を当てて俯くレイシス、しまったとフォルを凝視して口を両手で塞いだ私を、にこにこと見つめるフォルの向こう側に。

「きゃー!?」

「あの女どこの誰ですの！」

「ほら、特殊科の庶民上がりの」

完全に大混乱を起こしている令嬢たちの姿があった。やっちまった……！　どうしてこうなった！

目の前にいるフォルの姿より、きゃあきゃあと叫ぶ後ろのご令嬢方の方が気になる。ここにいるのは非常にまずい！

「ふぉ、フォル……セ、様、あの、何か……」

「ん？　そんな呼び方しないでアイラ。昔みたいに呼んで欲しいな。久々に君たち、『幼馴染』に会えて嬉しいよ。ガイアスとレイシスは騎士科だったかな？」

「あ、ああ、そうだけど……」

ガイアスがたじろぎながら返事をする。ところで、幼馴染って今言った？　うーん、確かに小さい頃遊んだ……って言っても数年前だけど、たった数日の付き合いだけど幼馴染っていう括りに私たちは入るのだろうか？

「なら、言わせてもらうけど、フォル、何の用でここに？」

レイシスが眉を寄せて少しばかり怒ったように言う。言外に「なんでこんな目立つところで話しかけてきた」と……いや、なんかもう態度がありありとそう言っている。

さらに、数歩前に出たレイシスは、フォルに何かを話したようだ。ぱちぱちと瞬きしたフォルは、ふっと笑って小声でレイシスに何かを伝えると、視線を外しこちらに笑みを見せた。

「実はね、特殊科は別室に集まるようにって言われているから。三人を呼びに来たんだよ」

「そうなのか、わざわざ悪いな」

ガイアスが軽く返す。うーん、ガイアスもレイシスも、一度本気の勝負をした相手同士何か打ち解けるものがあったのだろうか。公爵子息相手にそれでいいのか悩んだが……フォルが楽しそうにガイアスに笑みを向けてるからいいのかもしれない。……高位貴族子息、かぁ。それも、ほぼ次代公爵決定のような存在……でも。

その時、この、私なら飛び込むのは遠慮したい空気の中に勇者が現れた。

「あの、フォルセ様？　そちらの方々は……」

なんと、後ろにいる令嬢の一人が声を掛けてきた！　私なら間違いなくさっさとこの大注目されている中から抜け出すのに素晴らしい勇気である。

「ああ、彼らは僕の大切な友人なんです。今回同じ特殊科に選ばれてとても喜んでいるんですよ。特にアイラは共に医療科なので一緒に授業を受けるのを楽しみにしているのです」

「そっ……そう、ですの」

終始にこやかに、なぜか敬語で丁寧に現れた令嬢に告げたフォルは、さっさと「では急いでいるので」と言い放って私たち三人をホールから出るように促す。

ちらりと勇者令嬢を見ると、ぽーっとした顔で目線がフォルに向いている。フォルはアイドルか。

いや、似たようなものか……。


「これでアイラに悪戯（いたずら）するような人は減ると思うけれど」

「あんな目立つ方法でやらなくてもよかったんじゃないか？　……それはともかく、一緒に医療科で授業受けるって」

外に出た瞬間、さらりと告げられた内容に私が疑問を口にする前に、レイシスが不満そうに口を開いた。

「え？　だって、僕は医療科だから。特殊科の生徒が発表された時、僕はちゃんと医療科って言われてたでしょう？　どうせ同じ班でそばにいるんだから先に仲がいいと宣言した方がいいかなって」

全力でのし上がりたいと思います。


同じ班？　なんの話だ、という疑問を尋ねようとしたところで、私はまたしても、今度はガイアスに先を越される。

「なっ、なんでフォルはあんなに強いのに医療科なんだよ！」

「そんなこと言ったら、アイラだってそうじゃない？」

「なんでお嬢様が騎士科に入る話になるんだ！」

ぽんぽんと騒がしく会話を交わす三人を、なんだか懐かしく思って見つめる。まぁ、話すのは後でもできるかと私は周囲に視線を向けた。一応歩きながら話しているが、フォルについて歩くこの道は知らない通りだ。

ホールを出て小道に入り、生き生きとした木々の間の細い道を歩く。天気がいいので精霊たちも日光浴を楽しんでいて、活気がある。もっとも活気があるように思うのは緑のエルフィだからこそで、場所自体は騒がしくなく落ち着いた通りだ。前三人は騒がしいけど。

「だって、以前マグヴェル、いやベルティーニ領で会った時点では一番魔力があったのはアイラでしょう」

「……へ？」

精霊たちが仲間同士でかくれんぼしている様子を見守っていた私は、突然振られた話にびっくりする。

「なんで？　私そこまで強くないんじゃないかな、ガイアスにもレイシスにも魔法の威力勝ったことないよ、もちろん稽古しても負けてばっかりだし」

「気付いてない？　たぶんアイラが今得意なのは攻撃魔法じゃないから比べられなかっただけじゃな

いかな。回復魔法は余程重体の相手を治すんじゃなければ威力はわかりにくいかもしれないけれど……覚えてる？　君はあの勝負の時、僕らに水をかけて止めたでしょう」

「うっ、そ、その節は……」

確かに、前に三人が勝負していた時、派手になっていく勝負を止めようと三人に水をぶっ掛けた記憶はある。今考えるとなかなかにひどい所業である。

しどろもどろにあの時の謝罪の言葉を捻り出していると、くすくすと笑いながらフォルはそうじゃないと首を振る。

「あの時、僕はレイシスの魔力の風をすべて見切ったし、ガイアスの魔力の炎を自分の魔力の氷で封殺した。それでも二人には魔法以外に物理攻撃もある。白熱したいい勝負ができて、二人同時に相手をしたことを後悔したけど、同じ年齢で強い相手に会えて喜んでいたんだ。好敵手、って言うのかな。でもね、僕が作った氷の足場は、君の何のことはないただの水に一瞬で溶かされた。僕は氷の魔法はかなり得意なほうだったんだけどね」

「え……そうだったっけ……？」

既に危うい記憶を掘り起こす。確かに私は水を三人に向けてかけたが、フォルの魔法を消した記憶なんて残ってない。そもそも意図していなかったのだ。

「もちろんそれだけで一番強いかどうかはわからない。純粋に戦ったらガイアスとレイシスの戦闘能力のほうがアイラより上だろうし……でもね、魔力が一番高いのはたぶんアイラで間違いなかったと思うよ。まぁ、あれから僕らも成長しているから今はどうかわからないけれどね」

フォルの言葉で、つい足が止まって視線を交わす。

あの日、ガイアスとレイシスの二人と戦ったフォルは、ゼフェルおじさんが驚愕する程強かった筈だ。それが、魔力だけで言えば私が一番、なんて言われてもどうにも実感が湧かない。

　困惑する私たちに、フォルはにこりと笑みを浮かべる。

「そもそも特殊科は大きな魔力とそれを使いこなす技量を期待された生徒が選ばれる科だ。間違ってはないと思うよ」

「あ！　それ！　ねぇフォル、特殊科って選ばれた階級の人間が入るんじゃないの!?」

　私の質問を聞くと、フォルはきょとんとした顔で、え？　と首を傾げる。

　ガイアスとレイシスが確かに見たと学園案内の冊子の話をすると、フォルは少し考えた後、ああと納得の声を出した。

「それ、書いているのが学園側じゃないんだよね、有志の本っていうか。そもそも学園に入って特殊科に選ばれる生徒っていうのは、魔力の濃い血筋を好む貴族がやっぱり圧倒的に多いんだ。たまに一般から出ても、魔力が強いと聞けば貴族の養子になったりする。学園が階級を気にしているわけではないけれど、必然的にそうなったんじゃないかな」

　フォルの説明に、なるほど、と納得する。貴族は強い魔力を望む人間が多い。そして、魔力が大きな人間の子供は魔力が強い可能性が高いのだ。私も恐らく、エルフィである母からの遺伝で少し強い魔力を所持しているのだろう。

「実はね、この先に特殊科の生徒のみが使用できる小さな家を用意してあるんだって。今日はそこで魔力の強さの検査をするらしいよ。今度こそ負けないよ？」

「なんだって？　おい、俺だってあれから相当強くなったんだ。今度はお前の氷にやられたりしないからな！」

「俺だって、昔のように簡単にかわされたりしない。フォル、医療科だからって手加減はしない。今度また勝負しよう」

目の前で熱い男の友情？　が繰り広げられる。珍しく身内以外に作っていない笑顔を見せるレイシスに、さあ行くぞ魔力検査だと手を振り上げているガイアス。フォルもそんな二人と話しながら嬉しそうにしている。

ガイアスとレイシスの二人は、幼い頃から私たち姉弟と共に過ごし、学校にも通っていなかった為に同年代で親しい相手というのを作る機会がなかった。それを心苦しく思ったこともある私としては、この関係を嬉しく思う。

少しばかり、アイラ、いいなぁ、なんて羨ましく思って見ていると、三人が一斉にこちらを向いた。

「ほら、アイラ、はやく行こう」

「アイラ、魔力検査楽しみだな！　俺負けないからな！」

「ガイアス、お嬢様と競おうだなんて自分の立場をなんだと思ってるんだ」

言いながら、レイシスが私に手を伸ばす。その手を取って、私は笑う。

「私も、負けないよ！」

◇　◇　◇

「なんでこんな場所でお嬢様と親しく見える発言なんてするんだ、フォル！　お前は貴族だろう」

ホール内で探していた三人を見つけて声をかけた時。

小さな声で、しかし怒りを込めてレイシスに囁かれ、少し瞬きを繰り返して意味を呑み込む。なるほど、とレイシスを見ると、彼はぐっと言葉を詰まらせた。

「うん、公爵家の人間だ。けれど、僕は君たちが話しかける必要のない下位のものだと思っていない」

恐らくレイシスはそんなことは頭で理解していたのだろうが、貴族にいい感情を持っていない彼からしたらある意味仕方がないことなのかもしれない。それでも少しの寂しさを感じていると、言葉に詰まっていたレイシスがゆっくりと口を開き、すまない、と目線を下げ小声で謝罪を伝えてきた。基本的に昔と変わらず真面目な性格なのだろう。

「こっちこそ、騒ぎにしてごめん。でもこっちの方がいいかと思って。少し待ってて」

笑って、予定通りアイラたちに声をかける。せっかく再会して、同じ学園に入ることができたのに、これから家の身分を気にしてよそよそしく話されるなんて冗談じゃない。特に双子は大丈夫だろうが、アイラに遠巻きに見られるのなんてごめんだ。俺はこの学園での生活をとても楽しみしていたのだから。

恐らくいるであろうと踏んだ俺らの関係を尋ねる生徒も上手く現れ、用意していた返答をし、アイラたちを古くからの友人のように伝える。これで今後彼らと距離を縮めても騒ぎは小さいだろう。貴族に思うところがあるだろう三人だが、だからこそ意味がある。レイシスの反応を見るに彼らは貴族全てを恨んでいるわけではないようだし、俺たちの計画にも……いや、違うな。そんなことを抜きにして、また以前のように身分関係なく話し、そしてアイラのこともっと知りたいのだ、俺は。彼女は、そう、医療科も共にする……友人なのだから。

三人をデュークの待つ部屋へ案内しながら今後に思いを馳せていると、隣に並んだレイシスが小さく俺を呼ぶ。

「魔力勝負、するよな」

「うん、いいね。勝ったらアイラとデートさせて欲しいな」

「……ふざけるな、フォル、そんなの」

「そうだ、アイラのチーフリングを買いに行くのもいいね。彼女まだ何もつけていないみたいだから」

「賭けにすることじゃない。それはお嬢様が決めることだ」

「……それもそうだ。ごめん、うん、レイシス、君かっこいいね」

は、と怪訝な顔をするレイシスを見て、一人頷く。確かに、楽しもうと思ったけれど賭けの結果で誘うのは失礼か。

「じゃあ堂々と誘うことにしようかな」

「は、はぁ？　デートってフォル、まさか」

「駄目？　なぜ？　アイラには恋人がいる？」

そんな話は聞いていないけれど、と思いつつレイシスを見れば、レイシスはひどく複雑な表情で視線を落とす。どこか困惑している様子を見て、なるほど、ともう一度頷いた。自覚はないらしいが、気にはなっているのか。

「行くか行かないかはアイラが決める。……それでいいんでしょう？　大丈夫、護衛なら任せて。必ず護る。ああそうだ、じゃあ、魔力勝負で僕が勝ったら、認めて欲しいな、護衛ができるって」

「……何で護衛されるべき人間が護衛する話に」

「男が女を護るっていうだけだよ。ただ……君と、同じ、友人としてね」

君と同じ。思ったより強調されてしまったことに、そしてその言葉にひどく違和感があることに自分でも驚いたが、それ以上に目の前のレイシスがどこか表情を強張らせていることに気付いてその視線を受け止めると、ぐっと手を握り締めたレイシスは年相応に表情を崩した。

「絶対負けない」

「僕も、負けない」

気合を入れる俺たちの視線の先では、アイラがぼんやりと木を見ながら歩いて躓（つまず）いていた。……うん、頑張ろう。

学園に来る途中彼女たちに会ったのはまったくの偶然で、しかもまさかの戦闘中であったのだが、やはりアイラは数年前と同じくお転婆であるのは変わらないようだった。それでも随分と綺麗になったと、思う。あの桜のような美しい髪にもう一度触れてみたいと思うのは、仕方ないことだろうか。そういえば彼女、とても甘い香りがして、とあの道中での思わぬ接触を思い出して、一瞬頬に上がりかけた熱を慌てて魔力の冷気で冷やす。いっそ頭ごと冷やしたい。

……今だけ許されるのならば、きっと彼女と過ごす学園生活は楽しいに違いない。目が離せないのだから、そう思うのも仕方がないだろう。……彼女は友人だ。けれど、昔の俺は彼女に惹かれた。だから、今、少しだけ。

「遅かったな」

辿り着いた小さな家……というのはフォルの話で、大きく立派な屋敷だったが、警護の為か扉にいた騎士の一人に案内されて入った部屋で開口一番中の人間に言われた台詞に、私と双子はそれはびくりと身体を跳ねさせ続いて三人揃って頭を下げた。

「も、申し訳ございません、殿下！」

「いや、いい。ここでは俺も一生徒だ。殿下はよせ」

「ごめんデューク、僕が彼らを見つけ出すのに少し手間取ってしまいました」

にこやかな笑みで間に入ってくれるフォル。だがしかし、私たちがホールについてからすぐにフォルは私たちを見つけている。遅くホールに現れたのは私たちですすみません！

言い訳をさせてもらうならば早めに部屋を出ても毎回毎回現れる敵（令嬢）が悪いと思います。いえ、言いませんけれど。

顔を上げろと言われて恐る恐る視線を上に戻せば、相変わらずきらびやかなと表現できそうな容姿の王子が、少し拗ねたように視線を逸らす。

「いつまで待っても誰も来ないからな、退屈していただけだ」

「そっか」

くすくすと笑うフォル。どうやら殿下とは仲がいいらしい。まぁ、従兄弟なのだから王子とは小さい頃から何度も会っているだろうし、こういった相手こそフォルの幼馴染と言うべき相手なのではないだろうか。いや、従兄弟だけど。

しかし王子、まさかの寂しがり屋だったんですか？　確かに室内に他に人はおらず、残り二人はまだ来ていないらしい。形のいい唇がほんの少し尖っているのだが、まさかの発言にちょっと凝視してしまう。壇上で堂々としていたあの大人びた少年とは思えないその少し親しみやすい雰囲気に、少し可愛いじゃないかなんて不敬なことを考える。昨日は怖そうだなんて思ってごめんなさい。

すると、ぱちっ、と音がしたんじゃないかと思った位しっかりと王子と視線が合ってしまった。王族を観察するように見るなんて不敬もいいところだ。はっとして慌てて視線を逸らしたが、見逃してもらえる筈もなく、既に声変わりが終わったのかガイアスたちより低い声で「お前」と呼ばれて、びくつきながら再度顔を上げる。

「確か、アイラ・ベルティーニだったな」

「はいっ」

なんだ、何言われるんだとどきどきして次の言葉を待つ。と、目の前の王子はにやりと意味深な笑みを浮かべた。

「お前、自分の成績は聞いたか？」

「は、はい？　成績ですか？」

早く答えなければと焦る頭が、逆に王子の言葉の意味を理解するのを邪魔してさらに焦る。

「今回の医療科の試験、純粋な試験結果だけで言えば、お前がダントツだった。フォルを簡単に抜くやつがいるなんて信じられなかったんだがな。そうか、ベルティーニか」

え？　試験結果？　ああ、植物の治療のあれか！

そうか、トップだったのか。いやでも、あれは私に有利すぎる試験だった。植物の治療だなんて、緑のエルフィが普段から日常的にしていることだ。なんたって普段から、精霊の方が僕の花が寒いって言うんだ、とか、私の木の下の方の枝が病気でとか言ってくるのだから。

「殿下、あの試験は」

「まぁ、お前がトップで当然だろうな」

緑のエルフィであるのだから当然だと言うこともできず、どう濁すか思案しつつ口を開いた私を遮って殿下は笑う。座り心地の良さそうな大きなソファに身体を沈め、背もたれに背を預けた殿下はふっと笑いフォルを見る。

そうだ。彼は私がエルフィであると、知っているのか！　王族であるのだから、知っていてもおかしくはない。

しかし、そのことを言わなくても済んだことにほっとするべきか、それとも私の試験結果は他人から見れば「卑怯」と言われる部類に入るもので、それで特殊科に選ばれてしまったことを恥じるべきなのだろうか、殿下の笑い声でわからなくなってしまった私はぐっと口を引き結ぶ。

「……あれ、デュークはアイラのことを知っていたの？」

「そうだな、こいつの秘密は知ってるな」

「殿下！」

ガイアスとレイシスが、ほぼ同時に焦ったように殿下を止めた。これまで大人しくしていた二人だが、秘密に触れる発言にさすがに驚いたらしい。誰がエルフィであるかと明かすことができるのは王と本人のみだ。

「ははっ、気になるか？　フォル。お前のそういった顔を見るのは初めてだ。まぁ、教えてやらないがな」

「相変わらずデュークは人が悪いね」

　肩をすくめて見せたフォルを見るが、特に表情がいつもと違うといった様子はない。だが、目の前で友人が秘密の話をしていて、それを自分だけ知らないというのは間違いなく気分が悪いことだ。そんなの小学生でも知っているぞ。訂正、やっぱり殿下は性格悪そうだ。

　私が脳内で殿下の印象を訂正していると、殿下が再び私を、そして左右にいる双子を見て、一人頷く。

「魔力検査が楽しみだ。デラクエルの兄弟だったか、お前らの実技は素晴らしかった。ぜひ手合わせしてみたいものだ」

「あ、ありがとうございます！、殿下」

「勿体(もったい)なきお言葉にございます」

　頭を下げる二人に、王子はにこやかに笑うとだから殿下はよせと立ち上がり、二人の肩を軽く叩く。

　なんだかさっきから落ち着かないのですが。いいな羨ましい。私も男の友情に交ざり……いや、女の子と仲良くなりたい！　そんなことを思っていると、突然目の前が銀色になった。

「アイラ？」

「わっ!?」

　ぼんやりしていた私を心配したらしいフォルが、目の前に来たのか。そう考えている時には既に驚きで仰け反った私は、そばにあった何かにぶつかった。

「あっ！」

室内にガチャンと陶器の割れる音が響き渡る。

そばにあったテーブルに置かれていた花瓶が無残に床に飛び散って、活けられていた花と水も一緒に床に投げ出される。床にはふかふかのカーペットが敷かれていたのだが、打った場所が悪かったのか割れてしまった花瓶の下でカーペットは水を吸って見る見る変色していき、私は慌ててごめんなさいと叫んでかけらを拾い集めようとした……の、だが。

「アイラ、駄目だ危ないからっ」

「つっ」

慌てて手を伸ばした為に割れた花瓶で指を切ってしまい、そばにいたフォルに手を引かれて見れば左手の人差し指に赤い線が浮かび上がり、ぷっくりと血が膨れ上がってくる。

「アイラ！」

「お嬢様！」

ガイアスとレイシスが飛び込んできてフォルに握られた私の手を覗き込む。フォルは私の手の傷を角度を変えながら見た後、すぐに呪文を唱え出した。簡単な回復魔法の呪文だ。

「癒しの風（ヒーリング）」

ぽう、と魔力に包まれた私の指に温かな風が触れ、すうっと私の指先の傷が消えていく。

「ご、ごめんなさい、ありがとうフォル」

自分でやればいいものを、ついぼーっと見ていたが為に彼に治療させてしまった。消えた傷を見てほっとした三人に、危ないから手で拾うなと注意されて、ごめんなさいと自らの行動を反省する。

「あ、あの、私掃除用具借りてきます！」

「待て、今使用人を呼ぶから――」

　何かほうきかちりとりのようなものを借りてこようと扉の方に向かおうとしたところで殿下に声をかけられて、ついそちらに顔を向けてしまった私は、完全に前方不注意だった。

　誰かがくぐもった声を上げる。またガイアスとレイシスの焦ったような名を呼ぶ声が聞こえた気がした。身体にどんと何かがぶつかった衝撃に何事だと顔を正面に戻した時、顎の辺りに何かくすぐったいものが触れた。が、確認する前に私の身体は何かを引き連れて前のめりに倒れていく。

「ぎゃっ！」

「痛っ」

　思わず叫んだが、私は強(したた)かに打った膝と手のひら以外特に痛む場所もなく、え、と咄嗟に瞑(つぶ)った目を開けると、そこには紅茶のような瞳が二つ。……へ？

　床に膝と手のひらをついただけのうつぶせ状態の私の下に、知らない男の子がいた。呆然とする私を見上げる仰向けの少年が、大丈夫ですか、と小さく私に問いかける。

「うえ!?　え、ご、ごめんなさい！」

「……いえ」

　慌てて飛びのいた私は、再び痛みに顔を顰める。どうやら花瓶の欠片で今度は足を切ったらしいと気がついて、呆れる。何してるんだ私、この短時間に何回怪我をするのだ。

　呆れつつも足に治癒魔法をかけようとした私だったが、突然目の前に屈んだ誰かにその手を取られた。

「……大丈夫かしら？」

綺麗な、薄い青色のさらさらの髪。同じ色の睫に縁取られた瞳は蜂蜜色で、透けるような白い肌に柔らかそうな桃色のふっくらした唇。

細い首の下には私と同じネッカチーフが巻かれ、隙間からちらりと豊かな胸元が覗く。白いロングスカートをゆっくりと後ろに流し床にそっと膝をついたのは、天使と見間違う程の美しい女性。いや天使か？

「ああ、足を怪我したのね。こら、男性陣、ぼーっとしてないで後ろを向く！」

「え、あ、ああ」

「まったく、何人も男がいて何をしているのかしら。……癒しの風(ヒーリング)……よし、これで大丈夫、あとは、怪我はないかしら？」

再び私の手を取った女性。冷たい指先が私の手のひらを確かめた後、にこりと笑う。

「噂のベルティーニのお姫様は、随分とお転婆さんなのね。私、ラチナ・グロリアよ。どうぞよろしくね？」

「は、はいっ」

微笑まれて、かぁっと顔が熱くなる。慈愛に満ちた微笑はやはり天使、いや女神か！　と思わせた。しかも、ラチナ・グロリアといえば、ベルティーニ領の隣のグロリア伯爵家の、ベルマカロンを気に入ってくれていて最初に領地外に店舗を出す時に協力してくれたという令嬢の筈。

ベルティーニのドレスも好んで着てくれていて、領地内でも慕われている彼女のドレスは領民の憧れとなり、年頃の少女たちはグロリア伯爵令嬢のような女性を目指している人も多いと噂は聞いていたが、これはわかる、激しく同意する！

「よ、よろしくお願いします、おねえさま!!」

気付けば私は、彼女の手をしっかりと握りそう叫んでいた。理想のおねえさまです！

「よし、揃ってるなー」

割れた花瓶を王子の呼んだ使用人が綺麗に片付け終わった頃、間延びした声で話しながら現れた教師は、やる気は感じられない壮年期辺りの男だった。

顎にうっすら髭(ひげ)が生え、鈍い金色の髪は少々ぼさぼさだ。白衣のようなものを着ているが、それがまったく似合うようには見えない不精っぷり。

大注目の中特にこちらの視線を気にした様子もなく奥のこぢんまりした机に向かい椅子に座ると、手にしていた書類になにやら書きとめてから、肩から掛けていた大きめの鞄をごとりと机の上に置く。何が入っていたらそんな盛大な音がするのか。

「えー、特殊科を担当するアーチボルド・マッカーロだ。さて、聞いてると思うがまず魔力検査する。午後からそれぞれの科に戻ってもらうからさっさとやるぞー」

ここには王子や公爵子息などもいるのだが、なんともやる気のない教師である。まぁ、前世でもよく見るタイプの実はできる先生と言えばそうかもしれないが、いいんだろうかそれで……。

わくわくと顔を輝かせる男性陣だが、ついさっきまで彼らの異様な雰囲気ったらなかった。というか、フォルとレイシスがなんだか落胆し、ガイアスが悔しがっていた。恐らく、突如現れたラチナ嬢が、怪我をした私の治療の際に「何人も男がいるのに何をしてるんだ」といった感じの注意をしていたからだろう。ガイアスとレイシスは私の護衛なのだからとへこんでいるのだろうし、フォルもそばにいたからだとしても、間違いなく私の自業自得の怪我なのでなんともとばっちりなお説教を食らったのである。

ちなみに、私がぶつかって一緒に転んでしまった小さな男の子だが、名前はルセナ・ラーク。ガイアスたちと同じ騎士科の生徒で、ラーク侯爵家の次男だ。なんと、私より二つ年下の十一歳で学園への入学を認められた歴代最年少の天才児らしい。が、彼はここに現れてから、先生が来た今も、ひたすらぼーっとどこかを見ていた。何やらとっても眠そうである。ぶつかって頭を打ったのではと心配したが、殿下曰く「ルセナはいつもぼーっとしているから気にするな」らしい。

そんな中、私は少し後に自分のおねえさま発言に内心やっちまった！　いきなりそれはないわ！と後悔したのだが、言われた当の本人が「あら嬉しいわ」と微笑んだのでもうラチナおねえさまで続行することにした。なんという役得！　特殊科万歳！

「よいしょ」

やる気のないアーチボルド先生が先ほどの大きな鞄からごそごそと取り出したのは、それこそ占い師が使うような手のひらより少し大きいサイズの水晶玉だった。きっとあれに手を触れると、中にもやもやした煙が現れその色で魔力を調べるんだな！　とファンタジーっぽい設定を想像してどきどきわくわくしていると、水晶玉はごろごろいくつも出てきた。

「実はな、お前らがやった実技試験の最中に全員魔力眼鏡(めがね)っていう魔道具科の新しい発明品で魔力を調べてたんだが、特殊科に選ばれたお前らだけは測定不能だったんだよ。新しい魔道具だからな、測定できる上限があったらしい」

そんなことを言いながら、先生は次に部屋の隅にあった背の高い花台を部屋の真ん中に持ってくる。

それにしても、あの試験の最中に魔力を測定されていたのか。ふと試験中の様子を思い出してみたが、魔力眼鏡とやらを使用している人物に心当たりはなかった。まぁ、周囲を気にする余裕があった生徒は少ないだろうけれど。

さて、と先生が花台に一つだけ水晶を載せる。机に戻ると、何かの書類を見ながらふりふりと手にしたペンを振った。

「じゃ、まず誰からやる？」

にやりと、まるで煽るように。

一番手は、ガイアスだった。先生の「誰からやる？」に対して真っ先に挙手したのだ。

ガイアスがわくわくした顔をしながら水晶のそばに行くと、ああ、と書類を見たままの先生が思い出したような声を上げる。

「お前ら、特殊科に選ばれた意味はわかっているか？」

「意味？」

言われた言葉に疑問を返したのは殿下だった。続けて、殿下は真剣な顔で言葉を続ける。

「それはもちろん、強い力を正しく制御し使うことで我が国の為に……」

「我が国とは？　王家に従う力を磨く為か」

事もなげに告げるアーチボルド先生。だがしかし相手はこの国の王子だ。まだ王太子になってはいないが、彼に弟はおらず、彼で間違いないだろうと言われている筈だ。その相手に告げる台詞にしては、きつすぎる。

「例えばだ。王家は北のジェントリー領にある魔物蔓延る山には手を出すなという。しかし、ジェントリー領の北山付近の町の民は常に魔物の恐怖に怯えている。違うか？　フォルセ・ジェントリー」

名を呼ばれたフォルセが、少し驚いたようにその銀の瞳を見開いて、いいえ、と続けた。この国で魔物が多く蔓延っているのは、ジェントリー公爵が管理する城の北に広がる山だけだ。

そこにいる魔物は北の敵となりえる他国の侵入を阻み、こちらに被害さえなければ強力な自然の要塞と化している。

しかし、魔物は時に山を下り、餌を求めて付近の町を襲う。その為ジェントリー公爵は魔兵団を作り上げ、時に自ら指揮を執り北山付近の町の護りを固めているが、毎年数人は亡くなるらしい。むしろ、その数で済んでいるのは奇跡と言える。だからこそ、ジェントリー公爵家に任されている領地なのであろうが。

「力あるお前らは多くの人を救うことができるとしてだ。王家に従い敵を逃すか？」

「つまり、王の言葉を無視して北山の魔物を狩れと言いたいのか」

怫然として声を少し荒げた王子に対して、相変わらず先生は視線も合わせずひらひらと手を振る。

「人が何を大事にするかは人それぞれだ。一番怖いのは中途半端な気持ちで魔力を使うこと。お前らの魔力は飛びぬけている。例えば目の前で友人や恋人が魔物に殺されたとしよう。魔物を殺してやりたくても、決められた魔物殺傷数を超えていて手を出せない。そうなった時、ただ町に防御の魔法だけ掛けてお前らは引き下がれるか？」

「それは……」

はくはくと言葉にならない息を吐いて、王子は唇を噛み締める。それに対し先生はただの例え話だ、と軽い口調で言う。

「揺らぐ感情で使う魔法は暴走しやすい。そうなったら魔物どころじゃないな。お前らの魔力の暴走は魔法弾百発以上だ。いいか、重要なのは状況を判断し、臨機応変に対応する能力だ。一人で片付けるな、仲間を信頼しろ。この世の人間は一人残らず誰かしらと支え合って生きている。他の生徒とは別に、選ばれた生徒になった意味を考えろ」

相変わらず視線はこちらにはない先生の言葉は、ひどく重い。やる気が感じられない、なんて思ったが、そうではない。そう見えるだけだ。

呆然としていると、ふいに一瞬だけ、先生の視線がこちらを向いた気がした。気のせいだったのかと思うほど一瞬で、今は先生の視線はガイアスの前にある水晶に向けられているのだが。

「ま、言いたいことは簡単だ。特殊科に選ばれたからって傲慢になるな。全てを一人で救えると思ったら大間違いだ。特殊科こそ仲間を大切にすることを第一にしてろ、そうすればそれは国の為になる」

と、漸くそこでしんとした室内に気付いたらしい先生は、初めの印象そのままにけろりと、あ、すまん、と言う。

「……まったく、ここでそんな発言できるのはあなただけだ」

王子がなにやら複雑そうながらも笑う。どうやら、先生と面識があったらしい。まぁそうでなければ、あそこまで言えないか。

でも、とつかみどころのない、しかしこの部屋の空気を一気に変えた人物を不思議に思い見つめる。

マッカーロなんて名は聞いたことがない。王子と面識があり、爵位がない相手というのは……騎士か、それとも本当に有名な教師なのか？

「さて」

先生が何かを口にしながらひょいとペンを振る。突如として水晶が四角い透明な箱のようなものに覆われて、ガイアスが驚きで仰け反る。先生は書類に目を向けたまま、それは防御壁だからと告げた。

「防御壁？」

「そうそう。手はすり抜けるから心配するな。で、お前らこれからその水晶に思いっきり魔力を叩き込め」

「へ？」

ガイアスが間抜けな声を出す。魔力を石に込めるのは、魔力さえ扱うコツがわかっていれば誰でもやれることだった。防御の呪文を込めればお守りになるし、攻撃の呪文で簡単な爆弾も作れる。

ただし、触れていればだ。そして、水晶の周りには防御壁。しかも『手は』すり抜けると。嫌な予感しかしない。

「先生、こんな大きさの水晶じゃ魔力叩き込んだらどうなると思って……」

ガイアスがたじろぎながら言うと、先生は漸くそこで私たちに視線を向けた。一人一人見つめながら、事もなげに言う。

「だから、防御壁張って水晶が周りに飛び散らないようにしてるだろ。まぁ、念の為な。それにその水晶は魔力吸収に長けているからそう簡単には割れんぞ、少なくとも今回の新入生で、試験で魔力の測定が可能だったやつには割れない」

そこまで言うと、先生は初めて笑みを見せた。それはそれは楽しそうな笑みで。

「割れるもんなら割ってみろ」

そう、煽るようにのたまった。


「わ、割ってやるよ、見てろよ!!」

ガイアスが口の端をひくひくとさせながら先生に挑むような視線を送り、水晶に手を触れさせる。

先生は余裕な顔で「青いな」なんぞ呟いている。この先生随分といい性格をしているようである。

一度深く深呼吸をしたガイアス。次の瞬間部屋の空気がぴんと張り詰めたものに変わる。誰もがはっと息を呑んだ。

「いっけえええええ!」

ガイアスが叫んだ瞬間、彼の手、いや、手が触れている水晶に凄まじく濃い魔力が流れ込む。

私は彼の斜め後ろにいた。流れ込む魔力をしっかり視界に捉えて、その魔力にほんのり赤い色がついているのことに気がついた。普段、魔力を使う時にそんな色は見えなかったように思う。が、あの水晶に吸い込まれる瞬間か、それとも吸い取った水晶がそうなのか、周囲がほんのり色づいているのだ。

あれ、もしかしてやっぱり色で魔力を測るんだろうか、赤ってどうなんだろうと見ていると、水晶にピシッとひびが入ったのが見えた。

「やった!」

思わず小さく呟く。ひびは少しずつ広がり、親指程の長さまで入っただろうか。誰もが緊張の眼差しで見ていた……が。

「つはぁ、はぁ、くっそ！」

ガイアスがガタンと音を立てて水晶の載った花台を倒しその場に膝をつく。慌てて駆け寄って支えれば、荒い息をしているガイアスが落ちて転がった水晶を見て悔しそうに歯を食いしばった。

「あ……」

水晶は、ひびは入っているものの割れていなかった。表面に軽く線が入った程度だ。じっと見てみるが、もうあの赤い色は見えない。

「ふむ……ガイアス・デラクエル。お前はせっかく大きな魔力を持っているのに細かく操るのが少し苦手みたいだな、水晶に流れないで外に漏れてしまった魔力が相当あるぞ。ただ魔力の爆発的な威力は素晴らしい」

ふんふんと紙に書き付けながら告げた先生は、しばらくするとそれを書き上げたのか満足そうに紙を捲る。

「よし、ガイアスはその水晶をしばらく手に持ってろ。勝手に自分に魔力が戻る。終わったら休め」

「は、はい」

どうやらこの水晶は特殊なものらしい。普通、魔力を込めた石を手にしているからといって石の魔力は自分に戻ってきたりはしない。ガイアスが震える手で触れた瞬間ほっとしたように息を吐いたので、本当に回復するようだ。

「さ、次は誰だ」

「……僕がやります」

次に名乗り出たのは、ルセナ・ラークだった。

私は兵科の試験を見ていないので、どのようにこの最年少の小さな子が他の生徒を倒し騎士科、そして特殊科に選ばれたのかわからない。

皆が固唾（かたず）を呑んで見守る中、当の本人であるルセナは眠そうな顔で次を用意した先生のそばに立つと、さっさと水晶に手を伸ばした。

「うわ、待て待て」

慌てて先生が手を振り、水晶の周りに防御壁を出すとそこから離れる。ルセナは今度こそそれを確認してから、そっと水晶に触れた。

ふわりと、魔力が流れるのを感じた。ガイアスの時とは違い、部屋に暖かな光が差し込んだような不思議な感覚。

なぜかほっとしつつ周りを見ると、他のメンバーも同じような様子でルセナを眺めていた。

今度は魔力にこれといって色はなかった。ただひたすらに、守られるように暖かい。

ルセナは少し真剣に水晶を見ているくらいで、特に力が入っている様子はない。それなのに、水晶はパキッと小さな音を立てた。その状態から、一分程……いや、ほんの数十秒だったのかもしれない。ふいにぐらりとルセナの身体が揺れて、その場に倒れ込んだ。

「ええ!?」

突然倒れたルセナに驚いて私と、ラチナおねえさまがそばに寄る。穏やかな吐息。なんと、ルセナは寝ていた。

「……ルセナ・ラークは自分の限界がわからないらしいな。無理をしすぎる傾向がある、っと……ただあれほど柔らかな魔力も珍しい上に……素晴らしい均一性だ。誰か、そいつに水晶持たせといてやれ」

視線をちらりと水晶玉に向けた先生はそう呟くと紙にペンを走らせる。

ルセナが魔力を注いでいた水晶玉は、表面全体に細かなひびが入っていた。ガイアスのように一部ではなく全体に、だ。その代わり、ひびはとても浅く細かい線のような傷で、こちらも割れそうにはない。これで、魔力の測定はできているのだろうか。

「次は私がやりますわ」

ラチナおねえさまが、わくわくとした表情で先生に告げる。

先生が水晶を用意している間に寝ているルセナをガイアスとレイシスの二人が運んでソファに寝かせ、ルセナの手に水晶を握らせる。準備が整うとラチナおねえさまは両手を水晶に当てた。

「別に両手でもかまわないのですよね？」

「もちろんだ」

そういえば最初二人は片手だった。先生の回答を聞くと、すぐに集中し始めたようだ。室内に魔力が渦巻く。重苦しい空気に、息を詰めた。その中心にいる、美しい女神のような外見のラチナおねえさまだけが異様に見え、室内の空気とひどく合わない。

これは……、と誰かが小さく呟いたのが聞こえた。次の瞬間、鈍く何かがぶつかるような音が聞こえる。

「……はっ、む、無理ね」

ラチナおねえさまが、水晶から手を離し花台にもたれるように身体を預けた。水晶は割れていない……と思いきや、ラチナおねえさまが触れていた両側にまるでフロントガラスに何かぶつかったような細かいひびが入っている。

「なかなか割れないものね」

「ラチナ・グロリア。最後割るために魔力を弾丸のように飛ばしたな？　まぁ魔力を変質させることは上手いみたいだが……その水晶はそんなんじゃ割れないから、無駄にしたな。黙って注ぎ込んでたらもう少しひびが入ってたと思うぞ」

「あら、やり直しさせてもらえるのかしら？」

「んなわけないだろ、評価はその分マイナスだ」

　あら残念、と言いながらラチナおねえさまは笑って水晶を持つと引き下がった。既にあの重苦しい空気は消えていて、ほっとする。

　そこで、ふむ、と言いながら先生が窓際に向かうと空を眺める。

「次は俺がやる」

「お、ラスボスがこんな早く登場していいのか？」

　一歩前に出たのは王子だった。王子は確か、特殊科の首席と呼ばれていた筈。うーん王子の後はいやだなぁと思ったがもう遅い。ここで王子を遮って名乗り出るわけにもいかず、先生が水晶玉を準備するのを見ていると、先生はなぜかそばにテーブルをも運んで、そちらにも水晶玉を載せた。

「思ったより水晶玉、割れそうにないからな。防御壁を二つ同時に張るくらいはできそうだ。次は二人同時にするぞ……えーっと、レイシス・デラクエル。お前王子と同じ騎士科だな、二人でやってみろ」

「はい」

一瞬驚いて固まっていたレイシスだったが、すぐに気を取り直し返事をするとテーブルに向かう。王子も花台の前に立つと、先生が防御壁を作り出す。

「はじめ！」

先生の合図で、二人同時に目を閉じ水晶に集中し始める。

王子の周囲が淡く光ったと思うと、水晶がきらきらと光を反射するように輝く。対し、レイシスの周りは緩やかな風が舞っていた。まるで丘の上にいるようで、爽やかな風でレイシスの髪がさらさらと揺れ、うっすらと魔力が緑色に染まる。

ほぼ同時に魔力を使い果たしたのか、二人とも少しふらふらとしながらも水晶から手を離した。

「ほお」

先生が感嘆の声を上げ、得意げに笑みを浮かべる王子を見てはっと水晶に視線を移すと……水晶は真っ二つに割れていた。まるで、ナイフで切ったのかと思わせるほどすっぱりとだ。

「デュークはさすがだな。魔力を上手く水晶に注ぐことだけに集中できている。だが真っ二つなのは……一刀両断しろと言ったんじゃないんだがな。お前たぶん支援系魔法苦手だな？」

「……これからだ！」

王子の不満を受け流し、先生は紙に書き付けると、レイシスを見る。

「レイシス・デラクエル、お前は非常に魔力の扱いに長けている。それも、まだ発展途上だ。素晴らしい使い手になるぞ。王子とは逆だな、繊細で丁寧だ」

「あ、ありがとうございます！」

見れば、レイシスの水晶玉は、大部分の形を残しながらではあるが、表面が粉々に砕けテーブルに落ちていた。水晶玉が一回り小さくなったようだ。

「すっげー！　やっぱレイシスだな！」

ガイアスが自分のことのように喜び、私もつい笑顔になる。レイシスがとても嬉しそうにしているが、隣の王子はなんだか悔しそうだ。

「だいぶ砕けてるから、水晶を持った時に怪我するなよ」

レイシスの砕けた水晶を見ながら先生は次の二つの水晶玉を準備する。

「じゃあ、最後は僕たちだね」

隣のフォルが笑う。二人で水晶玉の前に並ぶが、緊張して少しだけ手が震えた。割れますように、割れますように！　と祈りながら、防御壁の中に手を入れる。

ほんの少し手に何か触れた気がするだけですするりと壁の向こう側に進んだ手を、そっと水晶にあてた。

「はじめ！」

先生の声で、水晶に魔力を集中する。身体が少し熱くなり、視覚で確認できるほどの魔力が流れ込むのが見えた。自分の魔力が、まるで水のように流れて水晶に向かっていく。

そこで、隣からやけに濃い魔力を感じた。冷たく、暗い、洞窟（どうくつ）に迷い込んだような気分になり、私は目を閉じて水晶に集中する。

自分でも驚くほど魔力が流れていっていると感じた、が、次第に焦る。ふいに、隣からあの冷たい魔力が消えた。だが、私は目を開けられずにいた。もっとも、水晶に触れている私は見なくてもわかっている。焦りが集中力を乱し、私は気付けばふらついて後ろに倒れていた。

「アイラ！」

焦ったガイアスが後ろから抱きとめてくれたおかげで、どこも身体をぶつけることはなかった。だが、私は目の前の光景を呆然と見つめる。

横にいたフォルの水晶は、ばらばらと大きな欠片となって砕けていた。

それを見て、私は自分の水晶に視線を移し愕然とする。魔力を注ぐ前とまったく変わらない水晶。

「え……アイラの水晶、ひびすらない……？」

何も言えずにいた私の後ろから聞こえるガイアスの声が、まるで膜がかかったようにくぐもって聞こえた。


「んんー？　おかしいな、こいつの魔力は間違いなくすごい量が水晶に流れ込んでいた筈だぞ」

近づいてきた先生が不思議そうにして私のそばにくると、水晶を覗き込んだ。その時、ふわりと急に身体が軽くなった気がして、思わず、えっと叫んでしまい、後ろにいたガイアスに顔を覗き込まれる。

「どうした、アイラ」

「いや何か今魔力が……」

自分の手のひらを見て、指を動かしてみる。魔力は体中を血液と共に流れるものだ。じっと見つめていると、自分の中に使い切った筈の魔力を確かに感じた。それも、この一瞬で回復する量じゃない。

「お嬢様、大丈夫ですか？」

レイシスが少し重そうな身体を屈めて私を見る。その手にはまだ水晶が握られたままだ。

ふと、自分の水晶は割れはしなかったものの、触れれば魔力がもっと戻る筈、そう思い水晶玉に手を伸ばした瞬間。

「あ！」

ふわりと淡く光るものが水晶から飛び出していくのが見えた。見知ったその光は、この屋敷に来る途中にも見たものだ。

――精霊のかくれんぼ。

はっとしてその光を慌てて追いかける。室内で数人がぎょっとしているのが目に入ったが気にしていられない。あの光は、姿隠(かくれんぼ)しをしている精霊が油断して緩んだ時に現れる光だ。

光は窓をすり抜けた瞬間消える。影に隠れたのかもう一度姿隠しをしたのかわからないが、窓を思いっきり開け放つ。

「にゃああ！」

どうやら窓の下にいたらしい金色の毛の猫がびっくりしたように飛び出し、それに驚いたのか青と黄色の鮮やかな小鳥が近くの小枝から慌てて飛び上がる。そしてそれに反応して、近くの野花にとまっていた虹色(にじいろ)の色彩を持つ蝶(ちょう)が、ふわふわと舞っていった。

「おー、やっぱり来てたか」

外の様子を見て納得したような言葉を口にしたのはアーチボルド先生だ。

窓のそばまで来るとぐるりと外を見回す。

「あの蝶は魔力に惹かれて現れる。ただ寄ってくるだけで特に何もないがな。だが今飛んで行った鳥はたまに魔力を食うらしい。といっても人間に実害がある程ではないらしいが」

「俺たちの魔力の流れにつられてやってきたってことですか」

「まぁそうだろうな。だが、魔物じゃあるまいし問題はない筈だ。……で、アイラ・ベルティーニは何を見た？」

先生の瞳が私をまっすぐ射抜く。それに対し真実を口にできずに、私は目を見つめ返したまま口を閉ざした。

――精霊がかくれんぼしていて私の魔力を持っていきました。

といったところで、エルフィであるとわからなければ「何言ってんだこいつ」である。精霊が、といったところで、エルフィに結びつく程、エルフィの存在は有名ではない。そもそも、これほど人数がいるところで言える話ではないのだが。

私の表情を見て、レイシスがはっと目を見開く。どうやら、私の行動の理由に思い当たったらしく、そのまま口を開くことなく小さく頷いて見せてくれた。

「アーチボルド先生、それで、お嬢様の測定はどうするのでしょうか。そろそろ、午後の授業の準備をしないといけませんが」

「ん？　ああ、アイラ、お前魔力はどうなんだ、動けるんだろ？」

「はい、ただいくらか消耗はしているみたいですが」

「なら、お前は後日やり直しだ。……不良品か？　確かに魔力を吸収したと思ったのに、こっちは空で本人には魔力が戻っているっつーことは右から入って左から出たとか？」

先生がひょいと水晶を手に持ち見つめるが、まぁ水晶が不良品だったなんてことはないだろう。

それにしても、私が魔力をある程度回復しているのは恐らく精霊が返してくれたからだ。なぜあの精霊は私の魔力を奪いながら、その大半を返したんだろう……？

「じゃあ今日はこれで解散でいいのか？」

王子の言葉に先生が頷くと、王子はぽいと二つに割れた水晶を放り投げる。

「俺は少し用事があるから寮に戻る。デラクエルの双子、また後でな。あ、そいつも連れてこいよ」

「はい」

「了解しました」

二人が返事したのを確認すると王子はさっさと出て行った。ガチャガチャと鎧の音がしたので、警護の者も連れて行ったのだろう。まぁ、明らかに王子の護衛だったようだし当然である。

王子が言った、そいつ、とはソファで眠るルセナのことだ。いまだすやすやと眠る彼はまだ起きそうにはないのだが。

「授業が始まる前に起きてもらわないとだなー、さすがに初日から寝過ごしましたはやばいだろ」

「とりあえず、起こしてみるか」

ガイアスと先生がルセナの方に行くのを確認してから、ちらりともう一度窓の外を見る。少し離れた木のそばで精霊たちがどうやら今度は鬼ごっこをしているようだが、あの精霊はどこに行ったのだろう。そもそも光しか見えてないので、消えたあの精霊の姿もわからない。

私に見えたということは、あれは植物の精霊で間違いない筈だ。あんなふうにこっそり魔力を取らなくても、直接声を掛けてくれればいいものを、なぜ……と悩んだところで結論は出ない。

「お嬢様」

レイシスが私の隣に並び、外を見る。

「検討はついているのですか？」

小さな声で問われる。

「ごめん、まったくどの子かわからない」

「そうですか……」

レイシスは目を細め外を見る。今も私の目には外で楽しんで遊んでいる精霊たちが見えるのだが、彼、いや彼らの目には映らない。

先生も今深く聞いてこないだけで疑問には思っているだろう。なんと言って誤魔化すか……私はレイシスの横ではぁと大きくため息を吐いたのだった。


あからさまな視線に耐えながら、目の前のスープを口に運ぶ。

スープは旬の野菜たっぷりで色も鮮やか、ぴりっと胡椒がきいていてとても美味しい……というのは右隣に座るラチナおねえさまの話である。私も同じものを食べているが、心底食事を楽しんでいるかと言われると否だ。

なぜなら少し離れた先で、怒りに顔を歪めたフローラ嬢の姿がさっきからちらちらと視界に入るのである。しかも、彼女だけではなく似たような視線を向ける令嬢はいたるところにいた。その視線の矛先はもちろんというか、私と隣のラチナおねえさまに主に向けられているのである。

ラチナおねえさま、よく笑顔で食事できるな……。

そもそも田舎から出てきた私はこんな大人数に囲まれて食事をとること自体が慣れていない。

　ここは、学生食堂だ。驚く程広い部屋の中にたくさんのテーブルと椅子があり、私たち新入生だけではなく、上級生も含めて多数の人間がいる。天井は高くガラス張りだが、『ガラスの天井』なんて皮肉だなぁと眺める。ところであのガラス強度は大丈夫ですよね。

　じろじろと向けられる視線に、微かに「成り上がりのくせに」「平民が」という言葉が交じる。別にいいのだが、食事くらい静かに食べさせて欲しいものである。

「やっぱり部屋で食ったほうがよかったかなー。食いづらいったらないって」

　がつがつと肉料理を平らげた左隣に座るガイアスが、コップの水を飲み干すとそう呟き、その正面にいたレイシスが「その食欲でよく言うよ」と冷めた視線を送る。

「ごめんね、僕が昼食を食堂に誘ってしまったから」

「いや、フォルのせいじゃないよ」

　実はきつい視線を向けられているのは私とラチナおねえさまだけではなかった。

　貴族ではないガイアスとレイシス……だけではなく、私の前に座るフォルや、その隣に座るルセナにも向けられているのだ。もっともルセナは目が覚めた今も眠そうにしていて、向けられる視線を大して気にしている様子はないが。

　彼らに向けられた視線は主に同じ男性からのものだ。それも恐らく上級生。たまに「一年のくせに」なんて聞こえてくるから、恐らく騎士科や特殊科に選ばれたことを言っているのだと思われる。

「ま、選ばれてしまったものは仕方ないわ」

　けろりとして笑うラチナおねえさまに、まぁそうだよなぁと頷いて丸い果実を口に運んだ。見た目はプチトマトに似ているが、まるで綿菓子のように甘い果物だ。ふわりと溶けるように柔らかく種も小さめで口にしても気にならない為、ベルマカロンでもよく使うこれは色もオレンジと鮮やかで艶があり美しい。

食器は食堂を巡回している学園に仕えている使用人が片付けてくれるらしいので、食べ終えた私たちはそれをそのままにそそくさと全員席を立った。

さてそれぞれの授業に向かうか、というところで、ガイアスとレイシスがなぜかフォルとラチナおねえさまに頭を下げたのが見えた。

「どうしたの？」

「いや、なんでもないんだ。アイラ、お前魔力全部回復してないんだろ？　あんまり無理するなよ」

心配そうなガイアスとレイシスに、もちろんと笑みを見せる。結局精霊にとられたと思われる分の魔力は返ってきていないのだ。といっても、昼食はちゃんと食べたのだしそのうち回復するだろうが。

じゃあな、とガイアスが言い、レイシスがルセナにも声をかけた時だった。

「いって！」

「あーごめんごめん、小さくて見えなかったわ」

前を行こうとしていたガイアスの背中に、明らかに故意に人がぶつかって通り過ぎる。恐らく上級生の男、制服を見る限り兵科と思われる二人組。

「ちゃんと前見て歩いたほうがいいっすよ、せ、ん、ぱ、い」

「なんだと！」

「そうですね、兵科の生徒が、日ごろから周囲に注意を向けられないのはよくないですよ」

ガイアスの挑発にのせられた上級生が怒りを顔に出した時、にこやかな笑みでフォルが追撃する。

フォルを見た上級生の片方が、顔色を変えて「よせ！」と仲間を止めた。恐らくフォルの家名を思い出したのだろう。

しかし、さらににこやかに笑ったレイシスが追い討ちをかける。

「ああ、二年兵科マッテゾル男爵家次男のガイル殿と、三年兵科のティエリー子爵のご子息でしたか」

恐らく私たちに近づいたことで周囲が彼らの名前を零した声を、風の魔法で拾ったのだろう。レイシスの情報収集力に感心する。レイシスは戦闘中でも敵と対峙した時、風で相手の呪文を読み取る。フォルの前で言われたせいか、レイシスに家名を当てられた二人はうろたえて視線を揺らがせた。

「へ、平民風情のくせに！　俺らはっ！　学年だって」

「校則第八条、生徒はその出自に関係なく入学と同時に平等で、後在学中は学園内で築き上げた地位を基本とする。兵科特別規則第十七、兵科の生徒は学年関係なく全て騎士科の生徒を上官と思い行動せよ」

するすると長い文章が、予想外の方向から聞こえてくる。レイシスの後ろにいたルセナだ。校則とか何か書いている分厚い本を貰った気がするけど、読んでなかった。学園内にも地位があるのかと考えつつ、全員を見渡す。

ラチナおねえさまはただ微笑んで見ているだけだが、なるほど全員大人しくしているタイプではないらしい。

ちっと舌打ちをした男二人は、その場から離れようと動き出す。しかし、ガイアスにぶつかった男の方が私にちらりと視線を向けた後、何かを呟く。――呪文詠唱だ。

「毒の霧(ポイズンアシッド)」

「氷の鏡(アイシクルミラー)」

囁くように発動呪文を唱えたのはほぼ同時。

あちらが使ったのは対象の体力を徐々に奪う、いわゆる毒を与える霧を相手に取り込ませる水属性魔法。威力はかなり弱いが、その分気付かずにふらつくまで放置する可能性がある。

私が唱えたのは攻撃魔法を氷属性に変えて跳ね返すものだ。目に見えない毒の霧は、その水分を凍らせた後相手に戻る。やはり男は、自分の喉にひやりとしたものを感じたのだろう。さっと異変に気づき、顔を青ざめさせる。

「先輩、私、医療科の生徒ですよ？」

私相手にその呪文ですか、と言外に匂わせて、小さく、告げる。恐らくそばにいる皆にしか聞こえないだろう。そもそも、私に魔法を使おうとしたのなんて、ここにいる全員が気付いている。私が唱えた呪文も、もちろん。

しかし毒を与えるのは本意ではない。この魔法以外だと私がまともに毒を食らうしか方法がなかったので仕方なくだ。すぐに「治癒(キュア)」を唱えて男を治療し、にこりと治しましたよと笑みを向ける。

「ご注意を、先輩。生徒への無許可の攻撃魔法使用は、罰則だそうです」

ラチナの笑顔の一言で、男はべたりと尻餅をついたのだった。

「割れた！」

皆と水晶玉で魔力検査をしてから、数日たったある日。

二度目の検査に挑んだ私は、今度こそ見事水晶玉を割ったのである。私の魔力に包まれた水晶は砕け、それはあの時一番水晶を砕いたフォルより少し破片が大きく欠片が少ないくらいだ。恐らく悪くはない筈。

水晶の仕組みはよくわからないが、先生はあれでいろいろなことがわかった、らしい。そういえば結局魔力のあの色は魔力の大きさの判断材料だったのだろうかとふと気になる。

「先生、この水晶、魔力の色で判断してるんですか？　見た感じだと私も含め色がない人もいましたけど」

何気なく聞いたのだが、先生はこれでもかと言うほど目を丸くして私を見つめる。な、なんかまずいこと言った？

「お前魔力の色が見えたのか」

「は、はぁ……？」

くっきりはっきり見えたのはフォルだけだし、ルセナやラチナおねえさまはよくわからなかったが、ガイアスは赤かったしレイシスは緑だった。王子にいたってはきらきら光りすぎて今思うと七色にも見えたのだが、違うのだろうか。

そこでふっと、あれは得意魔法の属性の色だったのではと思い至る。てっきり青より赤のほうが魔力があるとかそんな感じなのかと思い込んでいたが、属性が色で表現されるのはゲーム設定等でもありがちだ。ガイアスは最近火属性を得意としているし、レイシスだって風……とまで考えて、最後に見た暗い色を思い出しはっとした。

「ふうん」

先生は何やら納得したように頷きながら、視線を外し書類に目を向ける。

「まぁ、想像に任せるわ」

「……はい」

深く考えるのはやめにしよう。相手の得意属性なんてそう簡単に把握していいものではない。つまり弱点も予想がつけられるということなのだから。

もしかしたらあの時私の魔力を貰って消えた精霊が私に何かしたから色が見えたのだろうかと一瞬考えた後、そういえば先生があの時のことを聞いてこないことに気づいた。まぁあちらから聞いてこないのだからこちらから話す必要はないかと、今日はこれで終わりらしいので退室を告げる。

「おーう。あ、そうだ。明日から特殊科で本格的に授業始めるぞ、伝えといてくれ」

「えっ？」

もう帰る気満々で扉に手を掛けた時にそう言われて、思わず振り返る。実はまだ、あの魔力検査以外の日に特殊科で集まるということがなかったのだ。

おかげで毎日午前も午後も授業の間は医療科もしくは合同授業で好奇の目に晒され、時に一人の時を狙って令嬢に嫌味を言われ、大変な目に……はあまり遭ってないけれど。随分と自分もたくましくなった気がする。

というか、毎度毎度令嬢たちの行動というのが、非常に予測がつきやすい。お約束、まさにテンプレートなのだ。

例えばわかりやすい大声の「成り上がり」という声だとか（これに対しては特になんとも思わない

が)。

足を引っ掛けられるだとか(といっても今のところ転ばずになんとか体勢を立て直せている)。

校舎裏への呼び出しだとか……(お話があるの、とすごい怖い笑みで言われるので、この場でなければお断りします、と笑顔で答えて放置である)。

基本的にラチナおねえさまとフォルが一緒の為に何かあることは少ない。

だが、たいした被害はなくとも向け続けられる悪意というのはなかなかどうして疲れるもので、あの最初の魔力検査の日、この屋敷で部屋に集まった時はずいぶんと居心地が良かったように思っていたのだ。

少し楽しみになって、わかりましたと承諾し部屋を出ると、ちょうど私を迎えに来たガイアスとレイシスがいた。

「アイラ、どうだった?」

ガイアスが少し心配そうな表情で私の顔を覗き込むので、にっと笑ってみせる。

「大丈夫、割れたよ!」

「さすが、お嬢様です」

ほっとしたようにレイシスも笑い、明日から特殊科の授業があるようだと伝え三人で屋敷から寮への道を戻る途中。

ひらりと何かが視界に入った気がした。

「えっ」

すぐに違和感に気付き周囲を見回したが、そもそも今見たと思ったものですらそこにはなく。いや、ある筈がなく。

「どうしました、お嬢様」

「……桜、咲いたかな」

私の言葉に、ガイアスがおっと声を張り上げ、見に行くかと誘ってくれる。

今確かに桜の花びらを見た気がしたのだけど、ここは公園から離れている。が、今見たものは気のせいだとしても、あの桜の蕾を見た日から結構日付がたっている。もう、咲いていてもおかしくはない筈。

三人で公園に向かう途中、午後のお茶にはちょうどいい時間だと気付き、戻ったらお茶にしないかと誘う。

「少し前にサシャから新作のお菓子の詳細が来てて、王都の店舗で私たちの分を取り置きしてくれるって言ってたの」

「なら、これ終わったら店に行って貰ってくるかー」

ベルマカロンはかなり早い段階から王都にも店舗を持っていて、少し前に学園の敷地内の生徒用の商店街にも一店舗開店している。あそこなら買い物ついでにすぐに手に入るし、何より若い人がわんさかいる学園のそばである。なかなか売り上げも好調で、学園商店街に店をと父と共に奔走していたカーネリアンがかなり喜んでいた。

同じ王都内の他の店舗より広いが、大量の商品も遅くても夕方までには売切れてしまうということで、サシャが私たちの為に新作を取り置いておくように指示を出してくれていなければ、私たちでも口にすることはできなかっただろう。

楽しく会話しつつ公園に入り、見えてきた噴水を見上げた時、そこに舞う花弁を見つけて私は軽く走り出す。

ガイアスとレイシスも追いかけてきて、三人で噴水の向こうに回り込んだ時、誰ともなく感嘆の声をあげた。

「これが桜……」

呟いたのはどちらの声だろうか。耳にしっかり入っているのに、いつもは完璧に聞き分けられる双子の声を、その時私は理解することもせず呆然と前に視線を向けていた。


満開の桜。


緩やかな風が吹く。ふわり、と舞い始めた桜の花びらが私たちの周囲を優しく包んだ。

たった一本なのに、辺りを淡い桜色が支配している。

今日の午後は授業がない。私たちの他にもここに桜を見に来ている人はちらほらといた。といっても、花見の席だと騒ぐでもなく、皆一様に魅入ってしまい言葉も少ないようだ。

しばらくすると、ぽつりとレイシスがすごいなと呟いた。

「兄上がお嬢様に見せたいと言っていたのはこれだったんだ」

「俺たちで連れて来ることは、できた、な……」

二人の言葉にはっとする。

サフィルにいさま。

気がつくと、桜の花びらの中に、サフィルにいさまがいる気がした。

既視感。

サフィルにいさまとここに来たことはない。それは叶わなかった。なのに、確かにこの光景をどこかで見た気がする、と強い思考に囚われて、私はその場から動けなくなる。

どこで見た？　と舞い散る桜を見つめた時、目の前の光景にはっとする。

「鳥‼」

「え、ちょっとアイラ、おい！」

桜の花びらの中から、青と黄色の鮮やかな小鳥が出たり入ったりを繰り返している。その鳥が入り込む桜の花の中に、ちらりと何かが見えた。

――あの鳥は、魔力を食らう。

確か、アーチボルド先生はそう言っていた筈だ。なら、あの先に何かいる。もし、魔力の制御が上手くできない精霊だったとしたら……！

そう思って桜に近づいた私だったが、花びらの隙間から見えた金色の毛にびっくりする。

「ね、猫だ！」

可愛らしいが魔力を食らう鮮やかな小鳥に狙われていたのは、これまた体がまだ小さな金色の毛の可愛らしい猫だった。枝の上でびくびくと身体を縮めている。

急いで鳥の後ろに魔力で小さなしゃぼん玉を作り、反応した小鳥が離れた隙を狙って追いかけてきたガイアスが木に登ろうとしたところで、ふらついた猫が枝から転がり落ちる。

「あっ……とっ」

いくら猫でも、怪我をしている状態で落ちるのはまずい。慌てて手を伸ばせば、すぐにふわりと風を操ったレイシスが自らの腕の中にそっと猫を下ろした。

その時魔力のしゃぼん玉は小鳥に突かれてぱちりと割れ、驚いた小鳥たちが飛び去っていく。

「怪我はある？」

「突かれていたせいですね、小さいですが少し傷があります」

「わかった。癒しの風（ヒーリング）」

すぐにレイシスから受け取って猫を抱きかかえると、回復の魔法をかける。ふわりと暖かな風が桜の花びらを揺らしながら猫を包み、傷を癒す。

傷はふさがった。だが、猫は疲れきったのかぐったりと腕の中で大人しくなってしまった。

「どうしますか、お嬢様」

「うーん……ここに戻してあげてもまた襲われるだろうし、なんであの小鳥に狙われたのかわかるまで部屋に連れて行こうかな」

「いいんじゃねぇか？　ペット禁止じゃないし大丈夫だろ」

とりあえずベルマカロンは明日行くか、とその場で決めて、ガイアスが猫を抱き、私たちはぐったりした猫を腕に寮に戻ることに決める。

途中、私は花びらがばらばらにならず花柄から地面に落ちている桜を見つけ、拾い上げる。

ちょうどにいさまからもらった石の中の桜と同じような本物の桜。

そっと下ろしていた自らの長い髪を掬（すく）い上げる。それは、確かによく似た桜色だった。

猫を寮に連れ帰った私たちは、とりあえず私の部屋に猫を連れ込み、クッションに寝かせた。

レミリアが猫に必要そうなものを買い集めてくると慌てて部屋を飛び出して行き、ガイアスは明日から特殊科の授業があるということを直接王子たちに伝えるために部屋を出て行った。学園内では緊急時を除き魔法での連絡が禁止されている為だ。

他に怪我をしていないか私が猫を見ている間に、レイシスが自分の部屋から本を持ってきた。

「お嬢様。この鳥なんですが」

「ああ！　さっきの小鳥だね」

レイシスが開いた分厚い本には、猫を突いていたあの小鳥の絵が載っていた。恐らく図鑑なのだろうそれには、小鳥の特徴として、魔力を好み、日が出ている間は漏れ出た魔力を食することがあると書かれている。ただ、とても臆病（おくびょう）な性格で、夜目が利かない為に飛び回るのは昼間のみ、少しでも危険があると判断すればいくら魔力がそこにあろうとも近づかないらしく、人間や魔物が襲われることはないらしい。魔力を食べるといっても、普段は木の実を好んで食べるようで、絶対魔力が必要なわけでもない為に執着は少ないようだ。

そこでふと違和感を感じて首を捻る。

なぜ、猫は襲われた？

「……お嬢様、あの鳥は確かに猫を突いていました。偶然ならよいのですが、もし魔力に惹かれてきたのであれば……」

「ちょ、ちょっと待って。この猫に、魔力があるってこと？」

魔力がある動物は今のところ確認されているものは魔物のみだ。足が生えた真っ赤な大蛇だとか、角が三本ある狼だとか、伝えられるものや本に記されているものは、それは恐ろしい姿をしているのだが。

金色の艶やかな毛に包まれた、どう見ても可愛らしいこの子は、まごうことなき猫である。

「え？　え？　なんで猫に魔力？」

「わかりません」

偶然ならいいのですが、とレイシスが呟く。

たまたまその美しい金色に惹かれて小鳥がやってきたとかそんなことだったらいい。だけど、もしこの猫が魔力を持っているとすれば……

「この国の魔物の基準は人間以外の生物で魔力を持ち、意思を持って行動する、触れることが可能な身体を持つもの……だったかしら？」

つまり、触れることができない精霊や、魔力がいくらあっても植物は魔物とは言わない。もっとも、意思を持って動き回り人を捕食する植物は魔物に分類されるらしいが。

猫はぐったりとしつつもクッションの上から身体を動かし、私の膝に乗るとすりすりとその頬を押し付けてきている。

「そう、ですね。どうされますか、お嬢様」

普通であれば、これは騎士に差し出さねばならない。だがしかし、そうなるとこの猫は学者らの研究と称して、何をされるかなんて容易に想像がつく。だが私は、この金が見知った色に見えてしまい、躊躇った。

　レイシスも騎士に差し出すべきだとわかっている筈。だが、彼は明らかに迷っている。普段なら危険だからと間違いなく差し出そうとするのではと思い、レイシスの考えがわからず少し首を傾げたところで、それを見て彼は笑う。

「俺はもう一つ気になることがあります。仮定ですが」

「え、な、なぁに？」

「もちろんたまたまあの鳥が突いていただけで、この猫が普通の猫の可能性もあります。ただもしそれが違う場合、気になるのは、今まで知られていた魔物とは随分姿が違うことと、この王都の、しかも学園に紛れ込んでいるというのが不思議でならない。ここはこの国でも多くの上位魔法使いが多い土地です。魔物がいて彼らに気付かれない筈がない。そこで俺が思いついた可能性ですが」

「う、うん？」

「最初、俺はまったく猫の存在に気がつきませんでした。確かに鳥はいましたが、そこまで不思議な行動には見えなかったんです。でも、お嬢様はすぐに気がついた。そういったことは初めてではありません」

「うん……？」

　よくわからずにレイシスを見つめる。琥珀色の瞳が苦笑し細められた。

「精霊です。この猫は桜の木の中にいました。知っていますか、精霊は動物と仲がいい。それこそ、魔力を与え身を護る術を与えるくらいに」

「……え」

　レイシスからもたらされる情報は私の知らないものだった。そもそも、精霊に関しての文献は非常に少ない。何しろ精霊を認識できるのはエルフィだけ。そしてエルフィは精霊の秘密を語りたがらない人が多いのだ。

そして、遺伝が多いエルフィは、親から子ですら精霊の情報を共有することは少ない。せいぜい仲良くなれるよう見つけ方を教えるくらいで、私も母に精霊と話したことを伝えることはしないのだ。

「でも、私、そんなの聞いたことなかったわ」

「まずお嬢様は緑のエルフィだ。植物の精霊たちは動物より植物に魔力を与えるのでは？　よく、芽吹いたまだ小さな芽を大きく育てたりしているでしょう」

「あっ」

レイシスの指摘にはっとする。そうだ、植物の精霊たちは私が与えた魔力を使い、花を大きくしたり弱い芽を強くしたりしている。それは、魔力をその植物に与えているからに他ならない。

「実はあの水晶玉での検査の後、お嬢様の魔力を奪った精霊の行動を不思議に思って調べていたんです。さすが国内最大の学園でした。図書館には、わずかながらも閲覧可能な精霊の文献がありましたよ。といってもほんの数ページしか記載されていないものがほとんどでしたが。その中に、水の精霊は海の生き物に魔力を与え鳥から身を護らせることがあると書いてありました」

「本当!?」

たとえ数ページでもぜひその文献はチェックしたほうがいいだろう。目を輝かせた私に、レイシスは今度ご案内します、と笑う。

「つまり、精霊がこの猫に何かをしてほしくて魔力を与えた……とか？」

「少し現実味がない話かもしれないのでなんとも言えませんが。でも俺はこの猫、以前も見ましたからね」

「え？」

「あの日、お嬢様が逃げた精霊を追って窓を開けた時に。飛び出したのは、この猫でしょう」

そうレイシスが言った時、私の膝にいた猫がびくりと揺れた。えっ、とレイシスと二人で顔を見合わせ、再び猫に視線を戻す。猫は、顔を隠して小さくなっていた。

「……いやここまでわかりやすいとちょっとどうなのかしら」

「……精霊、いるんでしょうか、ここに。お嬢様が見えない、植物の精霊以外の何かが」

部屋を見回してみるが、結局のところわからない。

どうしようかと顔を見合わせていると、ガイアスが帰宅する。

「おーい全員に伝えてきたぞー……ってあれ、どうしたんだ？」

きょとんとしているガイアスに、私たちは半信半疑ながらの推理を説明したのだった。

「おっはよーう！」

元気に部屋の扉を開け放ったガイアスに続いて私とレイシスも部屋に足を踏み入れる。ここは特殊科専用の屋敷だ。

先生に言われた通り朝食を終えてすぐ集まったのだが、私たちの後に王子とルセナが来て全員揃ったもののまだ先生が来ていない。思い思いの椅子に腰掛け、先生を待つ。

ちなみに猫は部屋でレミリアが見てくれているのでここにはいない。あの猫について、私はまだどうすべきかと悩んでいた。

昨日ガイアスにあの猫のことを話した時、彼から出された結論はとてもあっさりしたものだった。

「なら、まず猫の魔力検査してみたらいいじゃん？」

と。まず、本当に魔力があるのかどうか確かめないと意味がないだろうという、とても真っ当な意見だった。

といっても私たちのように水晶に魔力を送るだなんて、猫にできるわけがない。そもそも魔力を操れるなら小鳥に魔力を食われたりしない。あるならば、の話だが。

まず私たちが試したのは、私の能力で精霊に尋ねることだった。これでほぼ決定的な事実が出た。精霊に、この猫は魔力を持っていると思うか、と尋ねた際、にゃあと鳴いた猫を見て精霊は笑い周囲を飛び回り遊ぼうと声をかけたのだ。

私の質問に対する答えは、「秘密」という言葉と笑顔。これでこの猫は魔物ではないだろうと推測する。

精霊は、魔物に捕食される側と言われている。これはエルフィでなくても知る事実だ。故に北の魔物の蔓延る深い森は、精霊すら住みにくい死の森とも言われている。

その精霊が、猫に遊ぼうと声をかけているのだ。魔物である可能性はとても低くなったと見ていいだろう。

それでガイアスが提案したのは、入学の際の試験で私たちが魔力を調べられていた、魔力眼鏡という魔道具。

魔物の可能性が少ないのなら借りて調べてみればいいということだったが、しかし魔物でないと説明することもできなければ、魔力眼鏡はその辺りに売ってるものでも貸し出ししているものでもない。あれは魔道具科の新作だという話であったし、私たちの魔力を測定できずに作り直しを余儀なくされているという話だ。

魔力を帯びた珍しい猫なんて、魔物じゃないとしても調査したい人間はいくらでもいるだろうし、精霊が絡んでいるなら尚更である。危険だ。

ガイアスは、王子に頼んだらなんとかしてくれるんじゃないかと言ったが、その意見は私とレイシスが反対した。さすがに、王子にお願いするというのは大変難しいものがある。いくら同じ科で、身分関係なく同じ生徒であると校則が謳(うた)っていようが、王子はさすがにね……。

さてどうするか、と悩んでいると、フォルが不思議そうに私を覗き込んだ。

「どうしたの、アイラ」

「え、いや、ううん。なんでも……」

「あーっ!?」

私がフォルに顔を向けた瞬間、ガイアスが叫び、レイシスがソファから飛び上がる。

何かと思って視線を向ければ、そこに、金色の毛。

「ちょ！　どうしてここにいるの！」

「ってかこいつどこから入った！」

私とガイアスも慌てて立ち上がって、テーブルの上にどや顔（に見えただけだが）でたたずむ猫を捕まえる。あっさり私の腕に収まった猫はにゃあと鳴いて私に頬を摺り寄せてきた。

「お前らの猫か」

王子がじっと猫を見つめて問う。

私たちの猫といえばそのような、そうでないような。どうするべきか悩む私の前で、王子が低い声を出した。

「その猫から、離れろ」

「な、で、殿下。どうして……」

思わず猫を抱きしめ、王子から一歩下がる。

それを見て王子はすらりと腰から剣を抜く。ええ、ちょっと洒落にならない！

「ま、ま、待ってください殿下！　この猫は」

「その猫、気配がない。いや、薄い……？　とにかく、おかしい。俺が今の今までここにいる人間以外の気配に気付かないわけない。猫の姿をしているが魔法によるものではないか……？」

ぎゃー！　まさかの最悪の展開に慌てて猫を抱き直し、ガイアスとレイシスが前に出てくれたので遠慮なく下がる。

気配って、猫の気配って！　敏感すぎでしょう王子は何者ですか！　野生児か！

騒ぐ私たちに、どうすべきかと残りのメンバーの視線が向けられる。本を読んでいたルセナまで視線を興味深そうに猫に向けていて、困ったと焦る頭で考えた時、王子の言葉を思い出しはっとした。

「殿下！　猫を生み出す魔法があるのですか!?」

急に顔を上げた私に驚いたものの、王子は「は？」と剣を手にしたまま目を丸くする。

「レイシス、どうかしら、その可能性は？」

「いいえ、生命を生み出すのは無理です。ただ他に……そうか、変化魔法ならあるにはありますが……、難しいですね。動物に変化する魔法は大抵非常に魔力を使いますから成功率は低い筈」

「だが必ず失敗するものでもないんだろう？」

私たちがまるで王子の言ったことがありえる話のように相談し始めると、ルセナがぽつりと付け加えた。

「動物への変化は、自分より体の大きなもの限定です……」

「えっ」

告げられた言葉に驚いて猫を見下ろして、これが人間はありえないだろうという結論があっさりと出る。生まれたての赤ちゃんより小さいんではないだろうか。

猫はその視線をじっと王子に向け、大人しく私の腕の中にいる。……なんにせよ、王子の野生の勘？　ですらこの猫がおかしいと思ったのだ、やはり調べないわけにはいかないだろう。

「魔法でないのなら、魔物の可能性があるのかしら？」

「それは……」

ラチナおねえさまの言葉に、違うと否定しようと口を開くが、否定するにしてもその根拠を話せず言いよどむ。しかし、ラチナおねえさまの言葉を否定したのは、予想外の相手だった。

「それは、違う」

ふうと息を吐いた王子が、そう言いながら剣を鞘に戻す。どうして、と思ったが、王子はその意見を押し通した。

「それは魔物ではないな」

「デューク、なぜ？」

「それはアイラも同意見だな？」

「え……はい、そうですが」

フォルの疑問に対し、なぜか私も巻き込んで返答をする王子。思わず頷いたが、何かがひっかかった。

なぜ、王子はあれ程警戒していたのに突然剣を戻したんだろう。

王子は私と目が合うと、ふっと笑う。

「殿下はよせと言った筈だ、アイラ。デュークでいい」

「……はい、デューク様」

「デュークでいいと言っているのに」

いいえ、勘弁してください。


かくして、勝手に部屋を抜け出してきたらしい猫がここに現れてしまったことで、しっかり王子が疑ってしまい、しかし逆に事情説明と称して私たちは王子に協力をお願いするチャンスが訪れた。といってもこの状況では王子だけでなく特殊科全員に話すことになるので、精霊に関しては伏せることになったのだが。


「ふうん、魔力を食らう鳥に突かれていた、ねぇ」

「それならますます魔物の線が濃厚ではないんですの？」

否定の根拠がわからないラチナおねえさまが疑うのも無理はない。魔力がある動物というのはまず魔物ではないかと疑われるし、レイシスも下手に精霊の話をできず説明を口にしない。

そもそもなぜ動物に変化する魔法が自分より体が大きなもの限定なのかという疑問に対しては、ルセナがさっくりと説明してくれた。どうやら、動物に変化する魔法というのは、魔力を膨らませて自分の身に纏う形で見た目を変化させるもので、大きな服を着ている状態らしい。

つまり、失敗すると二本足の馬になったりする可能性もある。中身は人間だからね。そう考えると使えない魔法である。さらに、この魔法は自分のイメージするものを魔力で形作る為に相当難しく大量の魔力が必要らしい。うん、やはり使えない。

「魔物ではないかということに関しては、否定だ」

「その理由を仰(おっしゃ)ってもらえなければわかりませんわ」

王子相手でも自分の意見をはっきり口にするラチナおねえさまは、少し呆れたようにため息を吐いた。それに対し、フォルが苦笑する。

「まぁ、デュークもそうだけどアイラもそう言っているしね、デラクエル兄弟も異論がないようだから、そうなんじゃないかな。そもそも、ガイアスとレイシスが大事なアイラに魔物をいつまでも抱かせておく筈ないから」

「ま、それもそうですわね」

フォルの説明に、じっと私の両側を見たラチナおねえさまは肩をすくめて笑った。

だが、次の瞬間にはすぐ口を尖らせる。

「ちょっと、そこだけ通じ合ってるっていうのが面白くないだけよ」

少し潤んだ目で、拗ねたような口調で言うおねえさま。はっとしてレイシスに猫を預け立ち上がる。

「ラチナおねえさま！　私はおねえさまのこと大好きですわ！」

飛び込んでぎゅっと抱きついた私を、おねえさまは危なげなく支えて頭を撫でてくれる。

その時、頭の上でおねえさまから「ふふん」なんて得意げな笑いが漏れた気がするが、撫でられた頭が気持ちいいので特に気にしないことにしてその場でくつろぐ。おねえさま、胸大きいですね。

「ま、なんにせよさ、今のところ本当にこいつに魔力があるかわかんないだろ？　鳥に狙われたのも偶然かもしれないし、あとはデュークの勘だけだし」

ガイアスが漸く本題を口にした。だがしかしガイアスの話の中でさらりと告げられた敬称のない名前にぎょっとした。ガイアス、君、大物だよ。

「ではどうするべきだと？」

いつのまにかラチナおねえさまの隣にやってきたフォルが、私の頭を撫でながら問う。何してるんでしょう、でも気持ちいいので以下略。

「ほら、俺らが試験で使われてた魔力眼鏡ってやつ。あれで見ればこいつに魔力があるかわかるんじゃないか」

「なるほど……だがしかしあれは魔道具科の新作だ。相手の魔力を測定できるということは即ち強力な武器にもなる。管理は厳重だぞ」

納得した王子だが、すぐさま魔力眼鏡の扱いを口にする。

そうか、相手の魔力を見れるものが簡単に手に入るとあれば、この世界での犯罪率は激増だ。なんせ襲う相手が自分より強ければそれなりの対策をすればいいのだし、駄目なら諦めればいい。弱ければ、万々歳だ。

全力でのし上がりたいと思います。


「そうねぇ、無理じゃないかしら。魔力眼鏡はただでさえ今見直しがかかっているというし、魔道具科の生徒は基本強い魔力を持った人間を好まないわ」

ラチナおねえさまがフォルの手を叩き落としながら困ったように息を吐いた。

魔道具科の生徒が魔力を持った人間を好まない？　聞いたことがない話にラチナおねえさまにどういうことかと問えば、どうやら魔道具というのはそもそも魔力の少ない人間がメインとして使うものであり、そこを希望する生徒もやはり魔力がないと言われた人間が多いらしい。

やはりと言うべきか、魔力がないことに劣等感を抱いている人間が多く、特に特殊科だなんて目の敵にされている可能性が高いだろうということで。そんなぁ……。

「じゃあどうすれば……」

「忍び込んで奪うか？」

しばらく間が空いてからぽつりと呟き、ガイアスがお手上げ状態でため息を吐いた時、王子が挑戦的に告げる。

「は!?」

思わずラチナおねえさまの胸から顔を上げて王子を見る。ちょっとうとうとしていたが、決してよだれなんか拭いていない。

しかし、ガイアスはそうかと言わんばかりに顔を輝かせているし、レイシスもフォルも「魔道具科か……」なんて考え込んでいる。

「いやいやいや、それは難しいでしょう？　っていうか駄目でしょう!?」

「だが、それしか方法はないだろう？　盗むわけじゃない、その場で借りればいい」

そういう問題じゃない！　魔道具科なんて、他の科に忍び込むより大変だろう。なんせ対魔法相手に道具を作るのだ。鍵だって魔法で解除できないように魔力伝導が悪い金属を使っているだろうし、何より強力なのはあのマグヴェル子爵も使っていた魔法を打ち消す杖のような道具。

他の魔法使いを相手にするより、間違いなく私たちと相性が悪い相手だ。

それを説明しようとすると、何か言いたげに私と視線を合わせたルセナと目が合う。

どうしたの、と口を開きかけたその時、入り口から堪えきれないと噴き出した笑い声が聞こえた。

「ははっ、はははは！　お前ら、面白い発想するな」

「アーチボルド先生」

いつからそこにいたのか、先生が体を震わせながら部屋の奥へと進む。小ぢんまりした机に手にしていた本や書類をどさどさと置くと、愕然とした王子に「俺がお前に気配を悟らせるわけがないだろ」とにやりと笑った。あ、王子顔真っ赤です。

「魔道具科に忍び込むのはやめとけ。お前らじゃ無理だ、あいつらどんだけ魔法使いに対しての対策をしていると思ってる？　学園の警備を馬鹿にしないほうがいい」

いまだにおさまらない笑いでくっくっくっと息を乱しながら先生が言うと、むっと王子たちが眉を顰める。

「それよりルセナ、何か言いたいことあったんじゃないのか？」

先生の視線がルセナに向けられる。ルセナは眠そうな目でこっくりと頷くと、ただ一言「作ればいい」と告げた。

「作る？　作るって、魔力眼鏡をですか？」

「それこそ、無謀なのでは。俺たちは作り方を知りません」

フォルとレイシスが眉を寄せる。だが、それを見ると先生は、にやりといいことを思いついたと言わんばかりの笑みを浮かべた。

「よし、お前らの授業内容決めた」

嫌な予感がしたのは言うまでもない。


「魔力眼鏡の材料はな、実は王都内で採取できるんだぞ」

先生が考え付いた授業というのはこうだ。

魔力眼鏡は、間違いなく貸し出しは厳禁。であれば、特殊科の生徒であるのだから、『自分たちでそれに近い何かで猫の魔力の有無を調べてみろ』と。

そもそも特殊科というのは、所属する科の他にも広く知識を得る為の科であり、縁のない魔道具が対象であっても同じことであると。

軽い口調でそう語ってくれたが、その内容はひどく難しい。

そもそも私たちは魔力の大きさで特殊科に選ばれたのだ。魔力が大きい人間ほど、魔道具からは縁遠い。例えば、魔法油に火石を入れるだけのランプだって、魔力を使わないようであるがあれは厳密に言うと魔道具ではない。

あれは、人間が持つ魔力に反応している火石が、魔法油に入れられた際にその魔力反応で一瞬内部が発火し点灯するのだ。つまり魔力がない者の手ではランプは点かない。点いてしまえばその後は魔法油の力を借りて光を持続しているのだが、これは魔道具とは言えないだろう。

魔道具は、魔力がまったくない動物ですら使えるものだ。まず、この世界にいる人間で魔力がまったく存在しない人間というのは極少数。本来はその彼らの為に存在する魔道具だが、これがまた高価でなかなか買えるものではない為に、魔力がある人間がわざわざ使うということはほとんどないのだ。

「期間は一ヶ月。その間に魔力眼鏡、もしくはそれに近い何かで調べて結果を報告しろ」

「ちょっと待ってください。授業って、そんなヒントもなしに？　専門である魔道具科の新作である魔力眼鏡と同レベルのものを？」

私たちは普段それぞれの科でも授業を受けている。その授業についていけないということはない、むしろ特殊科の生徒たちは余裕を持って授業を受けられる知識と魔力だからこそ選ばれたのだと科の教師に聞かされたが、それと並行してやるにはさすがに難しい課題を今提示されているのではないだろうか。そもそもまず、授業内容を今思いついたのはどういうことかと突っ込みたい。

「というか、先生、その間猫どーすんだ」

ガイアスが呆れたような口調で言う。

確かに、猫の魔力を早く調べたほうがいいと判断したからこそ王子も物騒ではあるが忍び込むとかちょっと荒っぽい案を出したのだ。

「それなら、気にすんな」

先生はふっと笑うと猫を見つめる。レイシスの腕の中にいた猫は、びくりと体を震わせて尻尾をぺとりと自分の体にくっつけ、小さくなる。

「あら先生、この猫ちゃん怖がってますわ」

「ま、そうだろうな。ちなみにその猫に魔力があるかどうかも、猫であるかそうでないのかも、俺わかってるから」

「……はぁ!?」

ガイアスが思わずといった様子で素っ頓狂な声を上げた。続けて、だったら、と言いかけたのを、先生はにやりと笑って止める。

「いいか、これが特殊科最初の授業でテストだと思え。『自分たちで魔力眼鏡もしくはそれに近い何かで猫の魔力の有無を調べろ』が、テストだ。もう言わないぞ、しっかりやれ。猫に関しては一ヶ月後に結果がわかったとしても問題ない」

授業だからな、質問されたことが答えていい範囲だと判断したら答えてやる、と先生は言うと、さっさと椅子に座り先ほど持ち込んだ本に目を通し始めた。なんとも適当である……。

どうする……？

誰が最初にそう呟いたのか。

先生の机から少し離れた位置にある大きなテーブルを中心に置かれたソファに腰掛けた私たちは、まずこの予想もつかない無理難題に近いテストとやらをどうクリアすべきか悩む。

まずレイシスが鞄から教科書を取り出し調べ始めた。ルセナも、自分の持っていた本を置き教科書を取り出す。

教科書といっても、私たちは騎士科、医療科の生徒ばかりであるので、魔道具に関しては何も記載されてないと言っていい。ただ、何かヒントがないかと開いたのだ。

医療科はたくさんの薬に使える動植物、金属他自然にあるものについて書かれているが、騎士科はどうなのだろうと思ってちらりと見ると、レイシスが見ていたのは王都内の大雑把な地図だった。

どうやら有事の際の防衛地点などを、自分たちの予測で作戦を立てる為のもののようだが、そもそも詳細な地図というのは出回りすぎると防衛に穴が開くので、随分と適当な地図である。これをレイシスは何に使うのだろう。自分の教科書を出しつつ首を傾け覗き込めば、レイシスは見やすいように少し私の方へ教科書を寄せてくれた。

「お嬢様の教科書も見せてください。できれば王都内で手に入る植物、鉱物がわかるところを」

「……ああ！」

そこまで言われて漸く、先生が材料は王都内で採取できると言っていたのを思い出す。急いでぺらぺらと本を捲り、目的の項目を探し出すと、全員がそのページを覗き込んだ。

「眼鏡の材質はなんだろうな？　レンズ部分はもしかしたら特殊な鉱物なんじゃないか？」

「レンズは普通で、何か植物の汁を塗り込んであるのかもしれない。植物は魔力を宿しやすいから」

「あら、そもそも魔力眼鏡って、どういう形かしら。とりあえず、それを通して見たものの魔力が見えるという認識でいいのかしら？　どなたか、試験中見まして？」

それぞれが意見を出し合い、それをルセナが書記の役目を引き受け紙に書き付けていく。

もし、植物が関係しているのならもしかしたら私が調べることができるかもしれない。そう思いこの後の予定に精霊と会う時間があるかどうか考えていると、いつの間にか室内をうろうろしていた猫が戻り、テーブルにその小さな体をとんと載せた。

「アイラ、そういえばこの猫ちゃん、名前はなんですの？」

「え？」

思わず本から顔を上げ、テーブルの上で丸くなっている猫を見る。名前……名前？　そういえば考えていなかった。そもそも、飼う予定があったわけでもないのだが。

じっと猫を見て、こうなったら飼ってしまおうか、どうせレミリアが昨日猫を飼う為の道具は一式揃えてくれているしと悩んでいると、ガイアスがにかっと笑って後押ししてくれる。

「いいじゃんアイラ、懐いてるみたいだし、どうせ魔力についてわかるまで外に放り出すわけにいかないし」

「そうなんだけど」

別に飼いたくないわけではなくて、むしろそばに……とは思っているのだが、生き物を飼うというのは半端な覚悟ではいけないと思う。

その金の毛に、レモンを足した紅茶のような色の瞳を見ながら、躊躇った私は少し皆から視線を外す。

「うん、とりあえず、魔力の有無がわかるまでに考えてみる」

その答えに、ふにゃーんと猫が悲しげに声を出したのは恐らく偶然ではない、のだろう。

私たちが魔力眼鏡について調べ始めてから三週間がたった。期間は一ヶ月と言われたのだから、後一週間しかない。だが、成果はこれと言ってなかった。

それと猫であるが、あの日部屋に戻った時に半狂乱気味でレミリアが「猫さんがいないのですううう！」と泣きついて来たのを機に、居場所がわかる魔法入りの首輪をつけ、絶対にここから出るなと言い含めてからは、大人しく私たちの帰りをレミリアと待つようになった。ちなみに名前はなぜか王子が「アールフレッドルライダー」と妙に立派な名前をつけてくれた。長いので王子以外はアルくんとしか呼んでいない。

課題を出された私はすぐ精霊に、魔力を調べられるような植物があるかと聞いてみたものの、答えは知らない、だった。つまり精霊が知らない用途で植物を使っていない限り、魔力眼鏡に植物は関係していないことになる。

なんとも曖昧な答えなのは、そもそも人間は急に思いつきもしない用途で植物を摘み取っていく人もいるからだそうで、例を聞くと最たるものは子供がアカラという木の実を玩具(おもちゃ)として持ち去ることだそうだ。

アカラという木は、親指と人差し指で丸を作ったくらいの大きさの緑色の実をつける大樹なのだが、実がとても苦く人間が食べることはない。だが、鳥たちには好まれる果実のようで、人間が採ることのない実を鳥が存分に楽しんでいたらしいのだが、どうやらアカラの実はぶつけて割れると実の色を赤く変える性質があるらしく、最近は玩具として王都に住む子供たちに採られているらしい。予想外もいいところだ。精霊が思いつかない使い方をされていたらわかりませんという答えはごもっともである。

先生からもちょくちょくヒントはもらう。

例えば、図書館のどの辺りに重大なヒントになる本があったぞ、とか、考える方向性が合っているか尋ねると「もう少し着眼点を変えてみろ」だとか。

ほぼ毎日いろいろ質問してはそれに対して答えてもらっているのだが、まったく近づいている気がしない。

おかげで空振りが続くものの、鉱物や植物だけではない、地形や、滅多に使わないであろう抜け道になるような細い通りまで、王都の知識が深まっていく。

植物に当たりがなさそうだと私の様子を見て感じ取った王子が、動物もしくは鉱物に絞ろうと皆に指示を出した為に、今日は三組に分かれてそれぞれ気になるものを採集に出ていたのだが、夕方前に特殊科の屋敷に最後に飛び込んできたガイアスとルセナのペアが、手に握り締めていた紙を私たちのいるテーブルにばんと叩き付けた。

見覚えのある用紙は、王都の出入り口付近にあるジリオ斡旋所の依頼専用の用紙だ。王都内の何ヶ所か回って精霊に話を聞いている際に見つけたのだが、まぁ前世のオタク知識で言うなら間違いなく、クエスト掲示板とか冒険者ギルドとかそういった場所だよなぁとわくわくして見学した。目的を忘れていたのは言うまでもない。

学園を卒業した後、騎士科や兵科、錬金術科や医療科の一部の生徒は、斡旋所で経験を積んでから社会に出る人も多いと聞いて、一緒にいたガイアスも私とわくわくとその日は依頼を見ていたのだが。

さてはガイアス、好奇心で今日も出向いたな？　と思いつつ、その依頼書を見る。

「王都北西の崖上部に埋まった色ガラスを持ってきてほしい……？」

「なんだこれ？」

我が国の王都は昔の名残らしく、ドーム型で見えない魔法の防御壁を防衛の為に張るようになった今も基本的に高い外壁に囲まれているが、一部北西の方角に、北のジェントリー領に繋がった山から崖となっている城壁のないむき出しの場所がある。山の上から少し先に広がる整備されていない森が所謂魔物が蔓延る死の森であるのだが、魔法の壁がある今は、そのむき出しの壁がない崖は放置されているのである。

「なんで崖にガラスが？」

「初めて聞いたけれど……ガラスって土に埋まってるものでもないでしょう？　なんでしょう、この依頼」

「あーもう、そうじゃないって！　依頼者だよ！」

ガイアスがじれったいと言わんばかりに依頼書の下の方を指差す。そこを読んだ私たちはみんな、ぴしりと固まった。

「クラストラ学園魔道具科⁉」

「魔道具科の依頼ってことはまさか……そのガラスが、眼鏡の材料……？」

私の頭の中にある想像は、言葉となって王子の声で全員に浸透していく。

「明日早朝、ここに集合だ」

不敵に笑う王子の言葉に、全員が一斉に「了解！」と頷くのを、後ろの机でにやにやとアーチボルド先生が見ていたことなんて、後日私が精霊に教えてもらうまでは誰も気付くことがなかったのである。


次の日の朝早く、まだ日の出を迎えたばかりの頃屋敷に集まった私たちは、それぞれ制服の上に上着を着込んで準備を整える。

さすがに、まだ夏というには早く、朝方は随分と冷え込む。しかも私たちは移動時間の削減の為に、これから魔法の一種である風歩移動を使うのだ。

風歩移動とは、一歩を風の魔法を使い大幅に広げ跳躍距離を伸ばすことで……と言うよりはほぼ飛んでいる状態で移動する魔法である。特に発動呪文はいらないが、足に衝撃を和らげる魔力を溜め、更に一歩を大きくする風の魔力を操り、そして全身に受ける風の抵抗を和らげる力も使う、少し要求技術が高い魔法だ。

上手くやらなければ足を挫くし、ひどければ転んだり、あまりの風の抵抗に息ができなかったり、飛びすぎて大怪我をしたりとリスクが大きく、風歩移動を一般の人間がやることは滅多にない。

私も小さい頃からゼフェルおじさんに教えてもらっていたのでなければ、間違いなく転んでいたと思う。

「さて、行くか」

どうやらここに集まった七人のメンバーで風歩移動を使えない人はいなかったらしく、さすが特殊科だと驚いた。

私とガイアス、レイシスはそれこそ幼い頃からこれで遊んでいたと言っても過言ではないが、私たち以外ここにいる人間は生まれながらの貴族だ。一人正統な王子もいるし。

こんな危ない遊び……もとい、魔法を練習していたのかと驚くのも無理はない。特におねえさま。

王子が身体に魔力を纏ったのを確認して、私たちも全員それに倣う。

今日、王子はいつも引き連れている護衛を連れていなかった。どうやら護衛に掛け合い、特殊科の生徒が一緒に行動することを条件に少し離れたところで護衛に回ることを承諾させたらしい。つまり、何かあった時に飛び出してこれる距離にはいるようなのだが、さすが王子の近衛は若輩者の私たちに気配を悟らせることはなかった。

他にも、特殊科の上級生に王子の護衛を引き受ける生徒もいるらしいのだが、今回は遠慮してもらったようだ。つまり本当に緊急の場合王子を護るのは私たちになる。

よくそんな責任のある役目を新入生に任せたものだ……と思わなくもないが、ちらちらと見える王子の剣や腰のベルト、足首や手首に見える魔石が、かなり強力な防御の魔法が組み込まれているもののようだし、王子自身にもうっすら感じ取れる程度だが防御の魔法がかかっているように思うので、一応できうる範囲で万全を期したのだろう。

ヒュウッと音が耳に届いた時には、私たちは大きく移動を開始していた。

すごい勢いで景色が後ろに流れていくが、それを堪能することはできない。前、そして自分の足場だけを見て、皆それぞれの距離を保ちつつ跳んで行く。森の中ではない、障害物の多い街中での風歩は神経を使う。

やがて学園を抜け、王子が細い路地へと足を踏み入れた。私はこの技を学んだ時、屋根をぴょんぴょんと跳ぶ図を想像したのだが、実際にそれをやるのは緊急時だけにしなさいとゼフェルおじさんに注意されたものだ。

車の屋根の上に、鳥に降り立たれた経験があればわかるだろうか。あれは実は非常にうるさい。家の屋根に人間がドンドンと足を載せていたのであれば、その騒々しさは察することができるだろう。まして今は早朝である。細い路地を通るのは仕方ないことだった。

裏路地というのは、いつの時代もどこの世界も共通であまり治安がよろしくないので、いくら辺りが少しばかり明るくなっていようが周囲に細心の注意を払いつつ進んでいく私たちは、やがて左前方に大きくむき出しの崖を視界に入れることが出来た。

その瞬間、ちらりと家と家の隙間に私は人影を見た。じっとこちらを見つめる視線と、私の視線が一瞬絡み合う。ぞくりと冷たいものが背筋を走り、私は用意していた緊急時の合図を飛ばす為に腰にある道具入れに手を掛けた。

だが。

「くっ！」

こちらに向けられた光る何かに咄嗟に私は手を払う動作で水の壁を作り出す。

ばしゃんと流れる水の音に反応した全員が一気に身に纏う魔力を高め、その場に止まる。私が水で叩き落とした光る何かは、無残に地面に落ちたものの鋭利な刃をむき出しにしていた。

「てっめぇ、何者だ！」

私の少し後ろを跳んでいたガイアスが、すぐさま敵の位置を把握し剣を抜く。

「駄目よガイアス！」

相手がどれだけの技量かわからないのだ。無防備に飛び掛かっては危ないと止めに入るが、私が叫んだ時にはガイアスは剣を振り上げていた。

「ガイアス！」

ガイアスの横腹に向けて再び光る刃物。それを防いだのは私の横にいたレイシスで、風の魔法で小刀を巻き上げ、自分の手元へと奪い取る。それを見た相手は、はっとして飛び出してきた。

黒い衣装で体をほぼ隠した、小柄な人間。肌を露出しているのは目の部分だけで、男か女かもよくわからない。

「氷の剣（アイシクルソード）！」

フォルの手に一振りの氷の剣が握られ、それが朝日を反射してきらりと光る。しかし、その刃を難なくかわした相手は狙いを再びレイシスに定め、先ほど私が水で叩き落とした小刀を何かの魔法でさっと拾い上げ手中に収めると、素早くレイシスに飛び掛かる。

レイシスが足のホルダーから短剣を素早く抜き取り構える。魔法ではなく、直接応戦するつもりらしいと気がついて周囲を確認すると、ラチナおねえさまとルセナが何かを唱えていることに気がついた。

右手に自らの短剣、左手に敵から奪い取った小刀を構えたレイシスが、敵が目前に迫った瞬間後ろに大きく跳んだ、その瞬間。

「フェアリーガーディアン」

「酸の雨（アシッドレイン）！」

ルセナが唱えた魔法で私たちの周りに薄い膜が現れ、ラチナおねえさまの魔法が雨を降らす。酸の雨はその名の通り触れたものを溶かす恐ろしい雨を降らす魔法だが、大抵の場合はそこまで辿り着くことがない防御魔法解除術だ。それでもかなり高度な魔法であるので、実際に見たのは初めてである。なぜ使えるのでしょうか、おねえさま。

そしてルセナの魔法に関しては、私が知らないものだった。だが、薄い膜にありえないのではと思う程の魔力が込められているので、相当難しい守護魔法だと思われる。

そういえば最年少で入学した少年は素晴らしい防御魔法の使い手だという噂があった。当然それはルセナのことなのだと改めて認識し、素晴らしい魔法を見る機会に感激した。

逃がさない為にか、広い範囲に雨が降り注ぐのに、私たちにはほんの一滴も触れることはない。しかし、敵の体にはじわじわと水が染み込んでいたようで、レイシスが手を振り上げ風を巻き起こした瞬間、悲鳴が周囲に響き渡った。

「ぎゃあああああああ！」

頭を振りもがくが、触れた雨が防御術と衣服を溶かし、肌を露出する。風がそれを切り裂き赤く雫を散らしているが、ほっそりした白い手は、女性を思わせるものだった。

程なく雨が消え、私たちを囲っていた膜も消えた時、覆っていた布が消え顔を両手で押さえた相手ががっくりと上を向き膝を地面に落とす。もはや着ていた黒い服も穴だらけで、ところどころ白い肌を露出していた。

「鎖の蛇（チェーンスネーク）」

王子の唱えた呪文が容赦なく敵を捕まえる為に蠢（うごめ）く。王子はいつの間にか現れていた護衛に周囲を固められ、ほんの少し離れた位置に移動させられていた。その為蛇が捕らえるまでに距離があり、敵は何かを呟くと周囲に無数の風の刃を生み出す。

威力は、弱い。そう思ったのに、次の瞬間辺りにはびりびりとした魔力が張り巡らされた。

同時に感じる、恐ろしい気迫……向けられる憎悪。

「なんだ!?」

ガイアスとレイシスが素早く私の前に立ちふさがり防御魔法を生み出し、ルセナが横にいたラチナおねえさまとフォルを守るように再び薄い膜を張り、少し離れた位置にいた王子と護衛もすぐさま同じような魔法を展開している。

敵の女が片手で顔を覆ったまま、ぽいと何かを捨てた。

ころころと地面を転がる小瓶。手に隠せるような、本当に小さなものだが、嫌な想像をするのには十分だった。

「何か飲んだのか！」

急に増えた魔力。向けられる恐ろしい程の怒りの感情。どうすべきかと誰しも防御の魔法を維持しながら考えているのだろうが、それでは遅かった。

「くっそ！」

次々と繰り出される風の刃が防御魔法の中にいる私たちを切り刻もうと襲ってくるせいか、珍しくレイシスから荒々しい言葉が漏れる。それほど、防御壁を保たせるのに精一杯なのだろう。ガイアスも下手に動けず剣を構えたまま歯を噛み締め、フォルたちも動けずにいるようだった。

その時私は、一つの確信と違和感を感じる。

風の刃が私たちをばらばらに襲っているように見えるが、王子のいる場所には一切近づかないのだ。少し離れているせいで距離が足りない、ということでもないだろう。刃は、大きく跳び私たちの後ろからも襲ってきている。飛距離は十分だ。つまり、狙いは私たちの中……いや、もしかしたら。

不意に風の刃がぴたりと止んだ。ガイアスが剣を構え腰を低く落とし、フォルも同じように構え、ほぼ同時に飛び出す。ルセナも剣を抜いて構えた。

レイシスは私を庇い下がり、私も次の魔法を発動させるべく呪文を唱え始めた、のだが。

「レイシス!!」

ガイアスの叫び声と同時に、低く呻くような声がすぐ隣から聞こえた。はっとして慌ててレイシス

を見れば、彼の手から小刀が弾き飛ばされる。

「水の蛇（アクアスネーク）！」

すぐさま魔法で蛇を生み出し相手に向け放ったのだが、相手はガイアスとフォルの攻撃を易々（やすやす）と避け、小刀を回収するとこちらに向けて何かを投げつける。

「風の盾（ウインドシールド）！」

叫んだのはフォルだ。彼の広範囲の風の盾が相手の投げたものを弾き飛ばしたが、それはすぐにごうっと風に煽られて白い煙を撒き散らし、辺りを白く染め上げる。

「しまった！」

恐らく敵が投げたのは発煙弾だったのだろう。見事に風の盾で拡散した白い煙が周囲を埋め尽くし、視界が遮られたことでフォルが焦った声を出したが、自分の魔力を追った私はすぐさま叫んだ。

「大丈夫！　敵は逃げた、追撃はない！」

水の蛇は私たちから離れて行っている。蛇の魔法だ、相手が離れた為に後を追っているのだろう。

「煙を払います！」

ぱっとレイシスが両手を振り上げた時、ぶわりと巻き起こった風が吹き荒れ煙を上へと拡散していく。

後に残ったのは、呆然と立ち竦（すく）む私たちと、捨てられた小瓶だけ。

「なんだよ、あれ」

呟いたのはガイアスだ。

「……とりあえず、ここを離れませんか」

ルセナがそう言いながら小瓶を拾い上げ、それをラチナおねえさまに渡す。

「医療科で、小瓶の中にあったものの成分を調べられますか？」

「やってみますわ」

おねえさまがしっかりその小瓶を受け取ったのを確認して、私はレイシスの手首を掴むとその手を注意深く調べる。小さな傷があったので、すぐに治癒魔法をかけ、他にも怪我人がいないか確認する。

「これでよし、かな……えっと、どう、しましょう？」

とりあえず皆を見回してみる。目的はまだ達成していないが、これから行って帰ってくるとなると、午前にそれぞれの科で授業があるのだが間に合わないだろう。

「正直誰が狙われたかわからないし、これ以上は危ないんじゃないかな」

フォルがはぁと息を吐きながら額を押さえた。

「危険ですので、どうぞお戻りを」

王子の護衛がここに来て初めて口を開くが、言葉は促しているだけであるのに声がそれ以外は認めないと言わんばかりの気迫がある。

「仕方ないですわね。今は一度戻りましょう」

頷き合って、再び足に魔力を溜めた。今度はなるべく広い通りを選び、皆で学園に戻る。

その道中、私はあの敵が、間違いなくどうしても奪い返そうとしていた小刀を思い出していた。

私はあれを見たことがある筈だ。

最初に、目が合ったのも私。

何らかの薬を飲んで魔力を増大させてまで、あの憎悪を向けられた相手、それは。

間違いなく、私だ。

午前、いつも通り医療科の授業を終えた私とフォルとラチナおねえさまは、騎士科の王子を除く三人と合流すると、昼食にパンやサラダ等が詰められたランチボックスを食堂で購入して特殊科専用の屋敷へ向かう。

ランチボックスは貴族が買うことなんてほとんどないものだが、日替わりでとてもおいしいパンに新鮮なサラダ、そしてから揚げのような簡単に食べられる一口サイズのお肉などが入っていてボリュームも満点で、おまけに零れないよう蓋付きの容器には熱々のスープ入り。私たちのお気に入りである。

私は抵抗なんてなかったが、フォルたちに本当にこのランチを勧めていいのかと初めは躊躇った。だが彼らは毎日中身が違うランチボックスを楽しんでいるようで、最近ではこれを買って屋敷に向かうのが定番だ。

大抵の場合午後は騎士科医療科共に午前習ったことの復習の時間に充てられるので、特殊科が授業として集まるのはその時間である。王子は部屋で食事をとるらしくいつも別行動だったが、なんと今日は部屋に足を踏み入れた時、ランチボックスを用意した王子が既にそこにいた。

「え、あれ？　殿……デューク様、今日はこちらで？」

「お前たちがいつもここでこの食事をとっているのは知っていたんだ。今日は話もあるし共に食事をしようと思ってな」

ふっと笑みを浮かべる王子は入り口で足を止めていた私たちを中へと促す。

王子は意外と気さくである。最初会った時は性格悪そうだなんだと思ってみたりしたし、実際意地悪なところもあるようだが、それは気を許した相手のみのようだ。フォルととても仲がいいらしく、空いた時間はよく二人でボードゲームを楽しんでいる。

若干俺様の気質はあるが、それに見合った実力を持ち、周囲を注意深く見ていて信頼もできる。実際特殊科で動く際も彼がリーダーとなって纏めると、これほど個性豊かな性格と特徴があるメンバーにもかかわらず効率よく動ける。

ふと、ここにいると、この理不尽な世界に対する怒りが和らいでくるように思う。それはひどく罪悪感を感じつつ、それでもぬるま湯に浸かることに慣れてしまっていたのか。ただ、私の中に燻る怒りとの葛藤もあり、とにかく、私は油断していたのだろう。

やはりここは厳しい世界だ。朝のあのやり取りは、命をかけたものだった。少なくとも、襲ってきた敵は間違いなくそのつもりだっただろう。矛先を私に向けて。

「それで、今朝のことだが」

食事も終盤に差し掛かる頃、王子が話を切り出した。誰か、あの女についてわかるやつはいるか、と。

「……少なくとも、デュークを狙っている感じではありませんでした」

ルセナが眠そうにしつつも玉子のサンドイッチを食べ終えてから、朝のことを思い出すように静かに告げる。

「そう、ですわね。初めから最後まで、デューク様に攻撃を仕掛けた様子はありませんでしたわ」

ラチナおねえさまが頷きながら、しかし不思議そうに首を傾げた。確かに、誰よりも襲われる危険性が高いのは、客観的に見れば王子だろう。

例えばいつの時代もいるであろう、王家に不満を持つ人間だとか、今はいないが、王太子の座を兄弟で争っていたりだとか。いや、王子の兄弟は妹姫しかいなかった筈だけれども。

言わなければならないのはわかっていても、ついごくりと一度唾液と一緒に言葉を呑み込んだ。

「あの……」

意を決して口を開く。全員の視線がこちらに向けられ、王子が少し目を細めた。

「アイラ、何か知っているのか」

「……たぶん、ですけど。彼女、一度私が相手をしています」

「お嬢様、」

「あー！　あの女、あいつか!!」

私が白状したところで、何か言いかけたレイシスを遮ってガイアスが漸く納得がいったと叫んだ。どうりで見たことがある筈だ、と。それに対し、レイシスが不愉快そうに眉を顰めガイアスを睨むように見る。恐らくだが、レイシスは隠せるなら隠すべきだと判断したのかもしれない。

たぶんレイシスは気づいていた。狙いが私だということも含めて。それを確認する為にわざわざ小刀を一度回収したのだろう。あの小刀は、……以前レミリアの髪の毛を切ったあの侍女のものと同じ筈だ。

私は確認していないが、貴族は自分の護衛に家紋の入った武器を持たせることが多い。それを考えると、なぜあの女性は最初に一度その小刀を私に向けて投げてきたのか、疑問である。

わざと、気付かせようとしたのか？　だけど最後は命がけで取り返そうとしていたし……。

「相手をしたとは？　デラクエルの双子も知っているのか」

「……以前お嬢様によくわからない話をしてきた相手の、侍女ではないかと」

忌々しげにレイシスが口にした言葉は、相手を庇う様子のまったくないものだ。濁しているものの、言いがかりをつけてきた相手と言っているのだから。

「絡んできた相手を、アイラが相手したのか？」

「私の侍女を貶し攻撃してきましたので、去り際に相手の侍女と護衛の方が『誤って落とされた』武器を、その主人にお返ししたまでです、もちろん穏便に」

「いや、それ穏便じゃないだろ」

王子が呆れたように突っ込むが、それより目を丸くしたルセナの反応の方がショックだ。彼があんな目を大きくしてるのを初めて見ましたが。フォルも一瞬驚いた後くすくす笑っているし、ラチナおねえさまなんてよくやったみたいな顔してる。やっぱりやりすぎだったかな……。

王子が、武器って……と顔を引きつらせたので、すかさず「もちろん鞘から抜いておりませんわ！」と返してみたが、そういう問題じゃないと怒られた。なぜだ。

「その武器……侍女が使っていた武器が、小刀だったんです。見た目が似ていたので、家紋を調べたかったんですが」

ちらり、とレイシスを見ると、彼は私から視線を逸らし、王子にまっすぐ向けると、すみませんと謝罪した。

「家紋を見る暇は、ありませんでした」

えっ、レイシス、見ていなかったの？

驚いて彼を見るが、彼は王子に視線を向けたまま話を続ける。

「ですので、相手に問いただしても証拠を出せと言われると厳しいかもしれません」

「いい。お前ら三人が同一人物だと思うのなら、その侍女に直接会って確かめよう。それで、どこの家の者だ」

王子の視線がこちらを向く。じっと見つめられる視線に、観念して白状した。

「フローラ・イムス嬢です。あの、デューク様、今回の件、ご迷惑をおかけして申し訳ありませんでした。どうか、彼女に直接話を聞くのはお待ちいただけませんか」

「ならん。アイラを狙った者だとしても、俺にフォル、ルセナやラチナも共にいるところをやつが襲ってきたのは事実だ」

「しかし、デューク、本当に、イムス家の者だという確証はないのです」

レイシスが一緒に王子の説得に動いてくれる。

彼はここ数週間で、頑なに「殿下」と呼んでいたのが、デューク、と名前呼びにいつの間にか変化していた。どうやら、騎士科の授業で何かあったらしいのだが、ガイアスが「仲良くなるのはいいことだ」と喜んでいたので、友人として名を呼ぶようになったのだろう。私のお嬢様呼びもそれで以前のように戻してくれればいいのに、と思いつつ彼らにできた友人を喜んでいたのだが、どうやらガイアスとは違いやはりレイシスは王子という壁を取り払いきるのは難しいらしく、名を呼ぶ声は少しばかり小さい。

　というより、ガイアスとレイシスに説明を任せていてはいけない。間違いなく今回のことは、私が前にやらかしたせいで恨みを買ったせいだ。

　だが、それならばなぜイムス嬢は、特殊科の生徒が揃っている時に襲うような指示なんて出したのか……。疑問は残るが、王子が出向いたら領主が一人消える騒ぎになる。狙いが私であるのならば、私が動いたほうがいい。

　まして彼女は、商売敵が理由で絡んできたのだ。いや、それは決していいことではないけれど、それで領主が断罪されるのは本意ではない。

　そう思い、必死に説得すること小一時間。既に先生も現れ、何だ何だと話をラチナおねえさまに尋ねているのが視界に入ったが、相手も引かなければこちらも引かない。

　結局先生が、生徒が襲われたのならさすがに調査が入るだろ、とさっさと手続きに行ってしまい、私は自分の力の足りなさをしっかりと自覚する羽目になったのである。

　王子の護衛の証言もあり、あっという間にその日のうちにイムス嬢のところへ調査が入った。

　さすがに先生が王子やフォルが出向くのはなしとなり、眠気が限界だったらしいルセナを除いた残りのメンバーに、王子の護衛一人と、学園の警備を担当している騎士で向かう。

　部屋で授業の復習をしていたらしい彼女は、予想外にも小刀の話をガイアスがし出すと証拠の品があるわけでもないのにあっさりと「家紋入りのものを渡した」と認め、だがしかし不敵に笑って見せた。

「彼女は怪しげな男と取引しているとの話が持ち込まれたのでとっくの昔に解雇しておりますわ。どうせ学園に来る前に雇ったばかりの新人でしたし、使えない上に怪しい人間などいつまでもそばにおいておく筈ないでしょう？」

駄目なら父にでも話を聞いてみればいい、うちはもうあの女とは関与してないのだと言い放ち、襲われたのはベルティーニが個人的に恨まれているからではなくて？　と、私ににやにやした嫌な笑みを浮かべて見せた。

「だがしかし、特殊科が集まっているところにあなたの元侍女が攻撃を仕掛けたとなれば、そちらも調査しないわけにはいかないのですよ」

学園の警備を担当している騎士がそう告げると、フローラはなんですってと目を剥いた。

「まさか、フォルセ様もいる場所に不届き者を近づけたというの、あなたは！」

怒りの形相で私に詰め寄るフローラを、ガイアスが慌てて止める。

「だからお前の侍女だろ！」

「知りませんわ、もう解雇した人間です！　ベルティーニを狙ったのではありませんでしたの!?　あの女、まさかフォルセ様に何か!?」

「なぜそう思うのです？」

これまで黙っていたラチナおねえさまが、恐らくフォルのことをこの令嬢が好きなのだろうと思いつつも少しの違和感を抱いたのだろう、問えば、びくりと一瞬震えたフローラが、ぼそぼそと呟くように言う。

「だってあの女、よくフォルセ様のこと調べていたから……」

「……え？」

思わぬ情報である。相手は、私を狙ってきたのではなかったのだろうか……？

不思議に思い隣のレイシスと目を合わせると、彼は少し険しい表情をしてゆっくり首を振った。

何も言うな。恐らくそう言っているのだろうが、私は感じた違和感を拭えずにいる。間違いなく私に向けられた憎悪の感情は、本物だったのに。

「とりあえず、あなたにはお話を伺わないといけません」

「な、なんでよ！　私は関係ないわ！」

そうはいかないのです、と騎士に説得され、フローラが連れられていくのを見て、慌てて彼女の後を彼女の護衛の男が追う。ふと、その護衛がこの前連れていた男とは違うことに気付いて、もしかして、と思う。

そのことに囚われていた私は、レイシスがガイアスに何かを耳打ちしていたのを見ても、目を合わせようとしなかったレイシスのいつもとは違う行動にも、違和感に気付くことはなく、後日ひどく後悔することとなる。


「あーもうー間に合わないわよどうしよう！」

ラチナおねえさまがテーブルに突っ伏して嘆く。私も手にしていたガラスをテーブルに置くと、疲れた体をソファに預け天井を仰いだ。

「ただのガラスよねぇ、どう見ても」

「そうですねぇ、だって元はステンドグラスらしいですし」

あれから五日。先生に言われたテストの期限は明日だ。私たちはいまだに猫の魔力を測定できずに頭を抱えている。

あの日手に入れる筈だった崖のガラスだが、次の日に先生引率の下ガイアスとレイシスだけが取りに行き、残りの私たちは大人しく屋敷で待つ羽目になったのだが。ガラスを手に戻ってきたガイアスとレイシスが微妙な反応だったので聞いてみると、なんの変哲もないガラスのようだと言うのだ。

まさかと全員で調べてみたものの、やはりただの色のついたガラスだった。それも砕けているので個々はかなり小さい。先生に聞いてみると、昔崖の上にも町があり、魔物が近くの森に蔓延るようになって放棄したらしいのだが、おそらくそこにあった教会のステンドグラスが割れたものが地面に埋まったのだろう、という答えが返ってきた。

綺麗な水色のガラスを手に取り、透かして天井を見る。

「これに魔法をかければ簡単に見えたりすればいいのになー」

「そうねー」

女二人、ガラスを手に天井を見る。成果はないが、この一月ですっかり皆との距離は縮まったように思う。ああでもないこうでもないと令嬢あるまじき力の抜けた体勢で話していると、その光景を見ていたルセナが、急に「あ」と叫んだ。

「どうしたの？」

ルセナが叫ぶのは珍しい。しかも彼は目を見開いた後、がっくりと項垂れた。

「そうか……魔道具にこだわるからいけないんだ。魔法を使えば見れる筈」

「え？」

私たちが意味を呑み込む前に、ルセナががたんと立ち上がってすぐ部屋を出て行くので、慌てて私たちも続く。

ぞろぞろとメンバーを引き連れて歩くルセナは淡々と話を続けた。

「以前先生に言われて図書館の棚三つ分の本を調べたことがあったじゃないですか。あの中に、魔力測定ではありませんが魔力探知の魔法研究についての本があった筈なんです」

「魔法探知？」

「うん、例えば敵が見えない時などにいち早くその存在の位置を把握する為のものです。あれを使えば、猫に魔力があるかわかります。何も正確に魔力量を測定する必要はないんです。先生は、そこまで求めていませんでした」

言われて、一ヶ月前の先生の言葉を思い出す。

――自分たちで魔力眼鏡もしくはそれに近い何かで猫の魔力の有無を調べろ。

「ああ！」

「確かに、言われてみればそうだな」

私の横を歩いていた王子が珍しくショックを受けたような顔をして額を押さえた。やられた、と呟くが、それは誰しも同じ気持ちだろう。

「あの流れじゃ魔道具にこだわりたくなるじゃないのー！」

「ま、まぁ、ラチナおねえさま、今日中に何とかできればテストはクリアですから！」

「そうだね、大丈夫、皆で頑張れば……あれ、アイラ。ガイアスとレイシスはまだこないの？」

ふとフォルが不思議そうに首を傾げる。そう、今ここには、ガイアスとレイシスの二人はいないのだ。彼らは午後から先生に頼み休みを貰い、学園を少し離れている。

「うん、なんかね、彼らのお父さんから連絡が来て、少し仕事を頼まれたみたい」

「……え？」

フォルがそれを聞いて、目を見開く。その様子に、どうしたの？　と尋ねると、少し考えるそぶりをしたあと彼は首を振った。

「ううん。なんか、アイラのそばにいないのが珍しいなーって思っただけ」

「あら、あの二人、しっかり私にお嬢様のこと頼みます！　って念を押して出て行ったわよ」

ラチナおねえさまがくすくす笑う。

ほどなく図書館についた私たちは、一斉に目的の本を探しに走り、見つけた瞬間大声を出してしまい司書さんに怒られつつも、無事に魔力の有無を調べる魔法を会得することができた。

これで大丈夫、明日の試験はクリアできる。そう喜んで解散した私たちであったが。


その日、ガイアスとレイシスは、私のところに帰ってこなかった。


「お嬢様、もうお休みになられたほうが……」

レミリアが、落ち着きなく部屋をうろうろとしている私を見ながら垂れ気味の眉尻(まゆじり)をいつもよりさらに下げて困ったように頬に手をあてる。

「うん、でも、もうちょっと」

時刻はとっくに日付を変えた深夜だ。本来であれば侍女のレミリアだって何時間も前に仕事を終えている筈なのだが、彼女は今日私が休むまで絶対に部屋に戻りませんと断言している。

でなければ私が部屋を飛び出すと思っているのだろう。前科があるせいで当たりだけど。

「あの二人が連絡なしにこんな遅くなる筈ないのよ」

あの二人、とは、もちろんガイアスとレイシスだ。今日の昼過ぎに、父親に仕事を頼まれたからと授業を休んで外に出た彼らが、この真夜中になってもまだ戻っていない。ありえないことだった。

何かあったに違いない。だが、この時間に一人で外に出るのが危ないことだというのは、一度攫われている身である、痛いほどわかっている。レミリアというストッパーがいる今、この理性がぎりぎり働いているのだ。

「あのお二人でしたら、大丈夫だと思います。お嬢様は明日もお早いのですから……」

レミリアに心配をかけているのは十分わかっている、のであるが。

先ほどからアールフレッドルライダー……もとい、猫のアルくんもしきりに寝室の扉のそばでにゃあにゃあと鳴いているのだが、さすがに私はこの状況で一人ぐっすり眠ることもできず、かといってアルくんもレミリアも私がいくら促しても眠ろうとはしないので、二人と一匹で困り果てていた。

「よし、わかりました！　では、私が外に見に行って参ります！」

「駄目よ！」

突然意気込んだレミリアの発言にぎょっと驚いてすぐさま否定すれば、彼女は目に涙を溜めて訴えた。

「お、お嬢様を外に出すわけにはいきませんし、かといって……本当は私だって心配で……っ！」

「わ、わかった、わかってるからレミリア。落ち着いて？」

目を真っ赤にさせて訴える彼女に、しまったと近づいてその背を撫で、思案する。

ここは私も休むといってレミリアを部屋に戻すべきか、いや、でも……。

いくら緊急時は伝達魔法を使えるからといっても、先に学園の許可がいる。伝達魔法は独特の魔力の流れがある。それが飛び交っていては、警備に支障が出る為だ。許可を取ろうにも、平民である二人への目は厳しい。騎士科の生徒が夜遊びか、なんて言われたら困ってしまうし……つまり現状どうしようもないこの状況に、途方に暮れた。


レミリアが落ち着いた頃、私たちの耳に微かにちりんと鈴の音が聞こえた。

はっとして見ると、どうやら部屋の呼び鈴が鳴らされているようだ。呼び鈴は扉の外にある魔石に魔力をぶつけると部屋に伝わる仕組みになっているのであるが、真夜中の為かかなり抑えた魔力を当てているらしい。

ガイアスとレイシス、ではない。二人は鍵を持っているのだから、違う。ではいったい……？

レミリアがさっと立ち上がって、見て参ります、と部屋を出ようとしたのを慌てて止める。もし万が一危険があると困る。時刻が時刻なのだ。

「でも、お嬢様を行かせる訳には」

「二人で、行きましょう。私が外の様子を探るわ」

そういうと、私の足にどんと暖かいものがぶつかる。

「アルくん」

まるで、僕を忘れるなと言わんばかりに胸を張って存在を主張する猫に、くすりと笑いが漏れて、私とレミリアは手を取り合って玄関へと向かう。

「ちょっと待ってね」

小声でレミリアに合図をして、外に意識を向ける。

この世界の扉に、前世の玄関扉によく取り付けられていたようなドアスコープはない。外を見るには扉を開けるしかないのだが、それが危険な場合は大抵の人間は声をかける、もしくは魔法を使う。

魔法といっても、この世界の魔法は万能ではない。外を見る魔法なんてものは存在しないし、千里眼もない。

ではどうやるかというと、魔法使いには独特の伝達方法がある。

魔力を形にするというのは、どの魔法でも基本だ。そして、体外に現れた濃度の濃い魔力というのは、覚えたばかりの魔力探知を使わなくてもある程度の魔法使いなら感知することができる。

それを利用して、仲間の魔法使い同士で魔力を見せることで合図を送ることもある……というのは、実は魔力探知を勉強していた時に本で覚えたばかりの内容なのであるが、探ってみることはできるだろう。

しかし私は、外の様子を探ってすぐ、何の問題もなくその正体を掴んだのだ。

「……フォル！」

「え？」

急にはっとして扉に手をかけた私の横で、レミリアが何だと驚いて体を震わせたのだが、大丈夫だと手を振る。

ばっと扉を開けると、そこにはやはり、いつもの銀色を纏うフォルが立っていた。何のことはない、本で魔法使いの合図を覚えた時、お互い練習し合ったのだ。つい先ほど知ったフォルの魔力の気配なんて、間違うわけがない。

「ごめんねアイラ。こんな時間に人の、しかも女性の部屋を訪れるのは間違っているとはわかっているんだけど……」

「とりあえず、部屋に入って。ここだと、巡回してる騎士が来るわ」

地方貴族が多くいるこの寮は、玄関から入って左側が男子寮、右側が女子寮とされているが、どちらも男女は入り乱れている。私たちの部屋がいい例だろう。

結局侍女や護衛がいて厳密に男女を分けることができない為、警備の騎士が巡回する回数が多いのだ。

少し躊躇う様子を見せたフォルの手を引き、玄関に引きずり込む。

「レミリアこんな時間にごめん、お茶を準備してもらってもいい？」

「わかりましたわ」

「え、いや、アイラ。話ならここで……」

レミリアがぱたぱたと私の部屋の方に消え、その後をアルくんが追う。私もなぜか俯いて躊躇うフォルを部屋へ誘う。

「フォル？」

はっとして、特にそんな時間がかかる用事ではなかったのかもしれないと掴んでいた手を離す……つもりが、ついいつの間にか私は両手でフォルの手を掴んでいた。

どうやら、ガイアスとレイシスがいなかったことに、自分でも思った以上に不安があったらしい。私の様子を変に思ったのか、フォルがじっと私の顔を覗き込んだ。

「……アイラ？」

「あ、あの。ガイアスとレイシスが戻らなくて！　それで……」

「うん、そのことなんだけどね」

「何か知ってるの⁉」

ぱっとフォルの肩を掴み近寄れば、フォルが驚いて私を受け止めようとした、のだが。

「ひょわっ！」

「っ！」

体が前のめりになり思わず目を瞑る。どんと大きい音がして、口元と肘に激痛が走る。妙な声が出たが、やばいと慌てて痛む口を押さえ「くああっ」とおかしな呻き声を上げつつ、目を開けて状況を確認する。

見下ろした先に痛みを堪え顰められた銀の眉。紫苑色の混じる銀の瞳は閉じられていて見えない。が、ふいにぱちりと開かれた瞳が上にいる私を見上げた。しばらく呆然と二人で見つめ合う。

「お嬢様！　今の音は……え⁉」

「え？」

振り返ると後ろから走ってきたレミリアがぎょっとして私たちを見ている。肌が白いレミリアの頬がだんだんと赤く染まっていき、小さく前方から「あっ」と聞こえたので視線を戻すと、フォルもそのいつもは白い頬を赤く染めていた。……あれ？

「うぎゃ!?　ご、ごめんフォル！」

漸く自分がフォルに乗っかっていることに気付き慌てて彼のお腹の上から下りる。どうやら、勢いよく掴みかかったせいでフォルが後ろにひっくり返ったらしい。

しかもよく見ると彼のさらさらの銀の前髪の隙間からちらりと見えるおでこも少し赤い。私は口から顎にかけてが痛いし、どうやら転んだ時にぶつかったようだ。恐らく今は大して身長が変わらない私が飛び掛かったせいでこんなことになったのであろうが、これが前世の漫画なら口と口がぶつかってきゃー！　な展開であろうに実際は色気のない呻き声で締めくくられた激痛付きの珍事である。い、痛い……！

「ほ、本当にごめんなさい、フォル、ちょっと動転してて」

「……ううん、僕こそごめん」

何も悪くないのに謝るフォルは、今度こそ促されると私の部屋についてきた。後ろから、「牛乳飲めばいいのかな」なんて呟きが聞こえた気がしたが、これは聞かなかったことにしたほうがいいだろう。

大丈夫フォル、男の子の身長が伸びるのはもうちょっと先！　……だと思う！

椅子に座った後、どうやら漸く思考が戻ってきたらしいフォルが慌てて「すぐに出るから！」と顔を赤くして焦っていた。いつも穏やかなフォルからは考えつかない慌てっぷりである。

これはもしかして……さっきレミリアが戻ってきた時も様子がおかしかったし、まさか！　フォル、年上が気になるお年頃か……⁉　うんうんいい目を持っているな少年よ！　レミリアはいい女ですよ、今度一緒に食事する機会でも……なんて普段ならやっているだろうが、今の私はそれどころではない。脳内は迷惑なおばちゃん化する程大混乱であるが。

「それでフォル、二人はどこ？　無事なの？」

「うん、ごめん、二人とも今、うちの父親に仕事させられてると思う。あの人のせいでアイラにも連絡できずにいるんだと思うんだけど……アイラ、デラクエルのこと、どこまで知っているのかな」

「……へ？　待って、父親って、へ？」

「うん、だから、僕の」

申し訳なさそうにフォルが眉を下げた。だがしかし、今の台詞を脳内で理解した私は、はくはくと息を漏らす。

「フォルのお父さんて、ジェントリー公爵のような気がしないでもないんですが……？」

「うん、そうだね、間違ってないと思うよ」

「はぁ⁉」

予想外の言葉に、開いた口が塞がらない。なんだって、なんであの二人はそんな雲の上のお方の手伝いを⁉

しかも双子は私より貴族嫌いが顕著だ。別に自惚れたいわけではないが、あの二人は私のことになると目上の貴族相手でも確実に食ってかかるし手にかける。ゼフェルおじさんがやりすぎないか心配していた程だ。それが、連絡なしに外出から戻らないのが貴族の頼みだなんて、考えつく筈がない。

「どういう、こと？」

「本当は僕から話すことじゃないと思うんだけど、言わないとアイラ部屋を飛び出しそうだから。ちょっと事情があるから、急いで話すね」

苦笑したフォルが、にっこりとレミリアにお茶のお礼を言った後話し出した内容は、私がまるで知らない話であった。


フォルが語り出した内容は、突飛な話だった。

曰く、デラクエルは元々ジェントリー公爵家と親密な関係である暗部組織のトップの家系だ、と。

少し前になぜかベルティーニを無二の主としデラクエル本家が仕えるようになった為、本家直系は第一線からは引いたものの、今もなお暗部組織に強い影響力を持つらしい。

暗部って何だとあんぐり口を開けていた私にフォルが説明したのは、とても重い話だ。


かつて王家に、四人の優秀な王子がいた時代があった。

王子たちの母親は全て別の女性だった。当時の王は、愛した女を正妃にしたいと、家柄のいい側室たちがいくら王子を産もうが正妃とすることはなく、母親たちはいつか自分が正妃に、いつか我が子が次代の王にと争い、後宮は悲惨なものであったらしい。

そして、一番上の王子が六歳、一番下の王子が四歳の頃、漸く『年齢』が適齢期を迎えた王の想い人が後宮に入り、あっという間に正妃となり五番目の王子をもうけた。

当然、正妃の子である五番目の王子は優遇され、五歳になる頃には他の王子を差し置いて王太子と全力でのし上がりたいと思います。

なった。しかし、その時点ですでに後宮の争いに疲れてしまっていた正妃は体調を崩すと一気に拗(こじ)らせ、帰らぬ人となる。

王太子となれど、後ろ盾を失った王子は弱い。それを心配した王が、当時のジェントリー公爵に王子を護るように頼んだ。そしてジェントリー家は、王子を護る為に表でさりげなく動き、裏では暗部組織を作り上げ徹底的に害をなそうとする者を排除したのが始まりらしい。

なぜ、当時のジェントリー公爵がそこまでしたのかわからないが、裏の仕事をしたのは当時の公爵の親友であるデラクエル家の人間だったそうだ。

そこから何代かジェントリーとデラクエルの付き合いが続いており、デラクエルは優秀な暗部組織として成長を続けていたそうだが、少し前に何かの縁でデラクエルの本家が暗部のリーダーを分家に渡し、急にベルティーニに仕えるようになったそうだ。

そして、ジェントリーもなぜかそれを許した。だが今でもデラクエルは優秀な血筋を引き、魔力も武術も秀でた者が多く、ジェントリーから依頼された仕事をこなすことがある、と。

正直フォルの話は伏せられている部分も多く、納得がいかない話でもあるのだが、思い当たる節はある。

ただの商人の護衛にしては強すぎるゼフェルおじさんにその息子たち。たまに私が参加できない双子だけの稽古の時もあったし、ゼフェルおじさんが指導していた『大人』たちは明らかに隠密に向いた人たちが多かったように思う。幼い頃は、忍者みたいだと思ったものだ。

あの、フォルと初めて会った日に彼を狙った刺客を『大人』が処理した時も、確かに正面から堂々と捕まえたのではない。森の奥でひっそりと捕らえ、騎士に差し出されることなく処理された筈だ。どう、処理されたかは聞いていないが、今考えるとなぜ今まで私が気付かなかったのかと思うくらい思い当たる節がある。

「そ、それ、ばらして良かったの……？」

「ガイアスとレイシスはいなくなる前に父親に頼まれた仕事と言っていたのでしょう？　そもそもベルティーニの姫が知らない方がおかしい。ベルティーニの人間がデラクエルの囲いから出る時は真実を話すのが約束の筈だから、領地を出る時にでも当主のゼフェルから聞いているのかと思っていた」

「……ひ、姫？」

聞きなれない単語は、話の流れから見ると私のようなのだが、違和感に鳥肌が立った。姫とかなんですか、それ。

「ああ、デラクエルはベルティーニを何よりも大切にするからそう呼んでいるんだ」

苦笑したフォルが、それで、と話を促す。

「まぁ実は僕が前にアイラのうちにお邪魔した時に、アイラが暗部のことを知らないのではと感じてゼフェル殿に尋ねていたんだ。そしたら護衛は双子に頼むことになるから、話は彼らに任せていると。ガイアスとレイシスは君から一時でも離れる前に説明しなければならなかったのに、まだ話していないのが悪い」

「は、はぁ……」

はっきり言ってよくわからないのだが、詳しく聞くのは後で二人が帰ってきてからにしようと思いとりあえず頷く。

「それで、今の二人の仕事って？」

「内容はわからないけれど、予想はつく、かな。この前の女性の仲間を追ってるんじゃないかな」

「え！　それって、危険なんじゃ！」

　この前の女性というのは、間違いなくあの私たちを襲ったイムス家の元侍女のことだろう。それの仲間を追ってるって、どう考えても危険な感じしかしない。なにせ、薬剤を使ってでも私たちに攻撃を仕掛けてきた相手だ。

　椅子をひっくり返す勢いで立ち上がった私の腕を、がっちりとフォルが掴む。思わずフォルを睨むように見て、叫ぶ。

「フォル、離して！」

「僕がここに来たのは、アイラを寮から出さない為だ。アイラはあの女性に何らかの理由で狙われている。それに、デラクエルが動いているのなら尚更ベルティーニの人間は動いてはいけない」

「なんで……っ！」

　じっと見つめてくる紫苑色に、はっとする。そばでおろおろとしているレミリアが目に入った。彼女は私と視線が合うと、強く口を引き結び首を振る。まるで、絶対外に出てはいけないと言わんばかりだ。

「でも、フォル……」

「自覚するんだアイラ。君は、弱点なんだ」

　弱点……？

　理解できず呟いた。混乱と、ガイアスとレイシスのところに行きたいという焦った頭でその答えに行き着いた時、かっと体が熱くなる。

「足手まといにはならないわ！」

「アイラ」

私とは対照的に冷静なフォルが、じっと私を見る。

わかってる、そういうことではない。でも、認められずにぐっと見つめ返すと、フォルが顔を伏せる。

「この前の女性、本当の狙いは僕だったでしょう？」

「え……？」

「この前も、初めて会った時も、君を巻き込んでしまってごめん」

辛そうに顰められた眉、ぐっと噛み締めた唇、伏せられた瞳。

フォルは普段にこにこしていることが多くて、こんな表情をされると戸惑ってしまう。

「いや……でもあの女の人が私に殺意を持っていたのは間違いないと思う、し」

それに……フォルは優秀だ。医療科の授業でも間違いなくトップだし、昼間の魔力探知の練習だって特殊科の中で一番早くに習得した。水晶玉を一番砕いたのもフォルだ。そのフォルですら悔やんでいるのに、私が二人の足手まといにならないなんて……いえるわけがなかったんだ。

「フォル、その……今回の女の人の狙いは、私の可能性も捨てきれないけれど……どうして、あの時も今もフォルは狙われているの？」

「差し向けた相手は別人だと思うよ。それ以上は、言えないけど……僕は皆と行くべきじゃなかった」

「そんな、ことは」

フォルの言葉に、自分がもし今ガイアスとレイシスを探しに飛び出した場合のことを考えると、何も言えなくなる。……そうか、私はやはり出るべきではない。

取りあえず落ち着いた私は再び椅子に腰掛ける。それでも、いまだ胸に何かが詰まっているみたいに落ち着かない。ガイアスとレイシスは無事なのだろうか。

どうしよう、という沈黙の中、フォルが小さく「あっ」とその空気を変えた。

「ねぇ、もう、猫に魔力探知してみた？」

「え？　ああ、ううん。なんだかんだでまだ……」

「やってみない？」

フォルがそう言うと、離れたソファに座っていたアルくんのそばに行く。今まで丸まっていたアルくんは、ぱっと立ち上がると尻尾を逆立て、逃げようとした。

「あ、こら」

慌てて私も向かって猫を抱き上げる。珍しくばたばたともがくので、どうしたのかと顔を覗き込む。

その時、フォルが叫んだ。

「え⁉　人⁉」

「ええ⁉」

私の腕の中にいるアルくんに魔力探知をかけたフォルの言葉が信じられず、前足の付け根に手をそえ抱き上げてみる。

魔力の流れが目に留まるように集中しながら、アルくんを見た私は、ぎょっとしたもののすぐにその正体を確信した。

「えっと……あれ？　魔力の形が頭に手と足みたいな小さい人型に見えたんだけど……でも小人がいるとは御伽噺でしか聞いたことないしなぁ」

フォルが戸惑うのも無理はない。今、アルくんは自分の本来の体の魔力を膨らませて形を探知されないようにしている。

普段見えないフォルには、あれが小さな人に見えたのだろう。でも、間違いない。ということは、この猫は。

「君……やっぱり精霊だったの？」

「え？」

呆然と呟いた私の言葉に、フォルが驚いたような声を上げるがすぐ「そうか！」と納得したようだ。

「精霊の可能性か……でもそうだとしたら、なぜ猫に？　そんな話は聞いたことないな」

「あれじゃないかな、ルセナが言ってた、自分の体より大きな動物に変身する魔法」

「そうか……きみ、そうなの？」

フォルがアルくんの顔を覗き込んで声をかけると、体を小さくしていたアルくんは諦めたように全身の力を抜く。

『黙っていてごめんね』

突然聞こえた、脳内に響く透き通るような小さな声。その声を認めた瞬間、ありえない何かを聞いた気がして私は思わず息を呑む。

そして目の前の精霊が、植物の精霊なのだと確信した。あの日、水晶玉に注いだ筈の私の魔力を奪って逃げ、猫の姿になったのだろう。

黙って様子を見る。まさか、まさかと。すると、今変身を解くよ、と続けて聞こえて、手の中の猫がふわりと広がる魔力でさらに暖かくなった。

「おい！　アイラ、起きてたのか！　悪い、俺ら遅くなって……！」

「あれ、フォル⁉」

ガイアスとレイシスが戻ってきたのだろう、すぐそばで彼らの声が聞こえた。それにほっとする暇は、私にはなかったのだが。

「なんで……」

呆然と手の中の光を見る。

さっきまで猫だった、今は精霊の姿のその淡い光。

さらさらの金の髪は猫の毛と同じ色で、その紅茶にレモンを足したような琥珀色の瞳がじっと私を心配そうに見つめている。

そう、この色彩は最初から私に彼を思い起こさせていた筈だ。

「……お嬢様？」

私の顔を、心配したレイシスが覗き込む。

そう、彼にそっくりな。

「なんで、サフィルにいさまが」

猫だった精霊は、私が忘れる筈がない人の姿だった。

「アイラ？　おい、何言ってるんだ？」

「お嬢様、兄上がどうしたのです」

ガイアスが不思議そうに、レイシスがぎょっとした様子で私の顔を覗き込んでくる。

そこで漸く気がついた私は、ばっと目の前の二人の首に腕を回して抱き込んだ。

「よかった！」

「ええ!?　ああ、うん、それは本当ごめんっていうか、ってかアイラどうしたんだよ」

「お嬢様、あの、……フォル？　レミリア？　いったいなにが？」

がっしりと離れない私から話を聞くことを諦めたらしいレイシスが頭を上げた気配がするが、もう私はそれどころじゃないからと二人にぎゅうぎゅうと抱きついて説明を放棄する。

なんで、なんで精霊がにいさまなの。というか二人とも無事だった！　あれか、私二人を心配しすぎて、疲れちゃったのかもしれない。もしかしたら魔力で自分の好みの精霊でも生み出したのか？

いや、そんな技術はないけれど！　できたらオタクには夢のような技術だけど！

ガイアスが、ちょっと待ってろ、と言って離れたので、レイシスに正面から思いっきり抱きついて目を瞑り、周囲を視界に入れないようにする。

先ほどから精霊が困惑したようにそばを飛んでいるのはわかってる。

覚えたての魔法探知は、意識しないようにと思っている筈なのにしっかりと精霊を捉えている。本当はこうしていないで、もう一度精霊を見なければと思うのに、その姿が先ほどと同じでも困惑する し違ってても辛くて、温かいレイシスの胸に顔を押し付ける。……ん？

「あーっ!?　レイシスごめん！　痛かったよね!?」

「いえ、大丈夫ですけれど」

いや、私、力のあらん限り全力でしがみついてた気がする！

「あ、あれ、ガイアスは」

「ガイアスは先に手当てです。フォル、どうですか？」

「うん、深くはないからすぐ……よし、もう大丈夫」

「ええ！　ガイアス怪我したの？　ごめんさっき大丈夫だった？」

慌てて見れば、フォルに右腕を差し出したガイアスが大丈夫だってと手を振って見せる。

それでも心配でガイアスの腕をあちこち見てみるが、腕に巻いていたリストバンドはぼろぼろであるが確かに傷口らしきものはない。

「風歩移動の時に引っ掛けただけだ。大丈夫だよ」

「ほ、ほんとに？」

他にも怪我がないか探し出した私を安心させるようにガイアスの手が私の頭をぽんぽんと軽く叩く。

ほっとして息を吐いたところで、フォルが顎に手を当てて感心したように呟いた。

「なんか……三人兄弟みたいだね」

「そりゃなぁ、俺ら兄弟同然に育ってきたし。あ、俺らの下に妹と、アイラにも弟いるけどな」

フォルの言葉に、あっけらかんと答えるガイアスとは対照的に、レイシスは目を細めた。

「それよりフォル、なんでこんな真夜中にお嬢様の部屋にいるのでしょうね？」

「それは、君たちが連絡なしに帰らないからだろう？　自分たちの家のルーツをベルティーニに話すというのはジェントリーとの約束なのに、なぜ話さない？」

フォルの言葉に目を剥いた二人だが、一瞬早く立ち直ったレイシスが「喋ったのか！」とフォルに詰め寄った。

「でなければアイラは君たちを探しに出て行った筈だ。アイラは君たちの敵にとって最高の餌だ、それを本人に自覚させずに護り通せるとでも？」

「それを言うべきはフォルではなかった！　お嬢様に無理に心配をかける必要はなかったんだ」

「言わないから、帰ってこないことを心配した。それで彼女に何かあったらどうするつもりだったの、レイシス」

少し熱くなるレイシスに、冷静なフォル。その間に入ったのは、ガイアスだった。

「あー。レイシス落ち着けよ。こうなる前にアイラに話せってずっと父上にも言われてたんだし、俺らが悪いって。フォルごめんな、でも、どうして俺らが言ってないと思ったんだ？」

「前に君たちの実家に行った時、ゼフェル殿に聞いた。まだ言っていないんじゃないかと思って確めに来たんだよ」

あーなるほど、とガイアスは苦笑すると、ほら、とレイシスの背中を叩く。

レイシスは一度はぁと息を吐いた後、気まずいといった様子ながらフォルのそばで小さく何か言うと、フォルが苦笑を返す。

私がちゃんと二人から話を聞きたいという話をすれば、今度はしっかりとガイアスもレイシスも頷いてくれたので、ほっと笑みを返した。

「ところで、アイラがさっき言っていたのはどういうこと？　猫が、精霊のようだというのはわかったんだけど、にいさまっていうのは？」

「あ！　アルがいねぇ！　え、やっぱ精霊に戻っちまったのか⁉」

「……どうやら君たちは初めから精霊である可能性があったと知っていたみたいだね」

フォルの言葉で漸く自分の失言に気づいたガイアスが、あっと口を押さえた。

「ガイアス、いい加減にその癖直せよ」

「わるいレイシス、つい……」

ガイアスは素直だ。そもそも、隠し事をしようとする方が間違っているのかもしれないが……それでも私は二人の隠し事には気がつかなかった。

どう説明するべきかとレイシスを見た時、レイシスのそばでレイシスをじっと見つめるそっくりな精霊に気付く。やはりどう見ても、精霊はにいさまにしか見えなかった。

何をしているんだろう、とその精霊を見ると、彼はにいさまによく似た顔で、笑う。


『この人間僕にそっくりだ！』


どくりと心臓が煩い音を立てた。

その一言で、私はしてはいけない期待をしていたことがわかり、その場にがっくりと膝を落とした。

自分が、転生時の記憶を持っているせいか、私は彼が精霊に転生してそばに来てくれたのかもと期待したのか。

それも、私の目の前にこうして現れたのだから、記憶を持って、私の為に来てくれたんだと、そんな期待を。

生まれ変わったら、あれになりたいこれになりたい、なんて、話のネタではあるかもしれないが、私はにいさまに、それを私で縛り付けることを望んだのか。

愕然としていた私の視界が、ぐらぐらと突然揺れた。視界に琥珀色が映り込む。

「お嬢様！」

「サフィル、にいさま」

「……違う！　俺はレイシスです！」

レイシスが悲痛な声で叫ぶ。はっとして慌てて首を振った。

「ごめんなさい、レイシス。そうじゃなくて……精霊が、にいさまと同じ姿なの」

肩に触れていたレイシスの手の力が漸く少し抜け、驚いた様子のままきょろりと周囲を見回す。

「精霊が兄上に似ている？」

「おいおい、まさか心配して出てきたのか？」

「ガイアス、それ、なんか幽霊みたいな言い方なんだけど……」

フォルが呆れてガイアスに注意しつつ、皆周囲を見渡しているが当然見えるわけもなく。精霊はテーブルの上にちょこんと座ってそれを見回しているが。

「あー、なんで俺らは見られないんだよ」

「というか、なんでアイラは見られるの？」

「え！　そこから!?」

もう私がフォルに自分のことを言ってしまったと思っていたのだろう、ガイアスとレイシスの二人がぎょっとして私とフォルを見比べた。フォルは首を傾げただけだが、私はもういいの、と苦笑する。

「私が、言っちゃったようなものだしね。フォル、私、精霊が見えるのよ」

「……エルフィ？」

うん、と返事をして、テーブルに近づく。

「精霊さん、私の魔力を少し渡すから、姿現しの魔法使ってもらってもいいかな」

『うーん』

精霊が口を尖らせて悩むように腕を組み、目を閉じて俯く。

姿現しは、普段普通の人に見えない精霊が人の前に姿を現すことができる魔法だ。もっとも、どの精霊も使えるが、どの精霊もほとんど使わない魔法。それこそこうして人間に頼まれなければやらないだろう。そして、何か頼む場合は魔力を渡すのも、エルフィと精霊の間では当然の話だ。

「何も怖いことしないよ。ただ、君はずっとアルくんだったから。何か理由があって猫になっていたんでしょう？」

『怖いことしない？』

もちろん、と頷いて見せると、ふわっと羽を動かして彼は立ち上がる。

ん、と手を出してくるので、その手に魔力を渡してやる。一歩私がテーブルから離れると、じっと全員の視線がテーブルに集中した。

テーブルの上でゆらゆらと魔力が集まり、魔力探知をしなくてもその存在が確認できる程集まった時、淡い光がその姿を形作る。

「わぁ……」

誰かが感嘆の声を上げた。テーブルの上には、手の大きさ程しかないような小さな精霊が姿を見せている。

金色の髪に、琥珀の瞳。ガイアスにもレイシスにも似ている容姿に、薄い緑と茶色の服を纏い、透ける美しい羽。

少し離れたところにいたレミリアも、口に手を当ててすごいと呟いた。彼女には侍女になってから、私がエルフィだと打ち明けてあったのだが、さすがに誰かに精霊を見せた経験は私もないので驚くのも無理はない。

「ほ、本当に兄上そっくりじゃないか」

「僕には、レイシスによく似ているように見えるけど……」

「レイシスは雰囲気も兄貴に近いからな。ってか、精霊初めて見た。すごいな、小せぇけど、魔力が濃いし」

それぞれがじっと精霊を見るものだから、精霊が慣れない状況にうろうろとテーブルを飛び回る。

ふっと、ガイアスは昔サフィルにいさまのことを「にーちゃん」と呼んでいたのを思い出す。兄貴、と聞きなれない呼び名で、それがすごく昔のように感じて、ぐっと顔が勝手に強張った気がした。

「それで、君はお名前なんていうの？」

フォルの言葉に、精霊が少し目を見開いた後首を傾げた。

『僕の名前は、あーるふれっどるるぐっ！　んー？　……もう、アルだよ。デューク、ひどいよ。あんな長い名前覚えにくいし言えないじゃないか』

「あ！　そうか、名前デュークがつけたのか」

「それまで名前はなかったのかな」

『僕はずーっと名前なかったよ！　初めて名前貰ったのが嬉しかったのに、長いんだ』

むうと口を尖らせる精霊は、くるっとテーブルの上で回ると、アルだからね！　と念を押す。

「……兄上じゃ、ないんだな……」

「とりあえず、君はどうして猫になっていたのか聞いてもいい？」

にいさまを知らないフォルが、何かを言いたげに口を開くくせに、そのまま声を出せない私たちの代わりにアルくんに問えば、精霊は胸を張って得意げに答えた。

『とっても大きな魔力を感じたから、面白そうだから見に行ったんだ。それで、仲間みたいに魔力を貰ったらどうなるのかなと思ってこっそり貰ったら、大きすぎちゃって』

「ああ、あのアイラの水晶の魔力検査の時か」

『そしたらエルフィじゃない人間が強い探知の魔法を使いながら近づいて来たから、怖くなって逃げたんだ。でもおねえちゃんはエルフィだろ？　だから見つかっちゃう前に猫に変身したの！』

強い探知の魔法？　なんだろうと思ってガイアスたちを見ると、皆同じように首を傾げている。誰だ？　とガイアスが声に出したところで、レイシスとフォルが同時に納得の声を上げた。

「わかった。先生じゃないかな」

「うん、あの時水晶に近づいて探知を使える可能性があるのは先生かな」

頷いたところで、アルくんはうんうんと頷いて、その後は初めて貰った魔力の制御が上手くできなくて鳥に襲われた時助けてもらったから一緒にいるのだと語る。要は懐かれたらしい。

いつの間にか小さい子と話すように屈んで近づき、うんうんと大きく頷いて見せながら話を聞いていた三人は、聞き終わるとほっとした様子で立ち上がった。

「やっぱ魔物じゃなかったな、よかったよかった、一件落着！」

「や、まだまだ気になることはあるような……でも明日これを特殊科でどうやって説明しようか。アイラがエルフィだということはあまり言ってはいけないんじゃないか？」

フォルが気遣わしげにこちらとちらりと見る。

確かに、あまりぺらぺらと話す内容ではないのだが、特殊科のメンバーなら言ってしまってもいいのだろうか。うーんと唸っていると、私が悩んでいる内容に気がついたレイシスが眉を寄せて注意する。

「お嬢様。いくら特殊科のメンバーでも、簡単に複数人に話すべきではありません。エルフィの力は特殊なんですから」

「そうだね、聞いてしまった僕が言うのもなんだけれど、これは隠していても誰も怒らないんじゃないかな」

「俺も今はやめておいたほうがいいと思うぞ、別に、言わなきゃいけない秘密じゃないし。明日、精霊じゃないかって過程で話せばいいじゃん」

皆に言われて、少し悩んだ私は「そうする」と頷く。上手く思考が纏まらなかったのだ。そこで、ひどく疲れていたのだろうか。頭がぐらりと回って揺れた気がした。うーん、これは……。

「眠い……」

だよな、おいもうこんな時間だぞ、真夜中じゃないか！　とガイアスが騒ぐ声が遠くで聞こえたが、私は二人が帰ってきた安心もあってか強い眠気に抗えそうもない。

お嬢様！　と駆け寄ってきたレミリアに体を預け、皆にごめん寝るね、と声をかけて寝室のベッドに身体を投げ出すと、すっと夢の世界へと意識を手放してしまった。

『ごめんね、アイラ』

夢でにいさまは、悲しそうに笑っていた。

「やーっとお前ら気づいたのか」

あっはっはと大声で笑いながら、先生が目の前にいたルセナの頭をがっしがっしと撫でる。ルセナは若干迷惑そうだが、まぁ怪我するわけでもないのでいいだろう。先生は意外と笑い上戸である。

「だってお前らいくらヒントを与えても本気で魔力眼鏡作ろうとするんだもん。あれ、魔道具科が五年かけた集大成だぞ？　作れたら作れたでさすがに俺怒られちゃうわ」

「だもん、と可愛く言われましても」

呆れたように首を振るラチナおねえさまを見てもまだ笑いの収まらないらしい先生が目尻に滲んだ涙を擦りながら「だって」と言う。そこまで笑われるとなんだが心外であるが、まぁ合格なのだからよしとするしかない。

先生はやはり、初めから魔力探知で猫の魔力を探るようにと言っていたのだ。今考えると、先生からもたらされるヒントは大抵そのことに関する内容だったと思う。何度も着眼点を変えろと注意もされていた。

測定しなければならない、という完全なる思い込みが遠回りの原因だった。道具を作らなければならないと思ったから視野が狭くなってしまった。先生は笑いつつも、そこをしっかり私たちに注意する。与えられた情報だけに踊らされるなと。言ってることはかっこいいが目尻に笑いすぎて涙が浮かんでいる。

「お前ら頭もいいし魔力も体力もある。あとは経験だ、経験。いい経験したと思って、今回のはしっかり教訓にでもしておけ。それで、こいつだけど」

先生が漸く笑い終わり、全員の顔を見た後、アルくんを撫でる。

「俺も最初の探知で魔力が小さい人型なのは見たし、精霊が変化の技を使う例もなくはないからな。お前らの予想通り恐らく、というかまず精霊だろう」

そう付け足して、真面目な顔でアルくんをつつく。にゃっと尻尾の毛を逆立てたアルくんがじりじりと下がり私の腕の中に収まると、先生から生温かい視線を送られた。

「ふむ、この精霊、雄か？」

「かもしれませんね」

フォルがにこやかに言うと、私の腕からアルくんを抱き上げた。少し不満そうな声を出したものの、アルくんは大人しくフォルの膝に載る。

「恐らく『レイシスの読み通り』水晶の件で魔力を貰っちまってアイラが懐かれたんだろうが、なんで精霊が猫になったんだかな。こいつを引き渡せば喜ぶやつらも多そうだが」

「先生！」

「ま、お前ら一ヶ月一緒にいて愛着も湧いただろうし。俺は聞かなかったことにするよ。アイラ、お前が飼うんだろう？」

　突然話を振られて、一瞬驚いたもののこくりと頷く。もうさすがに、飼わないという選択肢はない。といっても、飼うという言葉が適切なのかどうかはわからないが、どうやらアルくんはしばらくまた猫の姿でいるつもりのようだし。

　私の了承の合図で、アルくんが明らかにほっと身体から力を抜いたのがわかった。なんとも動作が人間くさい猫である。

　先生はその様子のアルくんを見て苦笑すると、さて、と立ち上がった。

「まーた授業内容考えますかねぇ」

「というより、この前のも突発的な思いつきみたいだし、なんで授業内容がいまだに決まってないんだ」

　王子が眉を寄せて言う。

　そういえば今回のアルくんの魔力の有無を調べることだって、あの日突然決まったことだ。不思議に思って立ち上がった先生を見上げると、先生は胸を張った。

「あの日朝までには考えようと思ってたのに寝坊してな。ちょうどいい案件が転がってたら拾うに決まってんだろ」

　と、そんなことを言って。

　はぁ!?　とみんなの声がひっくり返り、王子が怒りを露に先生に詰め寄ったのは言うまでもない。

「暇だなぁ」

一人ぼんやり呟くと、そばにいたフォルが苦笑した。

休日のある日。ガイアスたちが例の仕事の報告とやらで留守になり、一人で出歩くことができない私が自習でもしようと部屋に閉じこもっていると、フォルが訪ねて来てくれた。医療科の授業の勉強を一緒にしようと誘ってくれたのだ。

おねえさまにも声をかけようとしたが、彼女は寮ではなく王都内の自宅からの通学だ。さすがに学園の敷地外に出るのはまずいよなぁということで二人で勉強をしていたのだが、私は早い段階で飽きていた。いや、毎日こうも勉強ばかりだと少し遊びたくなる年頃なのだ、許して欲しい。

「ベルマカロンの新商品でも考えたい……」

「ああ、最近は忙しかったもんね。お店は誰かに任せているの？」

「うん、弟に。私もいろんな書類の最終確認はしてるんだけど……最近ケーキ食べてないせいか新作も思いつかないなぁ」

ぼんやりとそう話していると、フォルがくすくすと笑う。首を捻ってフォルを見ると、楽しそうなフォルと視線が合う。

「アイラ、口調が崩れやすいよね」

「……えっ。あ、いや、うーん。いや待って、フォルには言われたくない」

「ああ、うんそうか、確かに」

「けど、確かに……お母様に知られたら怒られる、じゃない怒られてしまいますわ？　うーん、どうもしっくりこなくて」

「まぁ、身近にいた年が近い相手が男性じゃ仕方ないかも。でも……僕はそっちのほうが可愛いと思うな」

「令嬢あるまじき言葉遣いだって自覚はあるん……んっ⁉」

今なんて言った、とソファに沈めた身体を慌てて起こしたが、フォルは特に意識して発言したわけではないのか、ただくすくすと笑うだけだ。なんだか私ばかり意識しているようで恥ずかしくなって顔を逸らす。

「そうだ、僕も久しぶりにベルマカロンのお菓子、食べたいな。買い物もしたいし、買いに行っちゃおうか」

「え？」

「学園内の店舗なら、いいでしょう？　大丈夫、僕が護るよ……と言いたいところだけど、最近のことを考えると軽率な発言か。ごめん、僕が買ってくるから待ってて」

「いや！　い、一緒に行きます！」

ここで同意したら、フォルと歩くのは危険だからいやですと言っているようなものじゃないか。慌てて挙手して訴えると、ぱちりと瞬いたフォルは銀の瞳をきらきらとさせて笑って、立ち上がる。慌てて続こうとした私を手で制した彼は、なぜか私の前で片膝をついた。

「では、どうか本日は『俺』に護衛の役目をお与えください、姫」

いつもより少し低い声。大人びた表情で、フォルが私に恭しく手を差し出した。どん、と大きく跳

ねた心臓が体中の体温を上げ、はくはくと意味もなく呼吸が乱れる。

「ひ、姫!?」

「うん、お嬢様、じゃレイシスとかぶっちゃうし」

「そこ拘るところ!?」

「もちろん」

くすくすと笑うフォルに促されてつい、差し出された手に手を重ねる。

買い物に行くだけ、それだけだよね!? 護衛なんて大げさな、と思うのに、フォルが再度「俺が護るよ」とか言うものだから、顔の熱が引きそうにない。待ってくれ、美少年護衛フラグは私には心臓に悪いと言っただろう、なんでまだ引きずってるのだこの設定!

「……よ、よろしくお願いします」

「はい、こちらこそ」


「そういえば、フォル、買いたいものってなぁに?」

気になったのは、ケーキを買いに行く他に「買い物がある」と言っていたフォルの言葉。爽やかな風を頬に感じながら楽しい気分で何気なくその疑問を口にすると、フォルはなぜか秘密と言ってにっこりと笑う。

「そうそう、アイラ。僕、きちんと店で買い物できるようになったんだ」

「へ?」

「あの時は、金貨も何も持ってなくて。今思えば、随分変なお客さんだったよね。でもアイラに会えて良かった」

ああ、と彼が言う「あの時」が初めて会った時のことだと気付く。あまりにも彼が楽しそうに言うものだから、こっちまで嬉しくなってしまいそうだ。

　笑い合って他愛ない話をしながら歩いていると、ふと、隣を歩くフォルの手に手の甲が触れてしまい、なぜか私はぱっと手を上げてしまった。あ、あれ!?

「ご、ごめ」

「そんなに慌てなくても、さっきもっとすごいことしたのに」

にっと笑うフォルを見て、顔が熱くなる。すごいことって何!?　何かしたっけ!?　と慌てた私の前で、フォルはほら、と私の指先を握ると、胸の辺りまで持ち上げて見せた。その動作が先ほどの動作と被り、ますます顔が熱くなる。私雰囲気に呑まれている気がする……！

「す、すごいことって、手を重ねただけじゃ……！」

「そう、『だけ』だね。じゃあもう少しだけ」

「え!?」

　何か今日のフォル、変、どうしたの、と慌てた私の前で、フォルはただ「漸く誘えたから」と笑って一軒の店の前で足を止めた。こんなの見られたら大騒ぎだ、と慌てて見回すも幸い周囲に人はおらず、ほっとして促されるまま店に足を踏み入れた私は、首を傾げる。

　装飾品を取り扱っている店だ。何か魔法石でも探すのだろうか。……フォルが？　と首を捻っていると、迷うことなく足を進めていたフォルが、あった、と足を止め繋いでいた手を離す。

「アイラ、チーフリング、選んでみない？」

「え？」

　言われた言葉を理解するより先に、目の前にあるたくさんのチーフリングを見てはっとして自分の首元を押さえる。私はただシンプルにリボンで結んだだけだが、医療科の女子生徒の多くはこの首元でお洒落を楽しんでいるのだ。

「え？　フォルの買い物って」

「ん、アイラのチーフリングを一緒に見たいなって。魔力が入ったものにしたら立派な防具だし、……大切だと思うから。だけど、そうだな、僕にも選ばせてくれたら嬉しい」

「あ、ありがとう……？　えっと、買いに行く暇がなかなかなくて」

「忙しかったもんね。あ、ほら、この石が嵌まったものとかどう？　アイラの瞳の色に似ているから、綺麗」

「あああ、ありがとう！」

　無駄に気合が入った返事をしながら、きょろきょろと視線を動かす。需要があるのか多くの種類があるチーフリングだが、私の視線は何度他を向いても結局フォルが勧めてくれたものに戻っていく。

　銀色の台座に嵌まる表面がつるりとした透き通ったグリーンの美しい魔石は、どうやら身を護るお守りとなるよう魔力が込められているようだ。

「……気に入ってくれた？」

「う、うん。それにしようかな」

「僕が選んだんだから、僕が贈ってもいいよね？」

「へ？　え!?　いやいや、大丈夫自分で買います！」

　ええ、と不満そうなフォルと言い合っているうちに、次第にあれもこれもと見たいものが増えて、店内を二人でぐるぐると回る。

「『俺』……僕のものはいいから、アイラのものを見ようよ」

「ええ、一緒に買おう。タイピンとかどう？　そういえば……フォルって一人称、『俺』も似合うね。そ、その、かっこいいと思う」

　先ほどさらりと可愛いなんて言われた仕返しのつもりで口に出した言葉は羞恥のせいかもごもごと篭り、まったく仕返しになりそうにない。俯いて顔を見れずにいると、聞こえたのは笑い声。

「……そう？　ふっ、あはは！　やっぱりアイラ、面白い」

　面白いって何!?　何でその反応!?　と怒ってみせる私の前で、フォルはなぜか嬉しそうに笑っていた。つい、つられて笑ってしまえば、なんだか自分がここに来た理由が柔らかく包まれてしまいそうだ。

　なんにせよ、学園生活は思っていた以上に楽しいものであると自覚せざるをえない。

　私は、ここでのし上がる。いつか傲慢な貴族に屈しない医者になる為に！

あとがき

はじめまして。聖音と申します。この度は、『全力でのし上がりたいと思います。』を手にとっていただき、誠にありがとうございます。

この作品は、小説投稿サイト『小説家になろう』様で、二年程前より連載開始させていただいた作品です。

私にとっての小説は、白い世界に文字で色をつけ生み出されていく世界を覗くという表現が近いように思います。空いた場所にはどんな物語が描かれるのだろうとわくわくどきどきする時間が大好きで、私も長編を書いてみたい、どんな世界にしたいのかと考え生まれたのが、この作品の主人公・アイラでした。貴重な時間をこの作品に分けてくれる読者様に、同じように楽しんでもらいたい。主人公たちは、癖があってもたくさんの色を持った楽しい子たちにしよう。そうして始めた連載は想像していたよりも難しく、しかしとても楽しい時間を生み出してくれた大切なものとなりました。

まさかこうして第二回一迅社文庫アイリス恋愛ファンタジー大賞で銀賞を受賞し、書籍としてこの作品が新しい形になるとは、いまだに信じられないような思いではありますが、本当にたくさんの方に応援いただいたおかげです。

今回はいつか番外編で書けたらいいなと本編に入れられなかったシーンだけではなく、大幅なキャラの登場シーン変更など、担当様のお力添えを頂いて加筆修正しております。特に、ファンタジー要素が強く圧倒的に足りない甘酸っぱさを、物語で頻繁に登場するお菓子ではない、登場人物たちで加えられたら、と加筆しております。立場、環境や転生によって大人っぽさがあるようで不安定な登場人物たちの、恋愛というにはまだ早いような精一杯の恋が、子供らしい元気一杯な生活の中でふとした瞬間に甘く感じていただけたら、と願いつつ、少しでもお楽しみいただければ幸いです。

慌てるばかりでご迷惑をかけてしまいましたが、お忙しい中でいつも丁寧に、明るく優しく迷う私を導いてくださった担当様。生き生きとした見ているだけでキャラたちが動き出してしまいそうな、それでいて美しいイラストを描いてくださった三月リヒト様。本当にありがとうございます。緊張しすぎて何度も迷走してしまいましたが、お二人のおかげで楽しく続けることができました。この作品が新しい形になるまでお力添えくださった皆様、支えてくれた友人たちと家族、そしてＷＥＢ上の作品をいつも応援してくださっている読者様、この作品を手にとってくださいました皆様に、心より感謝申し上げます。

全力でのし上がりたいと思います。

2016年4月20日　初版発行

初出……「全力でのし上がりたいと思います。」
小説投稿サイト「小説家になろう」で掲載

著者　聖音

イラスト　三月リヒト

発行者　杉野庸介

発行所　株式会社一迅社
〒160-0022 東京都新宿区新宿2-5-10 成信ビル8F
電話　03-5312-7432（編集）
電話　03-5312-6150（販売）

印刷所・製本　大日本印刷株式会社
ＤＴＰ　株式会社三協美術

装幀　小沼早苗（coil）

ISBN978-4-7580-4815-6

Printed in JAPAN

おたよりの宛て先
〒160-0022 東京都新宿区新宿2-5-10 成信ビル8F
株式会社一迅社　ノベル編集部
聖音 先生・三月リヒト 先生